Texto de acordo com as normas do novo acordo ortográfico da língua portuguesa (Decreto Legislativo Nº54 de 1995).

Editora – Catia Mourão
Capa – Joice Dias
Diagramação – Catia Mourão
Revisão – Luana Souza & Sônia Barbosa

CIP-BRASIL. CATALOGAÇÃO NA PUBLICAÇÃO
SINDICATO NACIONAL DOS EDITORES DE LIVROS, RJ

D214m

Dantas, Maria Amanda
A menina do mafioso / Maria Amanda Dantas. - 1. ed. - Rio de Janeiro : Ler, 2024.
188 p. ; 23 cm. (Máfia Smirnov ; 2)

ISBN 978-65-5055-077-6

1. Romance brasileiro. I. Título. II. Série.

24-92743 CDD: 869.3
CDU: 82-93(81)

Gabriela Faray Ferreira Lopes - Bibliotecária - CRB-7/6643
09/07/2024 12/07/2024

Foi feito o depósito legal.
Direitos de edição:

Ler Editorial

A menina do MAFIOSO

MARIA AMANDA DANTAS

Máfia Smirnov 2

1ª edição
Rio de Janeiro – Brasil

Sumário

Dedico este livro a todas as minhas leitoras do Wattpad e da Amazon.

Nota da autora

ESTE LIVRO É UM ROMANCE DARK, porém não contém cenas de abusos sexuais contra mulheres. No entanto, contém gatilhos. Se você for sensível, não leia.

Esse livro é o segundo da série da máfia Smirnov. São livros independentes, não é necessário ler um para saber do outro, mas seria bom ler na sequência.

Livro 1: A Predileta do Mafioso (Dominic e Malia)
Livro 2: A Menina do Mafioso (Nikolai e Genevieve)
Livro 3: A Esposa Virgem do Mafioso (Iuri e Marina)
Livro 4: A Perdição do Mafioso (Kira e Hades)

Em breve a série estará completa em formato físico.

Prólogo

Genevieve

Não é fácil viver sozinha em outro país. Apesar do meu nome ter origem francesa, sou descendente de espanhóis que foram deportados dos Estados Unidos. Hoje em dia, meus pais vivem na Jamaica. Quando me perguntam o porquê de eu ter escolhido a Rússia para viver, respondo que foi pela minha grande fascinação pelas melhores escolas de balé do mundo que estão localizadas aqui. Moscou é um dos grandes centros comerciais da Europa, e, neste país, encontrei novamente o verdadeiro significado de ter uma família. A minha mãe é uma boa mulher, mas se deixa dominar pela brutalidade e arrogância do meu pai. No dia em que fomos deportados, eu tinha apenas oito anos e ele despejou toda a culpa disso em mim, já que fomos parados por uma blitz em uma noite que estávamos a caminho do hospital, devido à uma forte crise de asma que tive. Quando os policiais pediram os nossos documentos, viram que não tínhamos cidadania americana. Foi questão de dias até o departamento de deportação vir até nós.

Vivi até meus dezesseis anos o ouvindo me culpar por isso, até que decidi não ficar mais à mercê de suas ignorâncias. Consegui me emancipar, vim morar na Rússia e aprendi o idioma local. Também escolhi viver aqui, por ficar muito longe do meu pai. Ele não me ama como filha e eu sou boba por respeitá-lo, por não conseguir agir diferente.

Eu conheci Malia quando ela veio trabalhar na boate. Sabíamos que aqui não era um lugar comum, mesmo assim aceitamos o emprego, para podermos viver do bom salário que seria pago a nós. Com ele, consigo me manter e ajudar minha mãe todos os meses. Também tenho uma irmã mais nova, que é minha maior motivação, vivendo com meus pais. Já que meu pai vive bêbado e fazendo merda, eu praticamente ajudo com todas as despesas da casa.

Falo com minha mãe e minha irmã sempre que posso, porém, ultimamente, não tenho conseguido fazer isso, porque meu pai chegou bêbado em casa um dia, viu que eu estava falando com elas e desligou a ligação sem me dizer uma palavra. Toda sua frieza me deixou desolada por dias. Por sorte, tenho o apoio de Rosemary, que é como minha segunda mãe. Ela cuida de mim com tanto amor e carinho, que sou muito grata. Nem em mil vidas poderia agradecê-la por tudo que fez e continua fazendo por mim.

Estou levando pães quentinhos para casa, onde moro sozinha. O dia de hoje foi cansativo. Como vivo só desde os meus dezesseis anos, precisei amadurecer muito cedo. Em uma idade que eu deveria estar na escola, já estava trabalhando. Desse modo, não consegui terminar os estudos de maneira tradicional; tive que fazer cursos e provas para me formar. Finalizei tudo aos dezenove anos e nunca pensei em uma faculdade, pois só tenho tempo para trabalhar. A vida como faxineira, lavando banheiros, toma quase todo o meu dia, além das muitas horas extras que faço à noite como garçonete, servindo mesas.

Não deixo de notar o quanto os homens daqui me lançam olhares maldosos. Muitos já me perguntaram se eu aceitaria sair com eles, mas sempre tenho a proteção de Cristóvão. Acho que foi por esse motivo que me apaixonei por ele, apesar de ser mais velho e ter idade até para ser meu pai. Talvez por nunca ter tido o amor de um, necessito suprir este vazio de alguma maneira. Embora eu nunca ter lhe revelado meus sentimentos, já aprofundamos algumas vezes em assuntos relacionados a casamento, e ele foi muito específico ao dizer que não deseja se casar. Como dizem que a esperança é a última que morre, ainda espero, algum dia, vê-lo sentir o mesmo por mim. Enquanto isto, tento ser alegre, divertida e tratar todos muito bem no trabalho. Muitos dizem que sou maluca.

Já que gosto de esconder meu passado, quase ninguém sabe do meu pai e das dependências dele; somente Malia e sua mãe. Outra coisa que me envergonho, é da minha virgindade, portanto sempre digo para todos que não sou mais virgem. O que não é verdade. A verdade é que não me sinto pronta para me envolver com nenhum homem. Sonhei várias vezes comigo e Cristóvão juntos, mas esta é uma realidade que está muito longe de acontecer. Talvez ele só me veja como uma menina engraçada. É sempre muito protetor comigo e com Malia, não permitindo que ninguém solte gracinhas para o nosso lado. É um grande amigo.

Deito-me no meu colchão. Por não poder pagar por algo mais caro, meu pequeno apartamento contém um quarto, um banheiro, uma cozinha, e possui apenas os móveis e eletrodomésticos mais básicos, tipo geladeira e fogão. Estou economizando para comprar um micro-ondas, porque como este país enfrenta invernos rigorosos, necessito de algo prático para esquentar comida com mais rapidez. Também preciso de casacos novos, pois os meus estão velhos e rasgados.

Estou almoçando, distraída, sentada em um banco que fica nos fundos da casa de luxo. É quando Malia se junta a mim para me fazer companhia.

— Um pirulito pelos seus pensamentos.

— Não estou pensando em nada.

— Óbvio que está. Algo te preocupa. É sua família? Sua mãe ainda não retornou suas ligações?

— Sim. É isto.

Ela me conhece como ninguém, pois temos uma conexão esplêndida.

— Eu tenho certeza que ela irá retornar o mais breve possível. Não fique assim! Lembre-se que temos muito a fazer, como limpar a sala de reunião e deixar tudo muito brilhoso hoje à noite para a grande reunião dos chefes.

— Você já viu eles?

— Quem?

— Os irmãos Smirnov.

— Não. E não desejo vê-los, nunca.

Malia treme só ouvir falar o nome deles. Nós sabemos que o chefe de verdade se chama Dominic Smirnov. Por ser o dono de todo império mafioso, é o mais perigoso, e sua fama é de um homem cruel e impiedoso. Além de ser um legítimo sultão da máfia, todas as mulheres da casa já foram suas, porque antes de dormir com outros homens, passam uma noite com ele. O cara é impiedoso, muito bonito, segundo os depoimentos das meninas, é enorme e sabe como saciar uma mulher apenas com o olhar. Logo depois dele vem Nikolai, o segundo irmão. Seu cargo é o de subchefe. O que o torna tão poderoso quanto o Dominic. Todos os respeitam e os temem. A sua fama de mulherengo também não fica muito atrás. Também já ouvi boatos de que o homem é um vampiro, já que muitas mulheres que dormiram com ele, tiveram seus sangues derramados. Até sinto um calafrio percorrer toda a minha espinha.

— Trabalhando aqui, pode ser que os veja algum dia.

— E você já viu algum deles?

— O subchefe uma única vez.

— Sério? Quando foi isso?

— Você ainda não trabalhava aqui. Eu o vi em um camarote, beijando uma mulher. Ele não me notou, obviamente. — Termino de comer minha marmita com espaguete russo, carne e salada.

Cristóvão se aproxima de nós como quem não deseja nada.

— Meninas, o dia está lindo hoje, não é?

— Você é filósofo? O que aconteceu com o chefinho? — indaguei.

Nós o chamamos de chefe por estar sempre presente em tudo. É o gerente daqui e conselheiro da máfia.

— Já estamos indo limpar a sala agora mesmo. — Malia comentou.

— Não estamos, não. Ainda temos pouco mais de sete minutos de descanso.

Cristóvão sorri e sai fazendo uma expressão de divertimento.

— Olhe só a bunda dele! Tão empinada — apontei.

— Gen, sua safada! Pare! — Minha amiga pediu.

— Eu me esqueci que você é virgem.

— E você sabe disto. Vamos trabalhar!

— Calma! Eu não falei por maldade. Mas sabe que um dia vai aparecer um cara lindo que vai tirar sua virgindade.

— Pare com isso, Gen! — Já irritada, deixa-me sozinha.

Falando assim, até consigo convencer todo mundo de que não sou virgem.

Respiro fundo e vou para mais um dia cansativo de trabalho. A minha rotina se resume às mesmas coisas diariamente.

Capítulo 1

Genevevie

Depois da partida da minha melhor amiga, sinto-me solitária. Agora ela é uma senhora, pois está casada com Dominic Smirnov, o chefe da máfia russa. Quando ela foi embora, eu passei a me sentir sozinha, porque sempre éramos apenas nós duas na boate, trabalhando juntas, fazendo piadas ruins e almoçando no banco dos fundos, dentro das dependências do local.

Eu sou uma pessoa muito extrovertida e fácil de fazer amizades, porém todas as vezes que volto ao meu humilde lar, sou dominada pelo sentimento de tristeza, porque não nasci para viver sozinha. Como eu gostaria de ter minha mãe e irmãzinha vivendo comigo!

Entretanto, sou muito sortuda por ter encontrado pessoas maravilhosas na minha vida. Até me surgiu o convite de Rosemary para viver com ela. Sempre fui muito próxima à mãe da Malia, que é como uma mãe para mim também, já que fui obrigada a deixar a minha para trás por causa do meu pai bêbado e viciado. Às vezes, me pergunto por que ela não foge e o deixa de vez. Como pode uma mulher amar um homem que nem ao menos se importa com seus filhos? Gosto de pensar que não é amor, e sim medo. Mas, por que nunca o denunciou? Nos tempos em que vivemos, as leis de proteção às mulheres estão cada vez mais eficazes. Em alguns casos, os homens são presos e cumprem suas penas.

Meu maior sonho é trazer as duas para a Rússia. Estou tentando, há meses, convencer mamãe a vir morar comigo. Sei que não tenho muito a oferecê-la, mas, ao menos, ela nunca mais irá apanhar. Todas as vezes que ameaço denunciar o meu pai, vejo-a suplicar para eu não fazer isto. Um dia não terei mais toda essa paciência e farei de tudo para minha irmã. Às vezes, passo dias e até meses sem ter contato com elas, porque meu pai já quebrou dois celulares que dei à minha mãe. Quando ele chega em casa bêbado, quebrando tudo, não há quem se salve.

Como não possuo nenhum parente na Rússia, vivo ilegalmente sob um constante medo de ser descoberta. Somente por esse motivo aceitei trabalhar em uma boate onde quem manda são os chefes do crime. Não posso ser pega pelos meus documentos. Só pode trabalhar neste país quem tem familiar aqui, e como não tenho ninguém, vivo na sorte há muitos anos.

Tenho uma certa quantia de dinheiro guardada, só que não é muita. Eu a usarei apenas em um caso de emergência, de uma necessidade extrema, pois não posso me dar ao luxo de sair por aí gastando tudo com roupas e sapatos. Não sou nenhuma madame e meu propósito é maior do que qualquer outra vontade minha.

Limpo algumas mesas ouvindo, como sempre, músicas em meu fone sem fio. Gosto de deixá-las no volume mais alto possível, para não ter que ouvir as vozes enjoativas das mulheres que trabalham e vivem na boate: prostitutas de luxo que ganham a vida seduzindo milionários mafiosos. Trabalhar no mesmo ramo que elas resolveriam todos os meus problemas, mas não sou corajosa ao ponto de me entregar a um desconhecido. Ao contrário do que todos aqui pensam, mal beijei em toda a minha vida. Se um selinho dado aos quatro anos de idade em um colega da escola for válido, poderei considerar que perdi meu BV nesse momento.

Cristóvão chama a minha atenção para o meu horário, visto que estou atrasada com a arrumação. Sempre que pode e está disponível, ele me ajuda com algumas coisas, como a arrumar todas as mesas em seus devidos lugares. Desde que Malia saiu daqui, fiquei com quase todo o trabalho para mim.

— Qual é, Cris?! — Ele não gosta deste apelido, portanto o chamo assim. — Estou quase terminando.

— Não estou lhe apressando, apenas informando que ainda faltam dois banheiros para serem lavados e menos de meia hora para o seu horário chegar ao fim.

— Eu não vou embora até terminar tudo. Ok?

— Obrigado!

— Sabe o que acho? Que já deveriam ter contratado alguém para me ajudar. Eu ganho bem para dar conta do meu serviço, mas sem a Malia, preciso de outra pessoa para me dar um auxílio.

Ele ri da minha dramática maneira de demonstrar irritação com tal demora. Eles não contratam qualquer pessoa para trabalhar aqui, apenas quem é indicado e de confiança. Eu conseguir esse emprego foi um verdadeiro milagre.

— Eu já lhe disse que estou providenciando isto, mas a decisão final não depende de mim. — Está distraído com seu celular. — Meus superiores que decidem o momento exato de contratar a melhor pessoa.

Reviro os olhos, insatisfeita com a longa demora para escolherem alguém.

— Seus superiores não estão preocupados, porque quem limpa as privadas e deixa todo este lugar impecável todos os dias, sou eu. Porque vou dizer... Pense em uns homens bagunceiros que deixam tudo fora do lugar!

— Melhor não falar demais — alertou-me.

— Agora, que eu comecei, vou terminar. Porque, meu querido, sou Genevieve Akanni, e quando quero dizer algo, eu digo. Tudo bem... Não estou reclamando. Mas quem é que tem tic nervoso com apontador de lápis? Todos os dias recolho mais de um milhão de pedaços de lápis quebrados. Sem contar nas cinzas de charutos e papéis amassados. Parece que estou limpando salas do ensino fundamental.

Cristóvão ri rapidamente, ainda com o olhar focado em seu celular.

— Você não existe, Genevieve!

— Talvez sejam meus hormônios misturados com minha revolta. O chefe principal ainda deve estar em lua de mel, mas o outro lá passa o dia inteiro quebrando lápis e os jogando pelo chão, porque a idiota aqui é paga para limpar. Você bem que poderia pressioná-lo a contratar alguém para me ajudar.

— Falarei com ele amanhã.

— Aproveite e lhe dê uns conselhos para procurar um psicólogo! Acho que ele está descontando todas as suas frustrações em pobres lápis de grafite — falei com ironia.

O loiro ri de mim, mas logo seu sorriso morre. Parece que acabou de ver um fantasma.

— O que foi? Por que está me olhando assim?

— É melhor você ir lavar os banheiros antes que dê seu horário.

— Tudo bem. Já estou indo, chefinho rabugento — brinquei.

— Vá logo, menina! — Como sempre, parece estar querendo se ver livre de mim.

Estou pronta para cumprir as ordens de Cristóvão, quando sou parada por uma voz rouca e potente que sai no modo imperativo, muito perto de mim. Todo o meu corpo sente calafrios gelados.

— Não! Fique onde está!

Sua ordem foi tão explícita, que congelei inteiramente no mesmo instante. Eu me atrevo a me virar, orando para que não seja Dominic. Eu temo tanto este homem; principalmente depois que passei a dar anticoncepcionais à Malia. Se ele me descobrir, posso perder minha vida, já que todo chefe de máfia deseja ter um filho, e eu estou contribuindo para que isto não aconteça. Só estou cometendo esta loucura por todo amor e carinho que sinto pela minha única e melhor amiga.

Meus olhos vão de encontro aos seus negros profundos que estão me envolvendo com seriedade. Meu mundo acabou de desabar. Estou diante do irmão de Dominic. Dizem que Nikolai é tão perigoso quanto ele, por fazer mais todo o trabalho sujo, executando penas severas em traidores. O homem é conhecido também por denominações do tipo: ceifador, degolador, sanguinário e impiedoso. Gelo-me de medo, sem saber qual dos dois pode ser pior. Só sei que ambos são a mesma coisa que a morte.

Será que ele me ouviu falar sobre seu tic nervoso com lápis de grafite?

A minha respiração se torna pesada e falta ar em meus pulmões. Nunca senti a morte tão próxima de mim como agora.

— Senhor, eu estava indo agora mesmo em sua sala para lhe mostrar alguns...

— Em outro momento. — Nikolai o cortou. — Pode se retirar, Cristóvão.

— Senhor, eu...

— Agora! — ordenou sem muita paciência. Pode-se notar que ela não é um de seus pontos mais fortes.

Cristóvão tentou me ajudar da maneira que pôde, como fez com Malia, mas quando esses irmãos querem intimidar uma mulher, não há quem os segure. Se eu não morrer hoje, é porque entrei para a mira do mafioso cruel e sem coração. Algo me diz isso.

Sem ter mais o que fazer, resta ao meu chefinho preferido se retirar e me deixar sozinha com o homem de beleza arrebatadora e corpo musculoso. Ele é tão forte quanto o seu irmão mais velho, porém mais bonito, na minha opinião. Nunca estivemos tão próximos antes. Eu já o vi sim, algumas vezes. Mas nunca trocamos palavras diretamente.

Estou em apuros por conta da minha língua grande. Eu tento me controlar, mas tem hora que é inevitável não falar tudo o que penso. Bem disse uma ex-colega de trabalho aqui na boate, que lá no país dela, o Brasil, tem um ditado popular que dizem que em boca fechada não entra mosquito. Um ditado cheio de verdades.

E agora, meu Deus? O que será de mim? Meu coração está prestes a sair pela boca. O homem tem praticamente o dobro do meu tamanho. Meu corpo pequeno perto do dele não é nada. Se ele me batesse, com certeza me quebraria toda e não sobraria um osso sequer para contar a história.

— Ficou calada? Pode continuar. Quero saber mais a respeito da sua opinião sobre mim. — Ele não está falando sério, né?

Apesar de Nikolai não demonstrar nenhuma reação, seja lá de raiva ou de que deseja me matar, continuo nervosa e com a língua presa, sem conseguir dizer uma palavra sequer. Quando sinto medo, perco logo minha voz. Isto é resultado das vezes em que passei maus bocados com meu pai; situações extremas onde eu temia a morte.

— Vamos lá! Continue! — Incentivou-me a falar.

— Por favor, não dê atenção ao que eu disse! Não me note e finja que não sou nada! Peço que me perdoe se o ofendi de alguma maneira — soltei de uma única vez, nervosa. Talvez até tenha engolido algumas palavras.

— Vendo-a falar com tanta confiança, jurava que não temia a morte.

Engulo em seco. Ele vai me matar aqui e agora. As minhas pernas começam a fraquejar e a ficarem mais moles do que gelatina. Estou passando mal sem oxigênio. O homem alto, forte e sério, com seus olhos intimidadores repletos de arrogância e superioridade, deixa-me em um estado de quase desfalecimento. As famas dos membros de sua família são verdadeiros contos de terror. Se eu sobreviver a essa experiência caótica, viverei amedrontada pelo resto da minha vida.

— O senhor vai me matar? — perguntei assustada, com todo o meu corpo se encolhendo. Esta é uma das minhas reações para o medo.

— Eu teria motivos para fazer isso? Diga-me! — Ele me subestima. Talvez esteja me testando para ver o que direi.

Sei que, lá no fundo, sua vontade é me ver suplicar e me humilhar pela minha vida. Não é isto que sempre faz com suas vítimas? Sente prazer em ver o sofrimento do próximo.

— Eu errei. Por tudo que é mais sagrado, perdoe-me! — pedi, sentindo-me aflita, desesperada, e me segurando para não chorar. Contudo, uma lágrima involuntária insiste em escorrer pela minha face.

Não existe clemência em seu olhar. A dor do próximo não é algo que o comove.

— Saia da minha frente, antes que eu mude de ideia! E, que fique bem claro que não irei tolerar outra dessa! — advertiu de modo bruto e violento.

Corro o mais depressa possível para longe dele. O meu coração está palpitando desenfreadamente e eu estou tomada pelo medo. O que diabos deu naquele homem para me notar e querer me intimidar? Tenho certeza que estarei na mira dele de agora em diante.

Capítulo 2

Genevieve

Estou colocando meu uniforme para secar. O final de semana chegou e a minha folga também. Sinto-me aliviada porque o resto da semana terminou tranquilamente, mesmo após todo o pavor que passei ao lado de Nikolai Smirnov. Este homem me causa calafrios e eu fujo dele igual o diabo foge da cruz. Temo tanto sua presença, que sempre procuro estar próxima a pessoas que podem me passar uma certa segurança e evito limpar em lugares onde posso encontrá-lo. Também montei um novo horário para mim, somente para ter paz. Se ele decidir implicar comigo, estarei perdida.

Durante o jantar com Rosemary, nós conversamos sobre Malia. Posso notar o quanto ela sente a ausência da filha, e apesar de sempre ir visitá-la, suas vidas mudaram repentinamente, assim como a minha precisou mudar em um passado não muito distante. Não é fácil ter que deixar para trás as pessoas que você mais ama em todo o mundo.

Conforto a Rose da maneira que posso e tento fazê-la rir das minhas piadas bobas, sem graça.

— Eu sei que não sou uma companhia tão boa como a Malia, mas estou aqui para lhe ajudar no que precisar.

— Querida, sabe que é como uma filha para mim.

Eu me emociono todas as vezes que ela me chama de filha. Realmente, preocupa-se comigo e zela pela minha segurança. Apesar de morarmos em um apartamento muito elegante, com empregadas, nós sempre cozinhamos e eu possuo um quarto com suíte. A minha cama é tão macia e confortável, que durmo como um anjo. Malia sugeriu que eu parasse de trabalhar na boate, porque iria me dar uma quantia de dinheiro por mês, só que não aceitei isso. Não posso depender da minha melhor amiga. Não é justo. Ela não tem a obrigação de me sustentar e eu sou muito orgulhosa em relação a certas coisas. Desde muito nova, sempre me mantive sozinha e deixava de estudar para vender doces no semáforo com a finalidade de comprar comida para a minha mãe e minha irmã, pois todo o dinheiro que meu pai ganhava, usava para encher a cara com bebidas e sustentar seus vícios em drogas. Odeio a bebida mais do que qualquer outra coisa nesta vida, porque ela corrompe as pessoas e dá a elas coragem para fazer coisas terríveis. Quando consumidas exageradamente, só trazem consequências brutais.

Malia me convidou a vir até sua casa. Já estive aqui outras vezes, porém vinha sempre muito assustada com a possibilidade de ser flagrada lhe trazendo anticoncepcionais. Por este motivo, combinamos que eu os entregarei na casa de sua mãe, para levantarmos menos suspeitas. Rose também se juntou a nós, entretanto foi mais cedo para casa.

— Como está a vida de casada? Já ama o seu marido? — Deito-me em sua cama enorme.

O rosto da minha amiga ruboriza. Ela está tão linda vestida em um conjunto de um tecido bonito, porém sua expressão é de tristeza.

— Claro que não. Você sabe muito bem quais as circunstâncias que me obrigaram a me casar com Dominic. No que depender de mim, irei fugir para bem longe daqui na primeira oportunidade que tiver.

— Infelizmente, isso não será nada fácil. Diga-me: ele abusa de você?

— Não. Pelo contrário. Ele é gentil e dominador, e muitas vezes gosto disso. — Culpa-se por esta confissão. — Você sabe que eu era virgem. Queria ter ouvido seus conselhos e vivido antes. Assim, pelo menos, não estaria casada, pois mafiosos só se casam com mulheres intocadas.

— Deveria ter me ouvido sim.

— Ao menos você não corre este risco, já que não é mais virgem — comentou, acreditando na minha mentira.

Sinto-me mal por enganar Malia. Eu inventei essa história para que não debochassem de mim na boate e não me considerassem careta, porque todos já falavam mal da minha amiga. É claro que eu sempre brigava com eles para a defender, mas não desejava ser motivos de piada. Hoje em dia, ser virgem aos vinte anos parece errado, mas a verdade é que todos somos livres para escolher o momento certo de nos entregar. Nunca façam algo somente porque os outros esperam que vocês façam! No que depender de mim, continuarei assim por muito tempo, pois o único homem pelo qual me interessei, nem sequer me vê como mulher. Cristóvão não sente atração por mim, talvez por eu ser baixa demais e não ter muita comissão de frente, como as demais mulheres que se envolveu com ele, as siliconadas que tanto venera.

Malia observa pela janela do quarto e constata que seu marido acabou de chegar. Como temo a presença dele, acho melhor ir embora. O motorista vai me deixar em casa e ela me acompanha até a escadaria. Ainda insisti, dizendo que não precisava ser levada até a saída, por já conhecer bem o caminho. Enfim, despeço-me dela com um abraço e uma promessa de voltar em breve. Apesar de trocarmos mensagens todos os dias, não podemos falar muitas coisas pessoais por elas, já que o celular dela é monitorado. No mundo da máfia, é como se vivêssemos nos tempos da caverna.

O motorista me encontra em frente a casa e sai para ir buscar o veículo na garagem. Os muitos carros de luxo daqui são excepcionais e esbanjam dinheiro, ostentação. A família Smirnov é muito rica, mas não sei dizer o quanto. Pelas propriedades que têm, nota-se que são muito poderosos.

Quando estou regulando a alça da minha mochila, os raios solares batem em meu rosto, deixando minha visão um pouco turva, e o vento faz meus cabelos balançarem no ar. Não havia percebido de imediato um carro preto de luxo estacionado próximo a mim. Assim que identifico o veículo e vejo o seu dono descer dele, todo esbelto e revigorante, estremeço. O que ele veio fazer aqui, no mesmo dia em que vim visitar minha amiga? Eu sei que Nikolai é irmão de Dominic e cunhado de Malia, mas estar aqui justo hoje é demais para mim; ainda mais depois de eu ter conseguido evitá-lo durante toda a semana.

Olho para a direção oposta, na esperança do motorista já estar vindo, porém tenho uma grande frustração. Respiro fundo. O homem está radiante, brilhando mais do que os raios de sol, com os cabelos alinhados, o terno modelado em seu corpo e óculos escuros que me impedem de contemplar seus olhos negros. Não sei dizer se ele já notou minha presença, mas para entrar na mansão irá precisar passar por mim. Não é como se fosse ser educado de me cumprimentar, e prefiro que seja assim. Espero que passe por mim e nem sequer me olhe nos olhos.

Conforme ele se aproxima, meu coração acelera. Por que será que isso acontece todas às vezes? O medo já se expressou em mim de várias maneiras, mas nunca assim, com tanta intensidade. E olha que já passei por cada situação tenebrosa!

Falo mentalmente comigo mesma, buscando autocontrole para não desmaiar, nem correr para o lugar mais longe possível. Posso sentir seu aroma amadeirado e já reajo de maneiras estranhas.

Então, Nikolai passa por mim como se eu não fosse nada. Neste momento, eu me senti um inseto do qual ele acabou de passar por cima. O homem nem sequer olhou para mim. Continua caminhando em direção à casa, confiante, em seu andar poderoso que não oscila. O seu perfume exala, ficando preso em meu nariz. Logo o vejo desaparecer das minhas vistas. Em seguida, o motorista chega para me levar de volta para casa.

Não posso negar a maneira que este homem me intriga. Ultimamente, tenho tido bastante a impressão de que estou sendo observada de alguma maneira; seja pelas suas órbitas negras ou até mesmo por câmeras de segurança que sempre estão viradas para mim. Será que estão desconfiando de mim? É por este motivo que estou tendo todos estes sentimentos e sensações estranhas? No trabalho, acho que tudo está normal, pois se houvesse algo de errado, Cristóvão já teria me avisado. Ele sempre me alerta para viver longe de algumas pessoas, por não ser seguro, e eu costumo ouvir seus conselhos.

Hoje ouvi as vozes da minha mãe e irmã por uns três minutos através de uma ligação. Foi pouco tempo, mas o suficiente para esquentar o meu coração. Para mim, saudade tem nomes, sobrenomes e vivem na Jamaica. Para quem não sabe, este pequeno país é repleto de tradições africanas e possui em torno de 90% das pessoas descendentes de africanos. Inclusive, minha mãe. Ela é uma mulher negra, linda, nascida e crescida no país. Conheceu o meu pai no portão ilegal de imigração para os EUA, uma nação onde pessoas como nós não costumam ser bem-vindas. Espero que as leis por lá mudem e favoreçam quem só deseja construir um futuro próspero no país. Já o meu pai possui olhos verdes, pele branca, é jamaicano e tem descendência francesa e europeia. Herdei dele a tonalidade de pele, assim como os cabelos lisos. Contudo, a aparência é a única coisa que temos em comum, por que, felizmente, eu possuo dignidade e caráter. Estes são frutos dos bons ensinamentos da minha mãe.

Acabei de sonhar com o Nikolai, com seu olhar penetrante e instigante. Despertei incrédula com minha ousadia de sonhar com esse homem de um jeito nada comum. Toco em meus lábios, e é como se eu pudesse sentir o calor dos seus beijos. Tudo pareceu tão real que, por uma fração de segundo, pude jurar que ele estava no mesmo ambiente que eu. Mas não passou de um sonho louco.

Bebo um copo de água inteiro e vou buscar mais na cozinha, tendo a sensação de estar sendo seguida. Na volta para o meu quarto, acendo as luzes da sala e não vejo ninguém.

— Eu estou ficando maluca, e a culpa é sua, Nikolai Smirnov, por estar sugando toda a minha sanidade — resmunguei para mim mesma.

Volto a dormir, pois amanhã já é dia de trabalhar.

No momento estou no serviço, fazendo todas as minhas obrigações da manhã. Já por volta do horário de almoço, lavando os banheiros, ouço murmúrios das meninas comentando sobre o sequestro de alguém. Eu me aproximo mais delas para saber o que houve e fico estarrecida ao descobrir que Malia foi sequestrada e que está correndo perigo nas mãos de inimigos. O meu coração está quase saindo pela boca. Aflita, começo a chorar.

Ninguém pode deixar o estabelecimento, pois estamos proibidas de sair daqui. Sem notícias e esperando por novidades, começo a chorar, preocupada com sua segurança. Até me esqueci de limpar as salas dos chefes, mas estou sem chão para fazer qualquer coisa, porque uma parte do meu mundo acabou de desmoronar e só voltará a se reerguer quando eu souber mais novidades da minha amiga. Nem sequer posso ligar para Rose, porque as ligações também estão proibidas. Somos consideradas suspeitas até que se prove o contrário.

Cristóvão logo retorna com um semblante fechado. Não posso me aproximar dele para perguntar algo, e ele apenas avisa que seremos questionadas sobre alguns assuntos. Todos os funcionários, sem exceção, inclusive eu.

Meu coração está inquieto e eu estou aguardando a minha vez. Cristóvão está na sala de Nikolai fazendo as perguntas. Como necessito ir ao banheiro, sou acompanhada por um segurança, que fica me esperando na porta. Estamos cumprindo os protocolos de segurança que diz que em caso de qualquer suspeita, todos seremos investigados.

Estou angustiada, aflita e desesperada.

Quando retorno do banheiro, já sou a próxima a ter que entrar no local. O segurança abre a porta para mim, e eu seco minhas lágrimas com a palma da mão. Eu estava certa de que Cristóvão estaria sentado na cadeira de couro preto, mas, para a minha surpresa e estado de choque, quem está nela é o dono da sala, o homem que me faz ter sonhos estranhos e me intimida com seu olhar severo.

Seu semblante não está para brincadeiras. Ele não é uma pessoa que gosta de sair dos seus padrões de seriedade, e creio que não saiba como sorrir.

Como fico parada perto da porta, ele, já impaciente, faz um sinal com as mãos para que eu a feche. Minha face está vermelha pelo choro e meu nariz entupido.

— Vamos! Sente-se! Não tenho o dia inteiro — disse de maneira ríspida.

Minhas pernas vacilam, então quase caio por cima da cadeira. Se eu não tivesse me apoiado nela, isso teria acontecido.

Nikolai me encara como se eu tivesse cometido um crime e seu olhar gélido me petrifica. Engulo o choro para saber de notícias.

— Por favor! Será que poderia me informar sobre a Malia? Como ela está?

— A vida particular da minha família não é um assunto que lhe diz respeito. — Levo sua resposta como um tapa na cara.

— Claro. Eu não desejo saber nada sobre sua família. Mas como deve saber, sua cunhada é minha melhor amiga e nossa relação é de irmãs. Quando nos avisaram sobre o ocorrido... — Ele faz um sinal de "basta" com as mãos e eu paro de falar imediatamente.

— Só fale quando for questionada! Estamos entendidos?

— Sim, senhor.

— Ótimo! Agora, eu quero que me responda! O que fez durante toda a manhã?

— Apenas minhas obrigações. Limpei os banheiros e mesas.

— Não percebeu nenhuma movimentação estranha?

— Não — respondi confiante.

— Seu celular foi revistado. Poderá pegá-lo quando sair daqui.

— Insisto mais uma vez para que me fale como ela está. Por favor! — supliquei fitando seus olhos escuros.

Ele não esboça nenhuma reação, então vejo que não irá me dizer nada. Conforme minha preocupação aumenta, encaro-o mais uma vez.

— Posso, ao menos, usar o meu celular para fazer uma ligação? — Olho para o aparelho sobre sua mesa.

— Eu disse que poderá pegá-lo quando for embora.

— Por favor! A Malia é como uma irmã para mim. Não vou conseguir ficar sem notícias dela.

Ele bufa irritado.

— Pode se retirar.

Fico de pé, indignada. Ainda entreabro meus lábios para lhe dizer algumas verdades, porém o alerta de perigo me avisa que não posso me exceder com ele. Deixando minha revolta explícita em meu olhar, saio do cômodo.

Espero o final do meu expediente acabar para enviar algumas mensagens à minha melhor amiga. Quando estou no caminho de casa, ela retorna minha ligação.

— Oi, Malia. Você está bem?

— Estou sim. Graças a Deus, Dominic me salvou a tempo. Se ele não tivesse chegado, eu poderia estar morta agora.

— Eu estava aflita e preocupada com você. Acredita que seu cunhado, aquele filho da mãe, não me deu notícias suas, nem permitiu que eu usasse meu celular pelo resto do dia? Estou com tanto ódio ainda.

— Eu estou bem. Por favor, fique bem e se cuide!

Encerramos a ligação. Agora, sim, poderei ficar tranquila.

Capítulo 3

Genevieve

Escovo os dentes após meu horário de almoço. Sempre trago comigo a minha escova para manter minha boca higienizada.

Tenho buscado um pouco de paz depois de todos os últimos acontecimentos.

Eu soube que Cristóvão irá viajar dentro de alguns dias e só irá retornar em duas semanas. Gosto de tê-lo por perto em todos os momentos, porque ele me passa segurança e me alerta de cada perigo. Sem sua presença aqui, irei me sentir insegura e amedrontada; principalmente depois de ter cruzado o caminho de Nikolai Smirnov duas vezes.

Em um canto, paro um pouco para descansar. É quando Leila, a nova a chefe provisória, passa por mim de maneira arrogante e nada educada. Ela tem este cargo somente por ter muito tempo de trabalho na casa de luxo.

— Levante-se do chão agora mesmo, Genevieve! Aproveite que o chefe acabou de sair e vá limpar a sala dele! Sabe que ele gosta de tudo muito organizado.

— Sei sim. Tem mania exagerada de limpeza, mas não pega uma vassoura para limpar a sala. Enfim, a hipocrisia! — Fui irônica.

— Garota, esta tua língua ainda vai te colocar em uma enrascada — afirmou maldosa. Ela nunca foi gentil. Aliás, ninguém daqui costuma ter bons modos; exceto Cristóvão.

Levanto-me sem muita animação e aumento a música dos fones de ouvidos. A sala que Leila falou que precisa ser limpa é a de Nikolai. Pense em um homem com mania exagerada de limpeza! Não sei se ele tem problemas mentais, mas posso afirmar que precisa de ajuda médica, porque não é possível que enxergue sujeira em um ambiente que é limpo no mínimo uma vez por dia e, em alguns dias, duas vezes, quando ele está atacado.

Respiro fundo antes de pegar o carrinho de limpeza. Para mim, não tem sido fácil suportar toda a pressão dos últimos dias.

O meu coração se aperta quando me aproximo da sua sala. Há momentos em que sinto que ele deseja me intimidar, mas há outros em que o vejo, simplesmente, fingindo que não existo. Não sei qual das duas opções é a melhor. Talvez seja a terceira: eu me esquecer de todas estas paranoias e cumprir minhas obrigações.

Abro a porta, totalmente distraída com a canção, e meus olhos se arregalam com a cena completamente inusitada, imprevisível, em minha frente. A mulher está ajoelhada diante do homem de olhos negros, segurando toda aquela monstruosidade de tamanha magnitude em mãos e a introduzindo em sua boca. Como ela consegue?

Em choque e totalmente perplexa, após obter os olhares de ambos sobre mim, fecho os olhos, impactada com a cena mais estranha que já vi em toda a minha vida. Acabei de atrapalhar um momento íntimo.

Abaixo o volume do meu celular até deixá-lo no zero e procuro um buraco para me enfiar e me esconder, mas não encontro. Estou sem chão, desnorteada e muito desconfortável. As minhas bochechas coram violentamente, queimando toda a minha face. Tenho certeza que estou em apuros depois desta intromissão. Pensei que não havia ninguém na sala, já que a própria Leila disse isso. Com certeza, ela sabia que o subchefe estava com esta mulher em momentos íntimos e me mandou, de propósito, para a cova dos leões. Essa vadia nunca gostou de mim, nem da Malia, e estava constantemente se achando superior a nós duas. É uma desqualificada e mal-amada.

Meu coração acelera conforme o medo se intensifica dentro de mim, fazendo irradiar suor por todas as partes do meu pequeno corpo. Se Malia é baixinha, eu sou considerada uma anã por muitos grandalhões.

Estremeço ao ouvir a voz de irritação da mulher.

— Qual é o seu problema, garota?! Por acaso não sabe bater na porta?

Tomo coragem para abrir os olhos. Nikolai não parece nada desconfortável por eu ter acabado de vê-lo despido da cintura para baixo, já a loira está irritada. A face dela está vermelha e transbordando rancor sobre minha direção.

O subchefe sobe a calça e não deixo de notar o quão *sexy* e sério ele é.

— Não me diga que também é muda! — insistiu.

— Falaram para mim que não tinha ninguém na sala...

— E você não se certificou antes de entrar assim, com total liberdade? — Vem na minha direção, furiosa.

Seus seios siliconados estão expostos e ela parece não se importar com a nudez explícita.

— Desculpe! Eu...

— Eu vou acabar com você, sua puta! Vai aprender a bater em portas antes de entrar! — Cheia de arrogância, ela me empurra, fazendo-me cair sobre o carrinho de limpeza.

Minhas costas, que batem sobre alguma parte do carrinho, machucam. Eu resmungo pela dor enquanto a mulher se mantém com sangue nos olhos. Está prestes a voar em cima de mim, quando é interrompida pelo homem imponente que se coloca em minha frente. O ódio dela morre de repente. Está usando de sua sexualidade para convencê-lo a me matar.

— O que pensa que vai fazer? — ele perguntou, furioso como nunca vi antes.

— Ensinar uma lição para esta vadia, que precisa aprender a nunca mais interromper nossos momentos.

Ele fecha os punhos, enfurecido. Seria capaz de bater nela? Não posso ver sua expressão de onde estou, mas posso senti-lo exaltar toda sua ira sobre a mulher que, instantes atrás, estava com os lábios em volta do seu membro.

— Saia agora!

— O quê? — desacreditou das palavras dele.

— Não me faça repetir!

Ela não diz mais nada, apenas veste sua blusa decotada. Antes de deixar o cômodo, ainda me fuzila com seu olhar metralhador.

Por esta atitude de Nikolai, eu não esperava. Muito menos pela de agora. Ele está com seu olhar másculo sobre mim, estendendo sua mão grande em minha direção, para me ajudar a levantar. Fico boquiaberta com seu gesto de gentileza. Com receio, minha mão toca na sua e todo o meu corpo é invadido pelo calor irradiante dela. Até sinto algo estranho se formar em meu coração, que começa a bater em um ritmo quase anormal.

Segurando em sua mão, não faço força para me levantar, pois ele é forte o suficiente para fazer isto por mim com apenas um dedo. Por fim, coloco-me de pé.

— Obrigada!

Como o lado direito das minhas costas está doendo, precisarei de uma compressa de gelo para amenizar a dor.

Seus olhos negros penetrantes e sedutores me devoram de uma maneira intensa, fazendo eu me sentir violada. Contudo, sei que ele não está usando seu charme comigo, porque este é o seu olhar natural.

Arrepios se espalham por todas as partes do meu corpo e eu engulo em seco com sua pergunta.

— Está bem? Machucou muito?

— Nada que eu já não tenha sentido antes — respondi serenamente.

Esta dor nem se compara com as dores que a vida já me proporcionou. Tenho certeza que ficará somente uma mancha roxa no local.

— Juro que não sabia que o senhor estava na sala. Eu jamais teria entrado daquela maneira... Não teria entrado de maneira alguma se soubesse da sua presença aqui.

Ele ergue uma sobrancelha e, de maneira curiosa, questiona.

— Por quê?

— O quê? Perdão! Não compreendi. — Fiquei com dúvida. Às vezes, tenho dificuldade de entender certas coisas quando sinto que estou correndo alguns riscos.

— Por que não teria entrado na minha sala se soubesse que eu estava aqui?

— Não é óbvio? — Eu me referi a tudo que acabei de flagrar.

— Não — Encara-me, interessado em saber mais.

— É meio difícil arrumar algo quando alguém está presente. No caso, como eu iria limpar a sua mesa se o senhor estivesse trabalhando nela? E, também, é melhor evitar passar a vergonha de ver o que não devo. — Desvio meu olhar do seu. Meu coração até erra uma batida.

— Você se sente bem para continuar com seu serviço? Pode começar a fazê-lo neste exato momento. — Senta-se em sua cadeira de couro, pega um tablet sobre a mesa e foca o olhar no aparelho.

Como assim o homem quer que eu trabalhe em sua presença? Se é cheio de frescuras, como irei arrumar tudo com ele aqui?

— Senhor Smirnov, posso voltar em outro momento...

— Não é necessário. Basta fingir que não estou aqui.

Como não notar sua presença poderosa em um ambiente que é sua cara e, ainda por cima, não sentir o perfume amadeirado em seu corpo?

— Vamos lá! Gosto de trabalhar com privacidade, então seja rápida! — Ligou seu modo arrogante. Estava demorando para mostrá-lo.

Não há como contrariá-lo, então não irei fazer isso. Ainda mais depois de ter estragado seu momento de prazer com a mulher que saiu irritada. Ele, pelo contrário, parece não ter se importado, mas, ainda assim, não me atreverei a desrespeitá-lo.

Abaixo-me para pegar um produto que a siliconada histérica me fez derrubar e gemo ao sentir uma pontada rasgar minha coluna no local onde bati contra o carrinho. Não sou manhosa para dor e sempre enfrento tudo com muita coragem, mas foi impossível ignorá-la desta vez.

— Ai, Deus!

Em um passo de mágica, Nikolai aparece ao meu lado, roubando todo o meu ar. Sua mão toca no local onde indiquei que está doendo.

— Venha! Sente-se aqui! — Faz eu me sentar em uma cadeira de couro.

Seus olhos me fitam com um certo tipo de... preocupação? Ou estou ficando louca?

Ele pega o telefone fixo sobre a mesa e pede o inesperado:

— Traga compressas de gelo imediatamente para a minha sala!

Em choque, permaneço quieta até ele voltar seu olhar para mim. O que me deixa inquieta e temerosa.

— Não é necessário que tragam isto aqui. Eu posso ir até a cozinha pegar e fazer.

Fico sem resposta. Esta é uma das coisas que mais odeio nele: sempre me cobrar respostas e não me dizer nada quando falo algo simples.

Pouco tempo depois batem na porta. Ele mesmo busca a compressa. Segurando-a em mãos, abaixa-se diante de mim.

— Preciso que levante um pouco a blusa. — Sério? Ele mesmo vai colocá-la sobre o lugar dolorido?

Em um primeiro momento, fico sem reação, porque nunca levantei minha blusa para nenhum homem. Mesmo que eu não vá mostrar nada demais, fico insegura com seu pedido, porque apenas sua presença já me deixa nervosa. Certamente, ele já notou isso.

— Não precisa temer. Só faça o que pedi, antes que a compressa esfrie.

Com muita insegurança, eu levanto a blusa até o local onde está dolorido e o gelo alivia a dor de uma maneira incrível. Fecho os olhos por alguns instantes. Como o subchefe não toca em nenhuma outra parte do meu corpo, sinto-me mais tranquila, vendo que ele não ousará fazer isso; até porque não me enxerga desta maneira. Certamente, eu exagerei, pois não há nenhuma atração de sua parte por mim. Imagine! Justo eu, uma menina desengonçada, atrapalhada e mais nova, provavelmente, uns dez anos. Sem contar que meus cabelos estão suados e sujos.

No entanto, ele parece notar algo bonito em meus fios.

— São naturais?

— O quê?

— Seus cabelos.

— Sim. Não tem produtos químicos.

— São muito bonitos.

Apesar de eles estarem presos, dá para notar que meus fios lisos ondulados são bonitos. Sempre fui elogiada a respeito do meu cabelo. Se eu não fosse tão desajeitada e o hidratasse mais vezes, ele seria mais sedoso. Nunca pensei que Nikolai o notaria.

— Obrigada! — Agradeci sem jeito.

— A cor dos seus olhos...

— Não são lentes — cortei-o, levando-o a rir.

— Sei disto. Eu iria apenas falar que eles são muito bonitos.

— Obrigada! Mas são tão comuns. Quase todo mundo na Jamaica tem olhos desta cor.

— Pensei que fosse francesa.

— Meu nome engana por ser escrito de forma francesa, mas minha nacionalidade é jamaicana.

— Sua pele é tão clara, que imaginei que poderia ser russa.

— Meu pai é descendente de espanhóis, então herdei seus traços. — Ele parece tão interessado em saber mais, que acabo ficando sem jeito. — Acho que já estou melhor. Posso voltar ao meu serviço.

— Tire a tarde de folga para ir ao médico, se precisar! Não será necessário trabalhar mais hoje.

Acabo aceitando sua oferta. Caso a dor persista, irei ao médico, como ele disse.

Vejo-o ficar de pé para me entregar a compressa. Parece ter voltado ao estado normal de seriedade. Finalmente, agradeço mais uma vez pela sua gentileza, antes de deixar a sala. O que acabou de acontecer aqui foi muito inesperado.

Capítulo 4

Genevieve

Explico à senhora Rose meu pequeno acidente propositalmente premeditado por aquela vadia mal-amada que me empurrou contra o carrinho. Ela me olha preocupada e faz questão de preparar mais algumas compressas de gelo para colocar sobre o local dolorido. Eu não lhe disse que fui empurrada por ter flagrado uma cena que, certamente, ocupará meus pensamentos por muitos dias. É inevitável fechar os olhos e a imagem do seu membro robusto não aparecer na minha cabeça como se estivesse em um grande telão.

— Que bom que te deram folga. O Cristóvão é um bom homem e muito compreensível.

Às vezes, esqueço-me que ela também já trabalhou na boate em um passado não tão distante e conheceu muitas pessoas de lá, inclusive todos da família Smirnov que frequentam aquele lugar.

— Descanse, querida! Vou preparar algo para você comer.

— Obrigada, senhora Rose!

Ela sorri e me deixa descansando em meu quarto. Quem diria que, um dia, eu teria um cômodo tão grande quanto este? Para quem já chegou a dormir no chão, hoje tenho uma cama confortável e um banheiro exclusivo.

Retiro meu uniforme, ficando vestida apenas com uma lingerie preta. Noto que meu reflexo no espelho está horrível, que eu necessito de um banho e de uma boa hidratação capilar. Custo acreditar que Nikolai disse aquilo sobre meu cabelo e olhos. Acho que estes foram os primeiros elogios diretos que ouvi de um homem em toda a minha vida, já que as cantadas por parte dos amigos bêbados de meu pai não contam. Esses homens abomináveis que sentem atração por crianças são nojentos. Sinto repulsa ao me lembrar de todas as vezes que me senti suja quando eles me comiam com os olhos como se eu fosse um pedaço de carne. Pobre da minha pequena irmãzinha! A minha mãe faz de tudo para a proteger, como fez comigo. Graças a Deus, nunca cheguei a ser tocada indevidamente!

Espero que isto nunca aconteça com ela, porque nenhuma mulher merece ser molestada contra sua vontade.

Entro debaixo do chuveiro, sentindo a água quente cair sobre mim e aliviar toda a minha tensão. Eu fecho os olhos ao deslizar o sabonete pelo meu corpo e lembranças daquela cena erótica invadem os meus pensamentos novamente. Pela primeira vez, sinto desejo de me tocar, e minha intimidade lateja, excitada por ele. Repudio-me de novo por ocupar minha mente com isto, abro os olhos, assustada com minhas atitudes impensadas, e discuto mentalmente comigo mesma. Sentir atração por um mafioso só pode ser um sinal nítido de que estou ficando perturbada.

Deixo o banheiro vestida em um roupão e vou para a frente do notebook que ganhei de presente de Malia. Ela foi muito generosa por comprar aparelhos modernos para mim e Rose.

Tento fazer uma chamada para a minha mãe na Jamaica, cruzando os dedos para que dê certo desta vez. Quem atende é minha irmãzinha Evelyn. Seus olhinhos brilham ao me verem e os meus se enchem de lágrimas. São tantos anos sem poder acompanhar seu crescimento de perto.

— Gen! — gritou meu nome. — Oi! Tudo bem? Eu estava com saudade.

— Eu também, meu amor. Vocês estão bem?

— Sim. Estamos — respondeu desconfiada.

— Certeza? Está acontecendo algo que gostaria de me contar?

Ela se certifica de que está sozinha e depois volta sua atenção para mim, deixando-me ainda mais preocupada.

— A mamãe me pediu para não te contar, mas nosso pai a empurrou ontem e ela bateu a cabeça contra a parede. Está tendo enjoos e febre desde então.

— Pelo amor de Deus! Ela precisa de um médico. — Estou tensa.

— Você sabe como é o nosso pai. Ele acha que ela está fingindo dor para se livrar dos afazeres de casa. Cada dia que passa, fica mais agressivo. Estou com muito medo, irmã.

Meu coração se aperta com uma sensação de que algo muito ruim está prestes a acontecer. Vivo esta tormenta todos os dias.

— O nosso pai te machuca?

— Não. Ele não conversa muito comigo.

— Os amigos dele costumam ir aí?

— Faz algum tempo que se afastaram daqui, porém vivem se encontrando no bar com nosso pai. Estão dizendo que ele está vendendo drogas. — Parece temerosa.

Fico ainda mais assustada com essa informação.

— Eu preciso desligar. Acho que ele chegou. — Nervosa, encerra a ligação.

Às vezes, sinto vontade de ir embora para casa e suportar todas as tormentas que me esperam lá.

Pego meu celular e, por pouco, não faço uma denúncia sobre o ocorrido. Pelo que vejo, as duas estão correndo um sério perigo, porque podem pensar que minha mãe é cúmplice e a prenderem. Meu pai está passando de todos os limites cabíveis. É um louco inconsequente que nunca pensou no bem-estar da família ou zelou pela segurança das filhas e da mulher. Meu ódio por ele só aumenta a cada dia que passa. Há momentos em que desejo sua morte, pois tudo seria melhor se esse homem cruel e perverso deixasse de existir. Minha mãe e irmã estariam livres dele.

Não consigo me alimentar bem, pelo simples fato de me sentir no escuro, sem ter notícias sobre o estado de saúde da minha mãe. Pancadas na cabeça exigem todo um cuidado médico. Por isso, não irei conseguir dormir nesta noite. Rolo de um lado a outro na cama, certa de que estarei com olheiras gigantes amanhã.

Pela manhã, sou obrigada a me levantar da cama, tomar um banho e ir ao trabalho. O dia hoje está chuvoso. Já imagino como estou com todo este frio, pois meu corpo não se adapta bem a tanta friagem: minha sinusite ataca e meu nariz escorre, fica avermelhado. Devo estar parecendo uma assombração. Para combinar com este visual triste e derrubado, ainda têm minhas olheiras.

— Nossa, Gen! Você está derrotada, menina. O que aconteceu? — Leila perguntou cinicamente. Ontem me empurrou para uma cilada e hoje finge se importar comigo.

— Não é da sua conta. — Fecho meu casaco.

— Quanta ignorância, menina!

— Por favor, não banque a chefe preocupada com seus funcionários! Não somos amigas. E depois do que me fez passar ontem, matou todas as chances minúsculas que ainda restava de mantermos uma amizade profissional.

— Refere-se ao chefe? Desculpe! Pensei que ele já tivesse saído.

— Você é ridícula. — Deixo-a para trás.

Paro diante de um furacão loiro que está puto de raiva com minha pessoa. É a mulher que estava na sala com o mafioso ontem, realizando um boquete nele. Ela se põe em minha frente, com seus olhos claros transbordando ódio. Eu estremeço, dando alguns passos para trás, e sinto calafrios quando a vejo se aproximar cada vez mais.

— Encontrei você, garota intrometida — falou, esnobe e cheia de ódio. — Agora, que estamos a sós, vamos ter um acerto de contas.

Não sei o seu nome, apenas sei que é uma das novatas que chegou aqui na semana passada. É óbvio que está irritada comigo. Todas as mulheres desejam chamar a atenção dos chefes, e como o Dominic é um homem casado agora, elas apostam todas as suas chances em Nikolai, em busca de uma vida regada a luxo e conforto.

— Já pedi desculpa pelo ocorrido. O que mais quer que eu faça?

— Garota, eu quero arrancar seus cabelos.

Ela falou ao pé da letra, porque, em seguida, avançou sobre mim, puxando meus fios com toda a força contida nas mãos. Eu grito de dor, pedindo por ajuda. Leila está observando tudo e não faz nada. Até posso vê-la rir com a cena.

Tento me soltar, mas isto parece ser pior do que continuar sendo puxada.

— Você vai aprender a se colocar em seu lugar, sua vadia! — Acerta uma bofetada na minha face, fazendo-me virar o rosto violentamente com o impacto de sua mão pesada.

Depois, a loira me joga contra as mesas, levando-me a cair e me machucar ainda mais. Posso sentir um gosto de sangue no meu lábio inferior. Ela possui unhas enormes, verdadeiras garras de leoa.

— Está maluca?!

— Maluca estarei quando enterrá-la viva por sua ousadia de atrapalhar meu momento com o chefe.

— Eu já lhe disse que não sabia que vocês estavam na sala. Pelo amor de Deus, pare com isto!

Ela vem na minha direção como um touro bravo e eu coloco minhas mãos na frente do corpo para me proteger, fechando os olhos e esperando pelo impacto. Mas ele não vem. O silêncio predomina o ambiente como se todo o som tivesse sido desligado de repente. O meu coração bate acelerado em meu peito.

Se meu dia já tinha começado ruim, agora só piorou. Nunca passei por algo tão humilhante como esta situação. Apanhei de uma meretriz inconformada com algo que não tive culpa.

Abro os olhos e vejo a mulher parada perto de mim, com o olhar voltado a outra direção. Ela está pálida como se estivesse diante de um fantasma terrível ou até mesmo na presença da própria morte.

Não consigo evitar as lágrimas que insistem em escorrer pela minha face, pois estou sendo tomada pela dor na coluna e pelo medo de que algo grave aconteça com minha mãe. Coloco uma mão sobre a boca para abafar o som do meu choro. Nada mais à minha volta importa, porque só necessito saber o estado de saúde da mulher que mais amo neste mundo.

— O que está acontecendo aqui? — Ouço a voz tenebrosa de Nikolai, que está furioso.

— Senhor, nada demais. Era apenas uma discussão boba entre duas garotas por motivos banais. — Leila respondeu fingidamente. Ela sabe que eu não tive culpa de nada e que fui a única vítima.

— Não é admissível briga entre mulheres. E não importa o que aconteceu, pois as duas serão castigadas. — Esta voz é do Bóris, tio de Nikolai. Este homem é injusto e desleal. — Levem as duas daqui imediatamente! — ordenou.

Às vezes, pagamos pelos erros dos outros. Estas são as injustiças do mundo.

— Não! — Nikolai gritou. — Levem apenas esta mulher! — referiu-se à loira. — A outra fica. Ninguém tocará nela sem que eu ordene. — Deixa todo mundo chocado.

Leila fica incrédula e seu sorriso perverso desaparece. A cretina queria me ver ainda mais machucada.

— Eu não fiz nada. Foi ela quem me provocou. — A mulher disse aos berros, sendo levada pelos seguranças.

Duas garotas se aproximam de mim para me ajudar a levantar.

— Você está bem? — Uma delas perguntou.

Apenas balanço a cabeça positivamente, o que é mentira. Estou morrendo de dor muscular.

— Obrigada!

Sinto uma friagem estranha invadir meu ser, como se eu estivesse sendo tomada pelo medo. De repente, uma dor toma conta do meu peito e minhas pernas fraquejam. Com isto, sofro uma perda de visão que resulta em um desmaio. A última coisa que escuto antes de apagar é o grito de uma garota ao meu lado.

— Segure ela!

Atordoada pelo cheiro forte inalado, desperto assustada, fazendo um barulho alto ao respirar profundamente. Estou deitada em um ambiente iluminado e confortável. Reconheço, de imediato, que é uma das suítes da casa de luxo, a qual já limpei inúmeras vezes. Estou sentindo um pouco de dor de cabeça e vejo um homem vestido de branco na minha frente. Ele não tem uma beleza exuberante, mas também não é feio. Por um momento penso que estou morta e que ele é um anjo que veio me buscar, mas logo percebo que se trata de um médico que já esteve aqui muitas vezes, atendendo quem necessitava de seus cuidados.

— Enfim, despertou. — Tira o algodão com cheiro forte de perto de mim.

— O que aconteceu? — perguntei um pouco confusa. — Eu desmaiei e não me lembro de mais nada, só daquela mulher louca que se pôs em meu caminho.

— Fique tranquila! Apenas descanse e se alimente bem! A sua glicemia está baixíssima e seu sangue foi coletado para realizarmos alguns exames de laboratório. Os resultados sairão no mais tardar amanhã. Parece que a senhorita não tem se alimentado muito bem. Estou correto?

— Sim. — Não iria mentir para o médico.

— Falta de apetite?

— Sim. Muitas provocações — falei sem pensar.

— Não deixe de se alimentar bem, senhorita! É bem jovenzinha para ficar doente. Nesta receita prescrevi algumas vitaminas que farão seu apetite voltar em um passe de mágica.

— Obrigada, doutor!

Minhas mãos estão brancas como se não tivessem sangue.

— Senhor Smirnov, ela ficará bem. Só precisa se alimentar.

Eu ainda não tinha notado a presença de Nikolai no ambiente. Ele está parado há poucos metros de mim, próximo à varanda. O que está fazendo aqui? Qual é o seu interesse em saber como estou? Seus olhos negros me fitam com intensidade e o médico se retira, deixando-nos a sós.

Engulo em seco quando ele se aproxima com as mãos enfiadas nos bolsos. Seu sobretudo preto o deixa ainda mais intimidador do que já é.

Capítulo 5

Genevieve

Sinto-me sufocada com sua aproximação, sem saber se é bom tê-lo por perto. Se estou nesta suíte é porque ele deu ordens para me trazerem para cá. Mas, por que se importa? Até um médico veio me atender. Achei que eu não fosse importante para ele.

— Como se sente? — perguntou, interessado na minha resposta.

— Estou bem. Obrigada! — respondi de forma contida.

— Já pedi para irem comprar suas vitaminas.

— Não era necessário. Quando meu turno acabasse, eu iria comprá-las na volta para casa.

— Quando se sentir melhor poderá ir embora — disse sério.

— Eu estou bem...

— Não vai contrariar as minhas ordens depois de eu ter a livrado de um castigo imposto pelo meu tio, não é?

— Não agredi aquela mulher. Foi ela quem procurou briga comigo e eu não revidei em momento algum. Se duvida, pode procurar os vídeos das câmeras de segurança. Eles irão mostrar tudo que acabei de afirmar.

Nikolai me analisa com aquele olhar emblemático, com suas írises negras me devorando de uma maneira estranha. Quando ele retira as mãos de dentro do seu sobretudo, posso ver a arma em sua cintura. Certamente, carrega-a para se proteger de algum ataque por parte de seus inimigos, já que não faz muito tempo que tentaram matar a família Smirnov com um vazamento de gás. O pior foi evitado, felizmente. Este mundo da máfia é bem pior do que é contado nos livros, porque as pessoas não se preocupam com o bem-estar uns dos outros; a única coisa que importa é o poder, e, consequentemente, o dinheiro obtido por meio das práticas ilegais.

— Não estou a acusando.

— Ótimo! Até porque não é minha culpa se ela não teve seus cinco minutos de fama. — Fui desbocada. Às vezes, não meço minhas palavras. — Posso saber qual castigo lhe foi imposto?

— Não — negou duramente.

— Tudo bem.

— O que aconteceu para não estar se alimentando bem?

É sério que o chefe gostaria de saber os motivos das minhas preocupações? É óbvio que não contarei que vivo ilegalmente no país, apesar de desconfiar que ele possa saber esta informação e muitas outras que estão contidas na minha ficha. Não consigo compreender todo seu interesse em me questionar sobre assuntos que não lhe dizem respeito. Que diferença lhe fará saber o motivo dos meus problemas? Nenhuma.

— Eu sempre tive falta de apetite, desde criança. — Isto é verdade. Não sou uma pessoa que vive comendo. Tenho meus horários e meus cronogramas. Meu intestino funciona desta maneira.

— Lá, na Jamaica, você costumava apresentar desmaios?

— Não. Não me lembro de já ter desmaiado em nenhum momento da minha vida.

— Diga-me, menina: por que deixou seus pais para vir se aventurar em outro continente?

— Estabilidade financeira — fui sincera, dizendo parte do real motivo. — Senhor Smirnov, já que permitiu que eu vá para casa, posso me retirar agora? Já me sinto bem para ir.

— Sim. Pode ir.

— Obrigada! — agradeci sem jeito, incomodada com sua presença poderosa.

Eu me levanto da cama e ele permanece parado, fitando-me seriamente. Dou alguns passos para frente, ainda me sentindo fraca, e minhas pernas oscilam. Antes que eu caia no chão, sou amparada pelos seus braços fortes e musculosos. A genética dos irmãos é incrível. O calor do seu corpo exala por toda a minha pele enquanto seus olhos negros se mantêm atentos a mim.

— Mudei de ideia. Só irá embora depois que se alimentar — avisou, sendo rígido.

Como alguém parece preocupado e, ao mesmo tempo, age como um cavalo bruto?

Ele faz eu me deitar novamente sobre a cama e puxa um lençol para me cobrir até a cintura. Posso ver chamas ardentes em seu olhar, queimando todo o meu corpo.

— Eu...

— Fique quietinha, antes que eu mude de ideia e decida te castigar pela discussão que teve agora a pouco! Mesmo sem você ter culpa, eu iria adorar castigá-la para lhe manter quieta sobre esta cama.

Engulo em seco com suas palavras, mas, em vez de medo, experimento uma sensação estranha se formar em minha intimidade, junto com um calor crescente nesta região. Fiquei assim por ouvi-lo proferir tais palavras? A minha mente está se tornando pecaminosa, cheia de malícia, e a culpa é exclusivamente dele.

Entreabro meus lábios, porém não falo nada. É melhor me manter em silêncio para não o irritar. Tenho a convicção de que ele usou um duplo sentido ao dizer que me castigará se eu for desobediente.

— Estamos entendidos?

— Por que se importa... comigo? — perguntei baixinho, em busca de explicações claras.

Espero não ter lhe deixado sem respostas. Todavia, como ele é um homem de poucas palavras e atitudes certeiras, não seria eu que o deixaria desconfortável diante de uma situação tão simples como esta.

— Não me importo — afirmou sério, com a entonação da voz carregada de arrogância. — O único motivo de você ter recebido tratamento médico, é pelo simples fato das dores de cabeça que causaria em meu irmão se algo grave lhe acometesse em nosso estabelecimento. Minha cunhada a considera relativamente.

Está explicado o motivo de ele não ter me permitido sofrer o castigo imposto pelo seu tio. Engulo em seco, desapontada com sua resposta seca, e finjo que não me abalei.

— Acidentes no trabalho podem custar muito caro. Se chegasse a morrer em nossas dependências, sua família procuraria por respostas e seríamos obrigados a dizimá-los para evitar que o problema se alastrasse.

Em choque com sua fala, não escondo meu olhar perplexo diante de tudo que acabei de ouvir. Um arrepio forte e intenso se espalha por todo o meu corpo e eu volto a sentir medo.

— Agora, tenho assuntos importantes a tratar. Lembre-se das minhas ordens! — Deixa o ambiente.

Nikolai é bipolar. Quando, finalmente, eu tinha conseguido enxergar um pouco de humanidade presente por baixo de toda sua hostilidade, ele fez questão de matar toda bondade que havia dentro do seu ser.

Tento relaxar. Pego meu celular de cima do criado-mudo e procuro entre as mensagens e e-mails por alguma notícia vinda da Jamaica. A minha irmã sabe que estou aflita e, pelo que conheço dela, irá me dar notícias assim que puder. Há momentos em que desejo cometer uma loucura e tirar a vida do meu próprio pai. Não é possível que ele seja tão ruim quanto denota ser e que não sinta amor pela família. Estou muito preocupada, porém serei obrigada a ficar aqui até me alimentar. Enquanto minha comida não chega, tento não entrar em pânico, respirando fundo e contando mentalmente até dez inúmeras vezes.

Meu olhar se direciona para a porta, que se abre, revelando Bóris, o homem com olhar cínico e de caráter duvidoso. O que veio fazer aqui? Fico em alerta quando ele fecha a porta e volta a me encarar. Não gosto dele. Ele não é verdadeiro e algo me diz que pode ser muito traiçoeiro. É tão forte quanto os sobrinhos e, apesar da idade, mantém uma boa forma.

— Vejo que já está bem melhor.

— Estou sim, senhor.

— Vim ver se está tudo bem mesmo. Acabei de me encontrar com meu sobrinho. Ele estava vindo daqui?

— Se o senhor se refere ao senhor Nikolai, ele estava aqui até agora a pouco.

— Imaginei que estava aqui. Não sei o que há na cabeça destes garotos para se interessarem por empregadas. — Sinto-me muito mal pela sua maneira de insinuar que eu e Malia somos inferiores. — Até que vocês duas são bonitinhas. A esposa de Dom era uma moça virgem e, por este motivo, conseguiu se casar com meu sobrinho. Quanto à senhorita... Escutei rumores de que não é tão pura como aparenta.

Os boatos da minha falsa experiência sexual chegaram aos seus ouvidos. Será que alcançaram o Nikolai também? O que Bóris tem a ver com minha vida íntima e pessoal? Ele tem um olhar presunçoso e eu posso notar um grande volume no meio de suas pernas. O que veio fazer aqui? Com quais intenções veio me procurar?

— Querida, aquele seu desmaio foi digno de um Oscar, mas saiba que não irá se casar com meu sobrinho. Ele procura por uma mulher virgem, não por uma puta de esquina — disse maldoso. Não fingi nada. — Mas, posso te dar uma vida confortável se fizer tudo exatamente como eu quiser.

— O senhor deve estar me confundindo. Eu não trabalho aqui como as demais mulheres; não me vendo. Sou apenas a faxineira.

— É o que todas dizem até conhecerem o valor do dinheiro. Sou muito rico, então posso pagar o que me pedir para que me satisfaça na cama. Podemos começar agora mesmo.

Volto a sentir enjoos e muita repulsa, como quando os amigos do meu pai tentavam se aproximar de mim. Também sinto o medo se instalar. Ele seria capaz de me abusar?

— Senhor, eu não aceito o que está me propondo — falei firmemente.

— Não seja tola, garota! Já não é mais nenhuma menina pura.

— Por favor, peço para que se retire e não volte a me importunar novamente com essa proposta!

— Com quem pensa que está falando, menina?

— Com um homem rico, poderoso e, também, muito perigoso. O senhor me fez uma proposta e eu estou a recusando.

— Eu vou te mostrar agora mesmo quem manda aqui. — Está decidido a vir em minha direção, pronto para me agarrar e me fazer ceder, de maneira violenta.

Por sorte, alguém entra no quarto. É a cozinheira trazendo minha sopa.

— Eu trouxe a comida da menina. Tenho ordens do senhor Nikolai para sair daqui somente depois que ela comer tudo — avisou gentilmente.

Sinto-me aliviada por ela ter chegado no momento certo de evitar uma tragédia. Contudo, eu não teria sido violentada, porque lutaria contra este homem com todas as minhas forças, sem o deixar obter nada de mim. Ele se retira, frustrado, e eu posso respirar tranquilamente. A cozinheira permanece no quarto comigo, enquanto como devagar para evitar que ela vá embora.

Estou enojada com a atitude de Bóris Smirnov, que é cruel, desleal e nada confiável. Nada me tira da cabeça que o homem é um interesseiro que almeja o cargo de chefe que, hoje, pertence ao Dominic. Eu não fecharia meus olhos se dormisse ao seu lado. Ele errou apenas em afirmar que Nikolai está interessado em mim, dado que o russo jamais me olharia com desejo; enxerga-me apenas como uma garota que, ultimamente, tem aparecido muito em seu caminho de maneira importuna.

Se me livrei de todo o perigo por pouco, é graças à mulher que chegou aqui no momento certo. Após me alimentar, peço para que ela fique presente mais um pouco, até eu terminar minhas necessidades. Faço xixi e, por fim, já estou pronta para ir embora. Tomara que Cristóvão volte o quanto antes! Se ele estivesse aqui, estaria ao meu lado o tempo todo.

Paro para pensar e chego à conclusão de que Bóris sente interesse pela esposa do seu sobrinho. Eu tive a impressão de que ele queria fazer comigo o que não conseguiu com Malia. Agora, tenho mais uma preocupação neste emprego. Pelo menos os boatos de que não sou mais virgem me livram de uma possibilidade absurda de eu ser obrigada a me casar com algum mafioso.

No final do dia, recebo a notícia que tanto aguardava: a minha mãe conseguiu ir ao hospital e está tudo bem com ela. Nada grave lhe aconteceu. Depois de ler a mensagem, posso, enfim, relaxar um pouco. Aproveitarei a minha folga pelo segundo dia consecutivo para dormir, já que passei a noite inteira em claro.

Estou sozinha em casa, abraçando o travesseiro. Tenho a sensação de que estou, finalmente, segura.

Capítulo 6

Genevieve

Duas semanas se passaram e Cristóvão já retornou, para a minha segurança. Decidi não comentar nada com Malia, que já tem problemas demais para resolver com seu esposo. A minha amiga não merece ouvir os meus, então a poupo deles. As coisas já estão voltando ao que considero normal. Também ouvi rumores de que a loira mal-educada que tentou me matar duas vezes, não está mais na casa de luxo, mas tive medo de buscar mais informações e acabar descobrindo que ela foi morta. As pessoas com quem convivo são muito perigosas.

Como de costume, chego no trabalho dentro do meu horário e vou lavar um banheiro. É quando meu celular descarrega, levando a música que eu ouvia a ser interrompida. Resmungo chateada e sigo até o salão principal para colocá-lo para carregar em uma tomada que fica atrás do balcão do bartender. Pelo seu ponto estratégico onde ninguém além das pessoas que trabalham aqui, podem se aproximar, creio que foi o próprio Renan que pediu para instalá-la nesse local.

Abaixo-me e, enfim, conecto o cabo do carregador ao meu aparelho. Como não trouxe o meu, peguei este "emprestado" do meu chefe preferido. Ele nem notará isso, porque vai demorar a retornar da "reunião" que está tendo com uma mulher em uma suíte. Reviro os olhos. Cristóvão sente tesão até por uma senhora de cem anos, mas nem sequer me enxerga como mulher. A sorte dele é que não sou uma destas mulheres atiradas que fazem de tudo para seduzir o homem que deseja.

Contudo, aquela paixão nunca correspondida ficou no passado, e o motivo pelo qual conseguir parar de pensar nele, tem nome e sobrenome. Mas eu não o vejo há dias, apenas de longe, quando está chegando ou saindo. Parece que o chefe voltou a ser aquele homem ocupado que não tem tempo para conversar com uma faxineira. Depois daquele último incidente, não cruzamos mais com o caminho um do outro. E foi melhor assim.

Ouço vozes exaltadas se aproximarem e o barulho de duas banquetas sendo arrastadas.

— Não é possível que meus filhos sejam tão cabeças-duras. Eles sabem que um bom casamento é sempre um motivo para comemorar, porque novas alianças ajudam a prosperar cada vez mais. — Esta voz é diferente de todas que já ouvi antes. É grossa e cheia de preocupações.

— Não tem com o que se preocupar, irmão. Agora, que Dominic está casado, a nossa descendência já está garantida com os muitos filhos que ele terá com sua esposa. — Bóris respondeu ao senhor que parece ser seu irmão.

Senti calafrios ao ouvir a voz do homem que, há alguns dias, tentou me forçar a ceder aos seus caprichos, e tenho repulsa ao me lembrar do ocorrido. Não posso ficar aqui. Ou me levanto agora, ou estarei pondo a minha segurança em risco, ficando em sua mira novamente. Tenho feito de tudo para evitar vê-lo e não posso estragar todo o meu plano agora.

— Sei disso. Mas isto não livra Nikolai de um casamento. Ele não tinha o direito de recusar a se casar com a filha do chefe da máfia da Bulgária. Seria uma grande aliança. — Ouço um suspiro de desapontamento.

— Talvez meu sobrinho já tenha outra mulher em mente.

— Que seja! Contanto que ela possa lhe dar filhos, pode ser qualquer uma.

Este homem é o pai de Nikolai e o assunto em pauta é o futuro dele. Fiquei surpresa ao descobrir que ele recusou se casar com uma moça importante. O que o levou a tomar essa decisão? Não quer se prender a mulher alguma? Assim como era com Dominic, a sua fama também é de mulherengo pegador.

Estou abaixada e não posso sair daqui enquanto eles não se retirarem. Não quero parecer uma espiã que está escutando a conversa deles. Faço silêncio e respiro baixinho para não chamar a atenção. Logo meu corpo se arrepia com a voz rouca que acabou de chegar.

— Encontrei vocês. Eu estava precisando conversar sobre o próximo carregamento que chegará ao país nesta madrugada. — Nikolai disse sério.

— Preciso de uma bebida. — Bóris comentou.

— Onde está o bartender? — Seu irmão perguntou. Não me recordo de seu nome.

— Não irei esperá-lo retornar. Eu mesmo vou me servir. — Nikolai disse, abrindo a passagem para entrar.

Ele irá me ver e, com certeza, eu estarei com minha vida em risco mais uma vez. Assim que nota minha presença, disfarça, fecha a porta e volta a falar com o pai e o tio.

— Acabei de me lembrar que é necessário que os senhores vejam o mapa do trajeto que está sobre a minha mesa. Pai, o senhor poderia ir até minha sala?

— Claro. Pode me acompanhar, Bóris?

— Sim, irmão.

Meu coração se aperta quando o seu olhar paira sobre mim novamente. Sorrio sem graça, sentindo-me desconfortável por ele ter me flagrado aqui. Aliás, eu não deveria temê-lo, pois não estou fazendo nada demais.

— O que faz escondida aí embaixo? — questionou furioso.

— Eu não estou escondida. Vim colocar meu celular para carregar. — Mostro-lhe o aparelho.

— Levante logo daí, antes que alguém te veja!

Faço o que ele disse e, mais uma vez, fico diante de toda sua magnitude. Seus olhos negros expressam muita seriedade e ele fica ainda mais lindo com a barba por fazer. É uma característica dos homens Smirnov usar a barba média. Seus cabelos escuros dão um ar de soberania para o visual *dark* que eles tendem a seguir.

— Se meu pai ou tio tivessem visto você aqui, pensariam que é uma espiã, pela maneira inusitada de ficar abaixada em um local que não é de sua área de serviço.

— Mas eu não estava escutando nada. Não propositalmente. Os assuntos que vocês tendem a debater, não me interessam em absolutamente nada.

— Mesmo assim se colocou em risco mais uma vez. Parece que tem o costume de estar sempre se pondo em perigo.

— É o que todos dizem — concordei sem jeito.

Nossos olhares estão conectados um ao outro e eu posso sentir coisas estranhas se formarem em meu estômago; sensações nunca experimentadas antes. A sua respiração está pesada como nunca vi, fazendo-o parecer um touro bravo, imponente, temido e perigoso.

— Nem sempre terá a sorte de me ter por perto para protegê-la. — Lança um último olhar sedutor a mim antes de se retirar, levando uma garrafa de *whisky* consigo.

Proteger-me? Sim! Ele está fazendo isto constantemente, mesmo que seja com sua maneira bruta e arrogante. Está sempre por perto quando preciso. Primeiro foi no dia do incidente com a loira, e agora com esta situação boba que poderia ter me colocado em encrenca. O que eu iria dizer se tivesse sido flagrada aqui pelo seu pai ou pelo tio sem escrúpulos?

Volto ao meu serviço. Mais tarde farei uma visita à Malia, que me convidou para jantar em sua casa. Parece que seu marido não estará presente. Assim, sinto-me mais aliviada, porque vivo uma constante tensão, temendo que ele possa descobrir dos anticoncepcionais que já forneci à sua esposa. Isso, sim, acabaria com minha vida e ninguém seria capaz de me salvar, nem mesmo a minha melhor amiga.

Busco minha bolsa em meu armário e visto meu casaco de frio. Já estou pronta para ir embora, quando Bóris cruza meu caminho na saída da boate. Ele para seu carro de luxo em minha frente, evitando minha passagem, e desce o vidro dele, deixando ser revelada a sua face. O coroa me observa como se eu fosse um pedaço de carne. Seus olhos estão cheios de malícia e sua mente de perversidade. Sinto nojo quando ele sorri de um jeito cafajeste.

— Olá, menina. Está de saída? Aceita uma carona?

— Não. Obrigada! — Não posso lhe faltar com respeito porque ele é um homem perigoso que suga todas as coisas boas à sua volta.

— Entre no carro! — mandou exasperado.

— Não! — ressaltei o que já havia dito.

— Não me faça descer e te colocar no veículo à força! — disse, já sem paciência.

— Eu não vou entrar neste carro com o senhor — falei firmemente pela terceira vez.

Ele não aceita a minha resposta, e quando o vejo prestes a abrir a porta do carro para me forçar a entrar nele, corro de volta em direção à entrada da boate, passando amedrontada pelos seguranças. Ainda o escuto gritar para não permitirem minha entrada, mas é tarde demais, porque já estou dentro do local. Penso rápido na única pessoa em quem posso buscar refúgio: Cristóvão. Corro até sua sala, porém não o encontro. É claro que não está mais aqui. Em todas às sextas-feiras, vai embora às duas horas da tarde, e já são mais de três e meia.

Choramingo, pensando no que fazer.

Tudo parece perdido, até que encontro o pai de Nikolai, que surge como um anjo na minha frente. Ele ainda nota quão apavorada estou, pois não paro de tremer e tenho o choro preso na garganta.

— Algum problema, criança? — questionou sendo gentil.

Balanço a cabeça positivamente, já que minha fala não sai.

— Venha! Sente-se aqui e procure ficar calma. — Ele é muito cavalheiro, diferentemente do seu irmão.

O senhor de cabelos grisalhos e aparência esbelta me analisa como se formasse uma percepção sobre mim no exato momento em que me sento em uma das cadeiras vazias. Ele me traz um copo de água e eu olho em volta, não achando Bóris em lugar algum. Desistiu de vir atrás de mim? Continuo em alerta, mesmo sem sua presença por perto.

— Parece que viu um fantasma. Qual é o problema?

— Perdão, senhor. Eu apenas recebi uma noticia preocupante. Sinto muito ter atrapalhado sua passagem.

— Não foi nenhum incômodo. Este encontro servirá para que possamos nos familiarizar e nos conhecer.

Não compreendendo o que ele quis dizer, mantenho-me em silêncio.

— Seu nome é... Gene...

— Genevieve, senhor Smirnov.

— Pode me chamar de Ivan, garota. Em breve seremos da família.

Família? O que ele quis dizer com isto? Será que sabe das pretensões do seu irmão de me levar para a cama contra a minha vontade? Como eles parecem tão íntimos, não seria nenhum espanto se o crápula tivesse o contado seus planos indecentes.

— Perdão! O que o senhor disse?

— Você é ainda menor do que a outra menina. Meus filhos gostam de mulheres miúdas. Certamente, vocês devem possuir algo que eles não conseguem encontrar em mais nenhuma mulher. Querida, você é muito bonita, mas precisa engordar mais para carregar um bebê em sua barriga, porque é muito magra e...

— Pai, o que está fazendo? — A voz rouca que causa arrepios em meu corpo, aproximou-se. Nikolai está com os olhos em chamas.

Estou petrificada com o que acabei de ouvir sobre ter que carregar um bebê. Será que Bóris deseja ter um filho e me escolheu justamente para realizar sua vontade? Antes de me entregar àquele homem, prefiro a morte.

— Eu estava apenas comentando com ela sobre o casa...

— Chega, por favor — pediu educadamente.

— Vocês sempre as deixam saberem quando tudo já está organizado.

Incrédula, vejo Ivan ir embora, deixando apenas eu e Nikolai a sós. Meu olhar procura o seu, cheio de dúvidas e perguntas. Será que ele sabe algo sobre as indecências do seu tio e está de acordo com isto?

— Sobre o que o seu pai falava?

— Nada com que deva se preocupar — disse rispidamente, dando-me as costas.

Ele está enganado em dizer que não devo me preocupar, sendo que seu pai falou tantas coisas estranhas e sem sentido. Quero pensar que ouvi mal e que o coroa pode estar trocando as ideias, confundindo as coisas. Sim! Posso estar correta em manter estes pensamentos, porque nenhum homem da máfia pode se casar com uma mulher que não seja virgem. E como Bóris acredita que já me envolvi com outros homens, não tentará nada sério comigo. Ao menos de um matrimônio estou salva.

Depois do que aconteceu com Malia, é de dar medo a ideia de que algum deles tenha a loucura de tomar qualquer uma, desde que seja virgem, para casar. Por sorte, aqueles boatos sobre mim correm por aí.

Agora já posso ir embora. Talvez eu deva contar ao Cristóvão sobre as investidas de Bóris. É isto que irei fazer amanhã. Sei que ele irá me proteger de alguma maneira, pois sempre esteve do nosso lado quando mais precisávamos. Não vai me desamparar.

Capítulo 7

Genevieve

Não paro de martelar em minha cabeça todas as palavras ditas a mim por Ivan Smirnov. Por que disse que sou magra demais para carregar um bebê em meu ventre? Que homem mais deselegante! Como fala algo assim a uma mulher que nem conhece? Ele sabe se, por acaso, desejo ter filhos ou se estarei pronta algum dia para ser mãe? Não. Ele não sabe nada sobre mim. Então, por que comentou todas aquelas coisas sem sentido? Não chego à conclusão nenhuma, então continuo com todas as dúvidas na minha mente, criando várias e várias teorias que não me levam a lugar algum.

Desabafo tudo com Cristóvão, contando-o sobre as propostas indecentes que Bóris tem feito para mim. Ainda lhe digo que venho fugindo dele e o ignorando, mas que não sei por quanto tempo irei conseguir me esconder. Posso ver um ar de surpresa em sua face. Será que ele acha tão absurda assim a ideia de que um homem possa se interessar por mim?

— Você fez bem em avisar. Tomarei algumas providências para a sua segurança.

— O que irá fazer a respeito disso? Preciso saber.

— Irei ressaltar que você não é paga para aceitar este tipo de proposta. Educadamente, pedirei para que ele não a rodeie mais.

Respiro aliviada com sua resposta, porém posso notar que algo o deixou receoso. Seu olhar de agora é o mesmo de quando Dominic decidiu se casar com Malia sem o consentimento dela. Acho que ele sabe de algo que não estou sabendo e sente receio de me falar.

— Está tudo bem? Parece que você quer me falar algo.

— Não. Está enganada — afirmou desconfiado.

— Foi alguma reclamação que recebeu sobre mim?

— Não recebi nenhuma reclamação. — Usou meias palavras.

— Então, vai mesmo me ajudar?

— Sim. Fez bem em vir falar comigo. Não há nada com que deva se preocupar. E, caso Bóris continue te importunando, fale comigo antes de tomar qualquer atitude!

Agradeço-o mais uma vez e deixo sua sala, tranquila por ele ter me garantido que ficarei bem. Encontro Leila, que me olha com desdém. Nunca fiz nada contra este projeto de ser humano cruel e sem coração, mas ela sempre me tratou mal. Graças a Deus, será transferida para outra localidade em breve. Poderei respirar ares puros neste lugar, sem sua presença desagradável.

— Genevieve! — chamou-me com um sorriso falso nos lábios. — Preciso que me ajude com estas caixas. Vamos levá-las até a dispensa.

— Não sou paga para carregar caixas — falei na lata.

Ela fecha a expressão, mostrando seu lado tenebroso.

— Ainda quer ter um emprego? Então, leve as porras das caixas para a dispensa! — ordenou nervosa.

Reviro os olhos, porém acabo levando todas as cinco até lá. Dentro delas, contêm alguns produtos de limpeza e higiene pessoal. Aquela cobra queria me ver exausta e conseguiu. Ela podia ter pedido para qualquer outra pessoa fazer essa tarefa, como um dos muitos seguranças que passam o dia inteiro sem fazer nada. Mas não. A cascavel quer fazer de tudo para me irritar até os últimos momentos da sua estadia.

Renan lança um olhar divertido em minha direção e eu logo faço questão de atacá-lo com minhas palavras.

— Não estou com clima para piadinhas hoje. — Eu me sento em uma das banquetas e ele apenas ri.

— Posso te servir pelo menos um copo com água?

— Desde quando você é copeiro? — perguntei "delicadamente" como uma mula.

— Seu mau humor está com tudo hoje.

— Você ainda não me viu irritada. Diga: por que ela gosta tanto de me irritar?

— Fala da Leila?

— Sim.

— Ela não é fácil, mas sei que só pega no pé de garotas bonitas como você. — Encara-me de uma maneira estranha.

— Isto foi um elogio? — Rio dele.

— O que você acha?

— Acho que você bateu a cabeça. Não era gay? — indaguei sem pudor.

— Gosto de mulheres. Sou hétero — disse convencido. — Pensei em sairmos para curtir qualquer dia desses.

— Obrigada! Mas eu prefiro maratonar doramas e comer pipoca. Somos apenas amigos, então não me venha com esta não!

— Que maneira gentil de recusar um convite para sair.

— Apenas fui sincera. — Nós rimos, mas seu olhar morre de repente e ele fica cabisbaixo. Talvez eu tenha pegado pesado. — Desculpe se te ofendi! É que não estou com tempo para me envolver em relacionamentos sérios, e você não suportaria minha presença. Sou irritante, estou sempre discordando de tudo e Malia diz que sou muito grossa. Um exagero da parte dela. — Consigo arrancar um sorriso de seus lábios.

Quando me viro para trás, deparo-me com o homem que vem consumindo meus pensamentos. Ele nem sequer me olha diretamente nos olhos. Seu jeito de me ignorar, às vezes, me faz querer socar sua face e quebrar o seu nariz arrebitado. O perfume amadeirado e forte exalado dele invade todo o meu ser.

Passo por Nikolai sem oscilar, com minhas pernas firmes, e deixo o cômodo com a respiração pesada somente por tê-lo encontrado. O que diabos está acontecendo comigo? Ultimamente, tenho estado aérea e me encontrado distraída a todo momento, sonhando acordada com bobagens. Nunca imaginei que me sentiria atraída por um mafioso. Talvez seja minha menstruação, já que costumo ficar mais sensível quando estou naqueles dias. Obviamente, é isto. Repito esta conclusão a mim mesma.

Ouço rumores de que um grande evento está se aproximando. Em poucos dias, este lugar estará tomado por cafetões, homens da máfia, subchefes, *consiglieres*... Ou seja, toda a bandidagem em um único lugar. Para fortalecerem suas alianças, nada melhor que essas noites de jogos. Nós, garçonetes, ganhamos gorjetas generosas apenas por levar champanhes e sorrir para alguns homens. Será perfeito para eu ganhar mais dinheiro e enviar à minha mãe. Como minha irmãzinha está resfriada, quero mimá-la com alguma coisa que deseje muito, tipo um celular novo, já que o dela vem apresentando alguns problemas.

Quando aviso ao Cristóvão que irei trabalhar na noite do evento, noto algo estranho em seu olhar.

— Cris, você está bem? — chamei-o pelo apelido que sei que lhe irrita.

— Perfeitamente bem. Tem certeza que deseja trabalhar na noite do evento? Eu não estarei presente, pois me ocuparei resolvendo outros assuntos.

— Tenho certeza. Eu preciso do dinheiro extra.

Ele compreende meus motivos. Como sempre, está muito preocupado com meu bem-estar.

Respondo um SMS de Malia que diz que precisamos conversar pessoalmente sobre um assunto sério. Agora fiquei preocupada. A todo instante vejo se há mensagens dela e a espera me deixa receosa. Durante todo o dia, fico exasperada sem notícias. Como sou curiosa e muito ansiosa, se alguém diz que deseja me falar algo, mas que só poderá fazê-lo em outro momento, explodo de ansiedade.

— Parece que o chefe saiu furioso daqui. — Leila se aproximou destilando seu veneno. — Será que são problemas com a esposinha?

Dominic passou como uma bala pelo salão há alguns instantes enquanto eu estava limpando uma mesa. Pude notar que me lançou um olhar sombrio, diabólico e cheio de vingança. O que diabos está acontecendo?

Primeiro Malia me diz que precisamos conversar, e depois seu marido sai furioso daqui?

— Como ousa falar desta maneira irônica de Malia? Lembre-se que está falando da senhora da máfia! Se não quiser morrer por faltar com respeito à esposa do chefe, sugiro que nunca mais se refira a ela no diminutivo.

— E você pensa que é quem, garota, para me dizer o que devo ou não falar?

— Sou Genevieve Akanni, a melhor amiga de Malia Smirnov. Mas creio que já saiba disto. Portanto, se não quiser perder sua medíocre vida antes de ser transferida, sugiro que não a desrespeite.

— Garota atrevida... — Para de falar ao ver Cristóvão se aproximar.

— Leila, preciso que vá até a cozinha agora aprovar o cardápio da festa! — Olha-a com desdém. Ninguém é fã desta mulher.

Leila sai rebolando e eu reviro os olhos. Até sai "fumaça" pelo meu nariz.

— Quando ela será transferida? — perguntei.

— Logo após a festa, daqui a dois dias.

— Ótimo! Não vejo a hora disto acontecer.

Ele ri e volta para suas funções.

As minhas conversas com Malia ficam cada vez mais estranhas. Após me enviar um emoji de coração preto — símbolo de que não podemos tocar em assuntos pessoais, devido ao seu celular ser monitorado —, ela diz que deseja me ver na casa de sua mãe nesta noite.

Quando chego lá, não a vejo aparecer e começo a ficar preocupada. Até pergunto à Rose se ela tem conversado com a filha ultimamente. Sua resposta é "sim".

Passo a noite inteira me revirando de curiosidade. Malia parou de me responder e não ficou mais online em uma rede social em que sempre batemos papo. Talvez esteja ocupada.

Tento não criar mais paranoias na minha cabeça e manter meu foco na festa que acontecerá daqui a dois dias. Se realmente for algo importante, ela voltará a entrar em contato.

No trabalho, tudo está uma bagunça. Quanto mais limpo, mais descubro que preciso fazer um excelente trabalho. A organização está ficando impecável e maravilhosa. Todo mundo está nervoso, com os nervos à flor da pele, e Cristóvão está ausente porque precisou resolver uns assuntos confidenciais. Eu soube que Dominic também não estará no evento. Ou seja, Nikolai o comandará. Outro que não dará o ar da graça aqui é Bóris, para a minha felicidade. Tudo ocorrerá bem. Assim espero.

Mais uma vez me encontro com o senhor Ivan. Ele sorri ao passar por mim com seus cabelos grisalhos e corpo sarado, mostrando-se muito animado. Com certeza estará presente na festa.

Em meu celular, recebo uma mensagem de Malia dizendo para eu me cuidar e que conversaremos assim que ela votar de viagem com o marido. Eles estão viajando? Provavelmente, foram curtir mais da lua de mel, já que nunca tiveram uma de verdade. Sorrio ao pensar que ela está bem e começando a se apaixonar por ele, porque não há nada mais triste do que se casar sem amor e viver ao lado de alguém desconhecido.

A família Smirnov é cheia de caprichos. Quando um homem deseja uma mulher, simplesmente a toma para si como se elas fossem um objeto de compra.

Volto às minhas funções enquanto escuto uma música de melodia romântica em meus fones de ouvidos. Sua linda tradução diz que o amor é capaz de superar todas as dificuldades da vida. Será que este sentimento é somente uma lenda criada para confundir a mente das pessoas? O único que conheci neste mundo foi o de mãe. Este sim, sei que é puro e verdadeiro. O de irmãos também é muito bonito. Contudo, quando o assunto é homens, não acredito em um amor arrebatador como os dos livros de romance que já li. Considero isto muita melancolia e deixei de acreditar nele quando meu pai passou a levar seus amigos bêbados para a nossa casa. Aqueles olhares me deixavam enojada.

Em muitas vezes desejei o amor de Cristóvão, porque isso parecia ser o melhor para mim, porém nunca cheguei a imaginar cenas quentes com ele. Posso ter ficado confusa por conta de todo seu carinho e proteção comigo. Talvez meu amor por ele seja mais de uma filha por um pai, não carnal. Bem... Do segundo tipo, sinto por um homem de írises negros e olhar sombrio que faz todos os pelos do meu corpo ficarem arrepiados.

Ignoro meus devaneios. Daqui a dois dias este lugar vai ferver e algo me diz que coisas intensas acontecerão. Sinto um frio na barriga ao ter esta sensação. Será que devo trabalhar na noite da festa?

Capítulo 8

Nikolai

Sou Nikolai Smirnov, o subchefe da máfia mais poderosa de toda a Europa. Carrego o brasão da minha família com honra e sou adepto a todas as práticas adotadas pelos meus ancestrais. Graças aos trabalhos deles, faço parte da família mais forte de toda a atualidade. Somos temidos e respeitados. Todos que conhecem a nossa fama abaixam a cabeça quando passamos. É como se fôssemos da realeza; somos imbatíveis e implacáveis.

Eu não temo nada e o meu lema é "olho por olho, dente por dente". Ninguém ousa ultrapassar meu caminho, pois sabe que sofrerá consequências. Sou conhecido como "ceifador" pelos meus inimigos, porque mato sem dó ou piedade. Como já disse, não temo nada.

Gosto da vida regada a sexo que levo e me divirto quando há a necessidade de matar alguns vermes traidores.

O meu irmão, Dominic Smirnov, é o chefe da máfia. Eu o tenho como meu melhor amigo e acho que a família deve ser unida para nos mantermos cada vez mais fortes, sempre no topo da elite mafiosa. Como segundo filho e possível herdeiro ao cargo de chefe, sempre fui criado rigorosamente. Dominic e eu, por sermos os mais velhos, recebemos tratamentos diferenciados em relação ao nosso irmão mais novo, Iuri. Ele tem uma vida mais folgada, não se preocupa tanto com os serviços da máfia, só aparece quando lhe é conveniente, não carrega consigo a obrigação de servir e está atento constantemente a todos ao seu redor. Já nossa irmã Kira é a caçula, a mimada, a princesinha.

Todos temos um papel importante e algo que se torna obrigatório para nós: formar uma família. Um homem poderoso só é bem-visto se tiver uma bela esposa ao seu lado, uma descendência sólida e estabilidade financeira. Nascemos apenas com a última característica.

Dom se casou recentemente com uma das faxineiras da casa de luxo. Em um primeiro momento, cheguei a pensar que meu irmão estava maluco por se casar com uma mulher estranha que ele nem sequer sabia quem era. Imaginei que essa só podia ser uma atitude de quem não estava nada bem. Fui o primeiro a saber da sua decisão de tomar a moça como esposa. Eu nunca tinha a notado até esse momento, então passei a observá-la, querendo ter certeza de que ela era a mulher ideal para o meu irmão. Foi aí que a vi, toda sorridente, com olhos castanhos de uma cor única, cabelos lisos em um tom raro de se encontrar, lábios pequenos e carnudos ao mesmo tempo, pequena e frágil. Eu poderia quebrá-la com apenas um abraço. Ela é jovem, delicada.... Uma menina em corpo de mulher, com suas curvas desenhadas, bunda empinada, coxas grossas e barriga sarada. Eu precisava saber seu nome e a queria na minha cama, nem que fosse por uma única noite. Pelo uniforme, logo deduzi que seu trabalho era de faxineira também. Nunca pensei que sentiria atração por alguém dessa classe social. Não tenho preconceitos em relação a isto, apenas nunca imaginei que depois de todo o currículo que possuí, entre socialites e modelos famosas, uma menina simples chamaria a minha atenção. Supondo que ela já tivesse dezoito anos, tratei de conseguir uma ficha completa com seu nome e demais informações.

— Genevieve! — pronunciei, sentindo tesão. O meu pau logo dá sinal de vida como se eu fosse um adolescente vivendo a puberdade. — Você será minha, pequena boneca.

Ela é como uma boneca linda, delicada, e seus olhos castanho-esverdeados são únicos. Encanta-me sua maneira de sorrir e ser ativa.

Logo notei sua aproximação com Cristóvão. Não acho nada bom que minha futura esposa esteja mantendo contato com outros homens além do seu futuro marido. No caso, eu. A minha linda menina não imagina que será minha o quanto antes e que irá conhecer todos os prazeres da vida ao meu lado.

Seu passado é intrigante: pai traficante, bêbado e viciado, uma mãe que é uma esposa perfeita, sempre permanecendo ao lado do marido, e uma irmã mais jovem que convive com os pais. Eu me perguntava por qual motivo ela deixou a Jamaica para vir morar na Rússia, já que não lhe faltava conforto em casa, mesmo que sua família não chegue aos meus pés em questão de dinheiro. Eu me questionei o que uma menina jovem poderia querer longe do seu lar. E, investigando mais, descobri que não há uma relação muito boa entre ela e seu pai. Aposto que esse verme a tratava mal. Basta que Genevieve me peça para matar o desgraçado, que farei isso. Ninguém pode maltratar a minha futura esposa.

Estou em minha sala, quando meu tio entra meio contente. Ultimamente, algo tem lhe deixado satisfeito e alegre demais, para o meu gosto, em um momento com tantos problemas enfrentados, como um atentado que quase deixou o meu irmão mais novo em um estado delicado.

— Querido sobrinho! Vejo que está cheio de papéis para revisar. Contratos? — perguntou, interessado no assunto.

— Sim. Mas já estou quase finalizando. Sou muito eficiente.

— Concordo. Sua cabeça é mais astuta do que a do seu irmão. Se fosse o mais velho, tenho certeza que estaríamos em boas mãos.

— O que quis dizer? Que meu irmão não comanda bem a máfia?

— Não falei isso. Veja bem: Dominic deveria se casar com alguma filha de chefe da máfia, não com uma faxineira que não tem nada a oferecer.

— Engana-se, tio! Se meu irmão a escolheu, certamente acredita que é a melhor decisão, e eu o apoio.

— Eu também o apoio. Sempre. O que quero dizer é que se você fosse o chefe, tudo seria diferente. É mais centrado e não se deixa levar pelas emoções. Já pensou que se comandasse...?

— Tio, aonde quer chegar com este assunto? — perguntei exasperado.

Ele vive fazendo comparações como se esperasse me ouvir dizer que seria capaz de trair Dominic. Não estou duvidando de sua lealdade, mas acontece que ele está muito estranho, andando sempre ocupado e nunca comparecendo às reuniões. Talvez esteja apaixonado por uma mulher da vida que paga para ter.

— Mudando de assunto... Chegaram garotas novas nesta semana. Você já deu uma olhada?

— Nenhuma me interessou. — Volto minha atenção aos documentos.

Estou enfadado de mulheres artificiais e quero beijar, lamber, peitos que não tenham silicones. Fico imaginando como minha menina deve ser deliciosa sem roupa. As suas curvas perfeitas ficam escondidas dentro daquele uniforme. O mais engraçado é o seu medo. Seus olhos arregalam toda vez que me vê e seu corpo treme. Eu gostaria de vê-lo tremer quando meu pau estivesse mergulhando em sua boceta apertada. Tenho minhas dúvidas sobre sua virgindade, visto que boatos assim chegaram aos meus ouvidos. Porém, custo acreditar e aceitar que não serei o primeiro na sua vida. Ainda dou ordens para que ela seja a responsável pela limpeza na minha sala, porque preciso saciar meu desejo.

Chamo uma das novas garotas. Esta não chega aos pés da minha escolhida, entretanto é o que tenho no momento. De inocente, a loira não tem nada. Nada boba, já vai direto ao ponto.

— Estou pronta para fazer o que o senhor mandar. — Ajoelha-se diante de mim e abaixa minha calça.

Meu pênis está rígido como uma rocha. Enquanto a vadia me chupa, é nela que eu penso... Em seus lábios rosados tocando em meu membro com inexperiência. O que essa garota está fazendo comigo? Controla todos os meus pensamentos e se faz presente até em meus sonhos. Nunca fui de rejeitar mulheres, só que agora é como se eu precisasse somente dela.

A mim, não cabe a lei imposta por nossos ancestrais de ser fiel, também não carrego a obrigação de ter filhos, no entanto meu pai me cobra isto, por meu irmão ainda não ter os dele. Contudo, a partir do momento que ele tiver um herdeiro, as responsabilidades diminuirão para mim.

Como gosto de ter tudo sob controle, se for para me casar, que seja com uma mulher que eu deseje, que tenha lindos olhos castanho-esverdeados, uma pele limpa e lisa, cabelos castanhos-dourados.... Que seja como a jamaicana que está causando um alvoroço na minha vida. Aprecio a maneira como toda sua rebeldia desaparece e murcha como uma rosa que está morrendo, pois gosto de vê-la com as pernas moles diante da minha simples presença. É aí que toda sua ousadia some. É assim que gosto. Mulher deve ser submissa. Apesar de não ser um dos homens mais conservadores do mundo, não desejo uma esposa desafiadora. Irei adorar tirar toda sua rebeldia na cama.

Encontro-me com alguns parceiros de negócios e discuto assuntos sobre minhas empresas. Como todo mafioso, preservo minha boa imagem de CEO, movimentando o ramo de construções e tecnologias. Também estou investindo em empresas de automóveis. Dinheiro e mulher são duas coisas que não se negam. Sou um cara ambicioso, dono de uma fortuna poderosa, nunca dependi do dinheiro do meu pai e abri minha primeira empresa aos dezessete anos através de parcerias. Sei da boa grana que ganharei da fortuna dele, todavia adoro ter o meu próprio sustento. Assim, não sou obrigado a prestar contas a ninguém.

Ser filho homem traz lá suas liberdades, porque posso me relacionar com quantas mulheres desejar. Estou sempre sendo movido pelo desejo carnal e desconheço a palavra "amor" no meu dicionário. Jamais irei entregar meu coração a uma mulher e não tenho estes sentimentos de viadinhos. Amor é para tolos, e sexo é para inteligentes.

Capítulo 9

Genevieve

O barulho da música alta é ensurdecedor, porém fica suportável e tolerável em alguns lugares. Para este tipo de evento, as luzes vermelhas e azuis causam a sensação de um ambiente mais sensual. Enquanto isto, as dançarinas dão um show no pole dance e no palco improvisado, e alguns senhores já estão bêbados, deixando-se serem seduzido pelas mais belas da noite. Tudo isto faz parte do entretenimento: quanto mais gastarem, mais lucros virão para a casa de luxo. Posso notar que os senhores estão animadinhos tanto pelo efeito da bebida, como pelas lindas mulheres atraentes.

Meu olhar percorre todo o salão, notando a elegância que predomina até no piso. A roupa que trajo é composta por um vestido cor de vinho que vai até a altura dos joelhos, uma meia-calça preta bem composta, um short por baixo e sapatos de saltos médios. Eles são os que mais me incomodam, portanto prefiro tênis e botas sem saltos. É impossível caminhar sem que eu quase caia. Leila me fez usar isso de propósito, sabendo que não sou adepta a este tipo de calçado. Se, por acaso, eu derrubar algo em alguém, não será minha culpa. Culparei a cobra peçonhenta e invejosa.

Está tocando uma das minhas músicas preferidas do momento: "Se te nota". A canção latina é dançante e tem uma pegada *sexy* que combina perfeitamente com a noite. Cantarolo parte dela quando não estou servindo e posso sentir alguns olhares queimarem o meu corpo, mas, mesmo assim, mantenho-me a mais pacífica e equilibrada em cima dos sapatos altos.

Quando uma luz foca rapidamente em um dos camarotes, vejo uma cena que me faz ficar desconfortável e que, por alguma razão, faz meu coração se apertar dentro do peito. Nikolai está sentado em uma poltrona que parece mais um trono real, todo poderoso, confiante e cercado de mulheres sensuais ao seu redor. Uma delas se senta em seu colo apenas de lingerie, enquanto ele segura um charuto grande que o deixa com um ar de ainda mais malvado do que o normal.

Engulo em seco quando, por milésimos de segundo e o encontro olhando para mim, isto causa arrepios por todo o meu corpo. Mesmo de longe, o homem foi capaz de roubar meu ar.

Viro-me bruscamente e me esbarro em um senhor desconhecido. Por sorte, minha bandeja está vazia e eu não derrubei nada. O cara é como uma oitava maravilha do mundo e jovem, porém com a aparência de demônio. Engulo em seco novamente ao vê-lo mover os lábios para me dizer algo e falo primeiro.

— Perdão! Eu não tive a intenção de...

— Não há necessidade de se desculpar, bela senhorita. Um encontro deste só pode ser um sinal de que você é a mulher que desejo levar para a cama hoje à noite. — Atrevido e muito confiante.

Sorrio pela sua audácia de pensar que sou como as mulheres com quem ele está acostumado a dormir.

Ergo toda minha autoestima para lhe dizer:

— Sinto muito, senhor, mas sou apenas a garçonete. Não faço este tipo de programa. — Vejo seu sorriso morrer.

— Qual é o seu preço?

— Não estou à venda. Agora, se me der licença... — Afasto-me, podendo sentir sua frustração.

Vou até a cozinha pegar mais bebidas, quando Leila aparece em meu caminho.

— Gen, é preciso trocar as toalhas de banho da suíte principal.

— Agora?

— Sim. Está surda?

— Não. Mas eu já troquei todas as toalhas hoje.

— Sim. Pelas erradas. As cores para esta noite são as estampas vermelhas.

— Você é muito perturbada — falei sem pensar.

Ela avança em cima de mim, fuzilando-me com seu olhar de cobra.

— O que disse?

— Você não é surda. Só pode estar fazendo isto para me irritar, porque já troquei todas as toalhas hoje. Sempre procura algo para me estressar. Já estou ficando cansada de suas...

— Não me desafie, garota tola! Comparada a mim, nunca será nada. Será sempre faxineira. Este é o cargo mais alto que ocupará em toda hierarquia. Já eu sou superior, sou sua chefe até amanhã. Portanto, exijo respeito.

— Se desejasse meu respeito, iria me respeitar também.

Ela ri e me olha com desdém. Está acostumada a me tratar como se eu fosse um lixo, só que não vou aguentar suas histerias desta vez.

— Você? Faxineira burra, não me irrite! Posso assinar sua demissão agora mesmo e te jogar no olho da rua. Ou algo melhor, querida: vender você para homens cruéis que te deixarão sem sentir as pernas. É isto que quer?

Ela sabe como deixar uma pessoa amedrontada. Como não confio em seu caráter, sei que seria capaz de me vender realmente, e sem Cristóvão aqui para me proteger, não quero contar com a sorte. Então, engulo em seco, saio irritada da cozinha e subo as escadas apressadamente para trocar as malditas toalhas. Que diferença faz se elas são brancas ou vermelhas? Quem diabos vai tomar banho nesta hora da noite, neste frio de oito graus?

A suíte principal é o cômodo mais enorme e contém uma cama *king size* da maior que existe, com um colchão tão macio que parece nuvens. Eu já o senti algumas vezes quando limpava o lugar. É muito confortável e cheio de travesseiros em cima. São mais de dez almofadas. Para que tudo isto? Exagero, na minha opinião. Sem falar no banheiro daqui, que é tão grande que chega a ser duas vezes maior que o pequeno quartinho que eu alugava antes de passar a morar com Rosemary. Há também uma banheira de hidromassagem que se assemelha mais a uma piscina, pelo tamanho.

No armário, pego as toalhas vermelhas e troco pelas brancas, as quais guardo de volta. Que besteira daquela mulherzinha! Ela faz de tudo para me irritar. Felizmente, já está indo embora para outra localidade. Eu não a suporto nem de longe, quanto mais de perto.

Respiro fundo e começo a murmurar baixinho para mim mesma.

— Eu odeio, odeio, odeio, odeio essa mulher! Poderia quebrar um vaso na cabeça dela.

Fecho os olhos e conto mentalmente até dez. Não posso perder o controle sobre minhas emoções, sendo que estou tão perto de vê-la longe de mim de uma vez por todas. Com este pensamento, volto ao meu estado normal, dou uma última olhada na suíte e confiro se tudo está no local correto. Dando alguns passos para trás, bato-me em alguém. Sua estrutura forte me faz sentir calafrios. E este perfume? Este cheiro só pode ser de uma pessoa, e eu sei que não estou errada.

Receosa, viro-me e dou de cara com o homem mais sério, belo e robusto que conheço; o único que me causa um misto de emoções. Sua barba por fazer lhe dá um ar tão *sexy*. Ele está impecável, trajando um terno preto com uma gravata da mesma cor, e a camisa colocada ao seu corpo é uma bela visão. Contemplo toda esta beleza em forma de homem. Seus olhos negros fixos aos meus, queimam o meu corpo violentamente, causando-me a sensação de que estou despida. Pela maneira indecente que o mafioso me fita, posso afirmar que está com desejos contidos. Talvez seja pelo efeito de algumas doses de bebida que ingeriu.

— Perdão! Já estou de saída. Com licença! — falei apressadamente, pois ele deve estar aqui por conta de necessidades físicas, como urinar ou outra.

Dou alguns passos à frente para sair do ambiente, porém Nikolai bloqueia a passagem. Seu olhar é desafiador, e pela expressão descontente em sua face, sei que não irá me deixar sair. Pergunto-me o porquê. O que ele deseja, mantendo-me presa neste cômodo?

De alguma maneira, mesmo estando nervosa, consigo inalar todo o seu perfume amadeirado e o cheiro de *whisky* que sai através dos seus lábios quando ele começa a falar.

— Quanta pressa! Parece que viu um fantasma. — Ele é o fantasma. É ainda pior, por ser de carne, osso, e poder me fazer mal.

Estremeço com seu comentário.

— Já estou de saída. Vim apenas trocar as toalhas de banho.

— Fique um pouco mais! — Afrouxa a gravata.

— Preciso trabalhar. Se eu me atrasar, não irei receber meu pagamento.

— Quem paga o seu salário sou eu, portanto digo para ficar aqui — disse de um jeito bruto, sem me dar opções.

Engulo em seco diante da minha falta de escolha e sinto que estou correndo perigo, presa neste banheiro com um homem do seu porte. Nikolai nunca demonstrou nenhum interesse por minha pessoa, então o que pode querer comigo agora? Quer me intimidar? Isto, já está fazendo e sempre fez, em todos os nossos encontros.

Quando ele se aproxima, já sinto vontade de chorar e faço uma careta impossível de evitar.

— Calma, *baby*! Eu não vou te comer. — Sua voz rouca me deixa nervosa.

Eu fito o chão, constrangida pela sua maneira pretensiosa de me olhar, e sua mão toca em meu queixo, deixando-me com a respiração mais pesada.

— A menos que deseje isto — completou, erguendo meu olhar e me fazendo encarar seus olhos cheios de insanidade. — Você quer, Genevieve?

— Eu quero ir...

— Responda a minha pergunta, boneca!

— Eu não quero...

— Não quer o quê?

— Que me devore. — Minhas bochechas coram mais uma vez.

Nikolai desliza sua mão pela minha face, que absorve seu calor. O seu olhar maléfico me deixa petrificada e meu coração bate acelerado de tal maneira que sinto que vou ter um ataque a qualquer momento. Tudo isto faz parte do efeito avassalador causado pelo Smirnov. Meus lábios estão secos, então passo a ponta da língua neles para molhá-los. Ele observa cada movimento meu. Tenho certeza que está contando até as batidas do meu coração.

As pontas dos seus dedos tocam na minha nuca, deixando-me arrepiada. E ele percebe isto.

— Gosta destas sensações, *baby*?

— Sim — respondi, envolvida por algo que nunca senti antes. Posso viajar para outra dimensão com seus toques intensos.

— Eu te quero agora. — Puxa-me com urgência, colando nossos corpos e não me dando espaço para me afastar.

Pega de surpresa, sou envolvida em seus braços fortes. O que ele vai fazer?

Sou surpreendida pelo calor do seu beijo molhado. Eu entro em conflito com ele, porém o homem é forte e tem bastante força nos braços para me prender tranquilamente. Assim, não consigo me mover da maneira que gostaria e acabo ficando sem ter o que fazer. O seu hálito quente é instigante e seu beijo árduo é delicioso. Meu ser é invadido por um sentimento de desejo. Nikolai está diante de mim, beijando-me e me desejando. Motivada por estes sentimentos de volúpia que crescem aceleradamente em mim, deixo-me envolver pelas suas carícias. Confesso que desejava sentir o sabor do seu beijo.

Gemidos ameaçam sair pela minha boca. O que está acontecendo comigo? Meu corpo já não está mais tenso. Pelo contrário: consigo ficar despreocupada por alguns instantes. A minha pele se arrepia com cada toque seu enquanto suas mãos deslizam pelas minhas costas, por cima do tecido do vestido. Ele busca se livrar das minhas roupas de toda maneira e eu tento impedi-lo, pondo minhas mãos sobre as suas. Falho diante de sua determinação de ir mais fundo. O homem puxa meu vestido e, então, eu sinto suas mãos na minha cintura. Tremo com este toque mais intenso e deixo escapar um gemido quando sou apalpada no bumbum, resmungando entre o beijo.

Estou envolvida ao ponto de não querer sair dos seus braços, nunca mais. Mas não posso me deixar levar por estas emoções.

Alerta vermelho! — Meu cérebro grita isto e espalha a notícia para o resto do meu corpo.

Eu preciso parar imediatamente. A sua língua está explorando toda a região dos meus lábios e eu arfo, já tomada por uma falta de ar. Ele nem me deixa respirar direito. Forço minhas mãos contra seu peito algumas vezes a fim de tentar escapar do seu enlace fogoso, sentindo seu pau perfurar minha barriga.

Arregalo os olhos e, por fim, consigo me soltar. Como irei sair deste lugar?

Capítulo 10

Genevieve

Meu coração bate descompassadamente e eu sou tomada por uma grande falta de ar que me deixa sem fala, nervosa e com medo do que pode acontecer. Caminhando para trás, bato minhas costas contra a parede e apoio minhas mãos nela. Elas estão suadas e geladas.

Atrevo-me a encarar o homem de olhar sombrio e de aparência de um deus. A sua respiração está pesada e ele parece irritado. Posso notar a frustração presente em seus olhos sedutores que estão fixos sobre meu corpo, fazendo-me ficar mole como gelatina. As minhas pernas estão fracas como nunca antes.

Puxo o ar de volta aos meus pulmões. Pelo menos já estou respirando com mais facilidade.

Nosso beijo foi diferente de tudo que já senti em toda a minha vida. Sou inexperiente em todos os aspectos da vida sexual, e o mais próximo que cheguei de um beijo, foi um selinho. Desde então, nunca mais me aproximei de nenhum homem. A presença poderosa do Smirnov é algo difícil de esquecer.

— Por favor, deixe-me sair, senhor Smirnov! — pedi amedrontada.

— Não. — Aproxima-se em passos lentos. — Eu não vou parar embaixo do chuveiro mais uma vez, *baby*. — Quando ele me chama assim, meu corpo responde de uma maneira diferente. Não gosto deste efeito.

Suas mãos tocam em meu rosto, prendendo o meu olhar ao seu.

— Não posso mais lutar contra este desejo. Preciso sentir meu pau dentro da sua bocetinha. Isso tem me roubado o sono.

— O senhor...

— *Shiiii*! — Coloca um dedo sobre meus lábios para que eu pare de falar. Quando obtém o que deseja, desliza um dedo sobre eles. — Você sabia que esta boquinha me fascina? Tão pequena e rosada! Eu quero muito beijá-la novamente, e você não irá me impedir. Não é mesmo, bebê? — Lançou-me um desafio.

— Senhor Smirnov... Eu... Eu... preciso... trabalhar.

— Sim. Você irá trabalhar a noite toda, bebê, só que na minha cama. — Toma-me em seus braços, fazendo com que minhas pernas fiquem em torno da sua cintura. Seu beijo cheio de volúpia tem gosto de *whisky* e menta.

Ele caminha comigo até me fazer sentar sobre a pia do banheiro e abre minhas pernas. Com sua mão em minha intimidade por cima do short, grunhe por descobrir que ainda há uma roupa sobre a calcinha. Contudo, logo se livra agilmente da peça sem me dar tempo de fazê-lo parar. Fico assustada com tanta habilidade.

— Não se preocupe, bebê! Será bom. — Volta a me beijar intensamente de língua.

Luto contra o desejo sexual que invade todo o meu ser. Seu perfume amadeirado tem algo que me prende e seus lábios são deliciosos. Não desejo parar de beijá-lo, nunca, mas sei que um homem do seu porte jamais ficará somente nos beijos; ele deseja me tomar sexualmente como mulher. As suas mãos querem tirar a minha calcinha, porém eu tento impedi-lo.

— Senhor Smirnov, por favor... — Encaro-o.

— Se tentar me impedir mais uma vez, ficarei irritado. — Seus lábios beijam meu pescoço, aliviando parte da minha tensão.

Sua mão por cima da minha coxa transmite toda sua possessão. Nikolai está praticamente gritando e dizendo que é superior, que eu devo fazer tudo que ele diz. Este homem só pode estar me confundindo com uma garota de luxo; talvez pelo efeito do álcool.

Mais uma vez tento conversar para me livrar desta situação.

— O senhor deve estar me confundindo com alguma garota de luxo. Eu sou a Gen, a faxineira...

— Sei disto, menina. — Olha-me irritado por eu ter lhe feito parar outra vez.

— E, mesmo assim, o senhor...?

— Duas coisas: se me interromper novamente, serei obrigado a castigá-la. — Sua fala me causa arrepios. — Caso eu escute me chamar de "senhor" novamente, deixarei marcas da minha mão por todo o seu bumbum.

Eu engulo em seco e ele me beija com urgência, conseguindo tirar meu vestido por cima dos meus braços após me fazer levantá-los. Seus olhos negros me devoram, parecendo impressionados com o pequeno volume dos meus seios. Não sei o que viu de interessante neles, porque não tem nada que chame muita atenção. São tão pequenos que caberia em suas mãos e ainda sobraria espaço para ser preenchido. O meu sutiã é roxo e um dos mais novos que possuo.

Mantenho-me em silêncio, mas com a respiração pesada. O seu próximo passo é abrir o fecho da peça. Imediatamente, coloco minhas mãos sobre meus seios e os cubro para que ele não veja nada. Abaixo meu olhar e me sinto bastante envergonhada, já que nunca havia tido um contato assim com algum homem. Sinto que vou desmaiar de tanta vergonha.

Ouço sua risada baixa diante da minha atitude. Ele ergue o meu queixo e segura minhas mãos, fazendo-me liberar acesso à área onde tanto deseja tocar. Seus olhos são como duas faíscas acesas queimando os meus seios. Com as pontas dos dedos, toca em meus mamilos, levando-me a tremer. Encaro seus olhos negros, que estão maravilhados com o que veem, e respiro fundo quando sinto uma beliscada neles. Isso foi bom e, ao mesmo tempo, pareceu tão errado. É como se o subchefe conseguisse roubar um pouco da minha sanidade.

Após acariciar esta região, retira minha calcinha, deixando-me totalmente exposta. O homem me olha como se estivesse memorizando cada detalhe do meu corpo nu. Como ele ainda está totalmente vestido, talvez eu tenha como me livrar desta situação. Tento ser positiva.

Recebendo beijos em volta do meu pescoço, um calor desconhecido até então se forma em mim em alguns pontos nada estratégicos. Minha intimidade está latejando. Quando ele me toca, sinto-me excitada. Seus lábios sugam meu mamilo, proporcionando-me uma sensação prazerosa, e tudo se intensifica no momento que um dos seus dedos alcança a minha boceta, apenas massageando meu clitóris. Gemo com esta carícia. O prazer só aumenta cada vez mais, deixando-me em um estado de puro êxtase.

Sou surpreendida pelo calor de sua língua lambendo minha boceta. Tento fechar as pernas, porém ele usa de sua força para mantê-las abertas. Reviro os olhos com o prazer intenso que percorre todo o meu ser.

— *Aaaah*! — Meus gemidos são altos e sem o menor pudor.

Pela posição exposta em que me encontro, deveria estar com muita vergonha, no entanto estou gemendo, irradiando prazer com cada lambida e chupada. Ao chegar em meu clímax, explodo de prazer. Lânguida pelo desejo esplendoroso e vigoroso, minha mente viaja para um lugar onde todas as minhas preocupações desaparecem, dando-me alguns segundos de relaxamento que parecem horas. Logo volto à minha realidade.

Quando o vejo afrouxar o cinto da sua calça e a abaixar, revelando sua cueca boxer preta, arregalo os olhos. Em seguida, faz o mesmo com ela, passando-a pelas pernas e expondo seu pênis enorme. Estremeço, admirada com a grossura do seu pau robusto. As veias pulsam em volta dele.

Tremo quando Nikolai o segura, pronto para penetrá-lo em minha entrada. Assim, fecho as pernas. Não sei como lhe dizer que sou virgem e nunca pensei que passaria por alguma situação dessa, de ter que confessar tal coisa somente na hora H. As minhas bochechas coram e todo o meu sangue foge a partir do momento que ele fixa seu olhar em mim. Engulo em seco e o vejo ficar bravo novamente, com uma expressão descontente que me causa arrepios.

— O que foi desta vez, bebê? Por que me faz parar quando já estamos quase lá?

— Eu não posso fazer isto. Não consigo...

— Por qual motivo? Diga-me!

Procuro a melhor maneira de lhe contar. Talvez, se ele soubesse desde o princípio, teria desistido de mim, porque homens experientes não gostam de namorar meninas imaturas como eu. Preferem aquelas que tiram a roupa e metem. Sempre ouvi as meninas que trabalham aqui, falarem sobre esses assuntos.

— Eu sou virgem — falei tão rápido que nem sei se ele foi capaz de compreender.

Pela expressão de dúvida em seu olhar, creio que não entendeu ou não acredita em mim, já que as fofocas aqui correm mais rápido do que na velocidade da luz. Quando disse para algumas meninas que não era mais virgem, tenho certeza que esta conversa correu por todos os lugares da casa de luxo.

Temo ter lhe deixado irritado, pois conheço sua fama de ser bruto com as mulheres. Algumas dizem que ele não tem alma, nem emoções, e que é sempre brutal na hora da transa. Umas reclamam por dias da monstruosidade que ele carrega em formato de pênis e outras gostam do seu sexo selvagem. Porém eu, que sou virgem, não desejo conhecer este seu lado.

"Feroz como um animal". É assim que muitas o descrevem.

Seu silêncio me deixa ainda mais nervosa. O que será que está passando pela cabeça dele? Qual será sua próxima atitude? Vai me violentar? Irá me mandar embora? Torço para que me dispense e procure alguma mulher experiente para saciar seus desejos.

— Virgem? — Franze o cenho.

— Sim. — Balanço a cabeça positivamente.

— Você está me dizendo que nunca fez sexo antes? — perguntou, bastante interessado no assunto.

Virgindade é algo tão íntimo e pessoal, que não me sinto à vontade para discuti-la com ninguém. Quem dirá com este homem.

— Nunca.

Ele permanece em silêncio por mais alguns segundos, como se estivesse ocupado demais com seus pensamentos. Instantes depois, pega-me nos braços. As minhas pernas estão em volta da sua cintura.

— Venha comigo!

Nós saímos do banheiro. As minhas mãos estão em torno do seu pescoço, pois temo cair enquanto ele caminha comigo até chegarmos à cama. O homem me faz deitar e fica por cima de mim. Seus olhos negros se prendem aos meus como se desejassem ler a minha mente.

— Que se danem as malditas regras! Você será minha mesmo. — Beija-me com intensidade.

Ele se livra da sua camisa sem precisar interromper o beijo e eu sinto todo o seu corpo musculoso tocar no meu. A sua língua quente causa um fogo em meu corpo, deixando-me necessitada urgentemente dos seus toques. Nikolai é quente em todos os sentidos e a temperatura da sua pele é muito elevada. Nunca havia sentido algo parecido antes.

Ele mordisca minha orelha enquanto diz:

— Isto pode doer um pouco, bebê, mas não será nada que você não possa suportar. — Introduz a cabeça robusta do seu membro na minha entrada.

Sinto um leve incômodo e posso notar o quanto ele tenta se controlar. Temo que perda este controle.

Deixo escapar um gemido de dor quando seu pau penetra um pouco mais e fecho os olhos, ficando tensa. Ele beija meus lábios, segura minhas mãos para cima, e eu aperto as suas conforme seu pênis vai sendo introduzido no meu canal. A ardência é a pior parte, mas, ainda assim, estou excitada e querendo mais. Meus desejos nunca foram tão pecaminosos.

Com a ponta da língua, Nikolai lambe meus mamilos, levando-me a morder meus lábios, revirar os olhos e descobrir o lugar que mais me acende. Creio que ele também já saiba disto agora. Seu pênis é muito grande e incomoda cada vez que entra mais. Com isto, uma lágrima solitária escorre pela minha face. A qual ele enxuga, para a minha surpresa. Em seguida, beija a minha testa.

Quase grito quando seu pau entra até o final.

— Por favor, fique parado! — Pedi, trincando os dentes.

Ele me dá alguns poucos segundos de descanso. Logo os seus movimentos são vagarosos e, ao mesmo tempo, muito intensos. Meus gemidos baixos são abafados com um beijo.

— Não vai usar camisinha? — perguntei preocupada.

Ele ri como se tivesse acabado de ouvir uma piada. Não compreendo sua reação. Não teme que eu possa engravidar? Isto me assusta, porém deixo estes pensamentos para lá, pois sou preenchida por labaredas de fogo que me invadem por completo. Nikolai é muito grande, em todos os sentidos, e eu sou tão pequena em seus braços. Mesmo aparentando ser um homem bravo e cruel, está sendo gentil comigo, mas sua atitude, apesar de generosa, assusta-me.

— Você é muito apertada, bebê — sussurrou em meu ouvido. — Eu desejo quebrá-la por inteiro, mas não consigo. — Murmurou irritado, permitindo que a luxúria o dominasse por inteiro.

Estamos conectados de uma maneira esplendorosa e arrebatadora para ambas as partes. A volúpia em seus toques é evidente e suas estocadas se tornam cada vez mais fortes. Elas deveriam me machucar, mas, pelo contrário, só aumentam a minha vontade de continuar. De repente, explodo em um orgasmo profundo que fazem minhas pernas tremerem como se fossem se soltar do meu corpo. Com isto, ele intensifica a velocidade de suas arremetidas, rosnando como um leão furioso e satisfeito. Também chega ao seu clímax, porém não para e dá continuidade às suas investidas. Algo me diz que esta noite será longa.

Capítulo 11

Genevieve

Movo-me para o outro lado da cama, crendo que cochilei brevemente. O meu corpo está tão relaxado e, ao mesmo tempo, parecendo que levou uma surra. Sou toda contraditória. Como minha mãe sempre me diz, eu sou única, assim como meu jeito de agir. Também sinto um pouco de frio.

Percebendo que estou sem roupas, arregalo os olhos, lembrando-me do que aconteceu. Olho para o lado direito e o vejo deitado, todo soberano e desnudo, com o peitoral malhado à mostra. Tem uma verdadeira obra de arte exposta diante dos meus olhos, que têm o privilégio de contemplar toda esta maravilha.

O que aconteceu na noite passada foi um grande erro. Como me permiti ser tocada daquela maneira por um homem sedutor, belo, atraente...? Bloqueio meus pensamentos e volto à minha realidade. Preciso ir embora agora. Lembro que minhas roupas estão jogadas no banheiro e tento me levantar da cama sem fazer barulho. Quando consigo me sentar, sou puxada pelos seus braços fortes que me fazem deitar ao seu lado. Seus olhos estão fechados. Será que está acordado? Eu entro em um estado de petrificação e minha respiração fica ofegante, porém não muito alta.

A cabeça dele fica colada à minha e seus braços me envolvem para que eu não saia da cama. Creio que esteja dormindo. Espero mais alguns minutos para tentar sair e, com cuidado, retiro seu peso de cima de mim, saio da cama na pontinha dos pés, caminhando até o banheiro, e pego as peças do meu uniforme, que estão espalhadas por todas as partes. Visto tudo, desbloqueio meu celular e constato que são quatro horas da manhã. Depois, guardo-o de volta em meu bolso, prendo meu cabelo e me lembro que deixei um casaco no meu armário.

Volto ao quarto e vejo que Nikolai permanece dormindo. Assim, tão sereno, nem parece um homem grosso e perigoso. Na parte em que eu estava dormindo, posso ver uma pequena mancha de sangue sobre o cobertor branco, e minhas bochechas coram.

O que eu fiz? Toda vez que caminho, sinto ardência na minha intimidade. Apesar disso, todas as sensações novas que ele me proporcionou ontem, foram incríveis. Nunca pensei que sexo poderia ser tão maravilhoso; principalmente em uma primeira vez. Deixo para calçar meus scarpins no corredor.

Como é muito tarde, está tudo escuro lá fora, mas ainda há uma pequena movimentação na casa de luxo, como a de alguns homens bêbados comemorando com as mais belas mulheres. Pego meu casaco no armário e minha bolsa. Há um ponto de ônibus aqui perto, daqui a uns cinco minutos andando a pé. Este bairro, por ser chique e luxuoso, não é perigoso e não tem assaltos. Além disto, sempre há policiais pelas suas ruas.

Estou chegando perto da saída, quando um dos seguranças me para. Eles não me parecem muito amigáveis como de costume. Sempre passo por aqui todos os dias e nunca fui barrada. O que mudou desta vez?

— Algum problema? — perguntei sem compreender a situação.

— É ela? — O homem olha para outro segurança, que confirma com um gesto. — Sinto muito, mas não temos permissão para deixá-la sair.

Estranho. Por qual motivo não posso ir embora? O meu horário já acabou às duas da manhã, e já são mais de quatro horas.

— Por que não posso sair?

— Ordens do Senhor Nikolai Smirnov.

Fico perplexa com esta resposta. Por que ele fez isto?

— Quando ele ordenou isto?

— Ontem à noite, senhorita.

— Não se preocupem, garotos! Eu acabei de vê-lo e ele desejou que eu fosse descansar na minha casa — tentei enganá-los.

Contudo, eles não acreditam em mim. O mais alto pega o rádio e começa a caminhar, um deles se afasta e o outro entra na cabine para liberar acesso ao veículo que está indo embora. Aproveito este momento para sair sem que eles percebam, então corro o mais rápido que posso até conseguir virar a esquina. É quando paro para respirar. Assim que noto que minha mochila acabou abrindo por causa do zíper que já estava ruim e que caíram as coisas de dentro dela, volto para poder pegá-las. Minha carteira com documentos e uma agenda que sempre carrego comigo com os contatos de todos que conheço estão no chão. Sei que dá para armazená-los no celular, mas gosto de deixar todos anotados, porque acho mais seguro assim, já que não sou tão ligada em tecnologias.

Olho para o lado, vendo a Ranger Rover que acabou de parar perto de mim, com todos os seus vidros fechados. Este carro me causa calafrios, pois o conheço e sei a quem pertence. Quando um vidro se abaixa, revelando-o sentado no banco do passageiro de trás, meu coração bate descompassadamente. Ele não estava dormindo? O que quer comigo? Não há para onde eu correr.

— Saiu sem se despedir, bebê? — perguntou com um tom de ironia. Apesar disto, pela sua face, posso ver que está bravo.

— Não pensei que queria uma despedida — falei nervosa, desafiando-o.

Ele ri, ficando tão lindo. No mesmo instante paro com estes pensamentos.

— Entre no carro! — ordenou.

— Não preciso de carona, senhor Smirnov. Obrigada!

Ele desce do veículo e fica muito próximo a mim. Fez isto tão rápido, que não tive tempo de sair daqui enquanto ainda podia. Será que vai me matar? Algumas mulheres dizem que garotas que não o agradam, desaparecem e não são mais vistas. Vou ser levada para a morte?

— Por favor, senhor Smirnov, não me mate! — supliquei com a voz falha.

Ele não me responde, e isto me mata. Apenas abre a porta do carro para que eu entre nele. Pelo seu olhar, sei que não irá me pedir mais uma vez para fazer isto. Eu o observo novamente, quase chorando, e entro no veículo. Para onde vou ser levada? Em seguida, ele entra também e o motorista dá partida.

Pelo que percebi Nikolai não é um homem de muitas palavras, mas apenas através do seu olhar consigo notar sua irritação. Algumas lágrimas solitárias escorrem pela minha face e eu choro baixinho enquanto meu coração bate acelerado e meu peito se aperta a cada rua que passamos. Ele irá me matar com suas próprias mãos, pois sua fama de ceifador não vem de contos da carochinha. O homem é cruel, perverso. Obviamente, não o agradei, e agora ele vai tirar minha vida em um matagal e me enterrar em um lugar qualquer. Nunca mais verei minha família, e minha mãe não saberá o que aconteceu comigo; pensará que não quero mais vê-la.

— Antes de me matar, senhor Smirnov, por favor, deixe-me falar com minha mãe e dizer que a amo muito...

Ele faz um sinal de "basta" com as mãos, já sem muita paciência, fitando meus olhos. Estremeço ainda mais com seu contato direto e engulo em seco. Sem dizer nada, volta a olhar para frente.

Este será o meu fim: morrerei sem poder me despedir das pessoas que mais amo.

Estou tão apavorada que não percebo mais para onde estamos indo. Só volto a ter noção de algo quando o carro estaciona em frente a uma propriedade grande, um hotel de luxo. O motorista abre a porta do veículo e eu desço, com Nikolai já ao meu lado.

Olhando em volta, só vejo carros de luxo e alguns seguranças que vieram logo atrás de nós. Há também um pequeno grupo deles próximo ao elevador.

O chefe faz um gesto para que eu vá na frente. Mesmo hesitando um pouco, caminho, pois não desejo irritá-lo. Ouço seus passos atrás de mim e seguro minha mochila em mãos, procurando uma maneira de fugir. Mas não há. Este lugar é mais vigiado do que uma prisão cheia de detentos. Estou me sentindo uma.

Quando as portas do elevador se fecham, entrego-me ao choro mais uma vez. As minhas mãos estão geladas e eu me aterrorizo por não saber o que irá acontecer. Cada minuto é sufocante.

As portas se abrem, revelando um ambiente elegante e muito sofisticado. É uma cobertura digna de toda a sua fortuna, com sofás no tamanho família, mesas de centro de vidro, uma TV gigante do tipo daquelas de cinemas e cortinas pretas que impedem que a luz adentre o local. Os primeiros raios de sol já surgem lá fora, porém, o espaço está iluminado apenas pelas luzes brancas no teto.

Olho em volta, observando cada parte do lugar decorado com cores neutras. Também há uma escada que leva a possíveis quartos e mais dois cômodos que presumo serem a cozinha e a lavanderia.

Seu corpo grande passa por mim, deixando-me nervosa. Ele retira o casaco e o joga sobre o sofá. Seu olhar paira sobre meu pequeno corpo e meus olhos o fitam atentamente. Nikolai permanece neutro, sem demonstrar suas emoções. Às vezes, pergunto-me se é realmente um ser humano. Apesar de termos tido um momento íntimo, intenso e maravilhoso — ignoro a última palavra que pensei —, o russo me parece ser a pessoa mais fria do mundo. Talvez esta seja a característica principal de sua família. Ambos são psicopatas, e estar sozinha com um, assusta-me. Entretanto, se fosse mesmo me matar, não teria me trazido até este lugar luxuoso.

— O que estou fazendo aqui, senhor Smirnov? — Tomei coragem para perguntar.

A expressão fechada em sua face me assusta ao ponto de deixar minhas pernas moles como gelatinas. Este é o efeito arrebatador que ele me causa. É o único homem que tem este domínio sobre mim. Nem mesmo a minha paixão por Cristóvão me causava tudo isso.

Nikolai caminha em minha direção até parar há poucos centímetros de distância do meu corpo. Meu coração bate descompassadamente mais uma vez e minha respiração fica pesada. Posso sentir o calor da sua mão sobre minha testa e perceber como me assemelho a uma anã diante de toda sua masculinidade. As suas mãos tocam em minha face, acariciando minha pele com seus toques quentes, e todos os meus pelos se eriçam. Seus lábios tocam os meus suavemente e eu permaneço com os olhos abertos enquanto ele me beija sem pressa. Seu sabor é único.

— Eu... — comecei a falar.

— Você pergunta demais. Precisa aprender a não questionar.

— Por que estou aqui, senhor Smirnov?

— Menina, por mais que seja muito *sexy* ouvi-la me chamar de senhor, não deve se dirigir mais a mim desta maneira formal.

Estranhando, ergo uma sobrancelha involuntariamente.

— E como devo chamá-lo?

— Pelo meu nome.

— Por quê?

— Sem perguntas — coloca um dedo sobre meus lábios e massageia a região possessivamente. — Seu homem precisa senti-la novamente. Sei que está um pouco sensível, menina, mas prometo que será ótimo para ambas as partes. — Beija-me com urgência, tomando-me em seus braços fortes.

Ele sobe todos os degraus comigo em seu colo e eu encosto minha cabeça em seu peito. Após abrir a porta grande de madeira, coloca-me no chão, segura minha mão e me beija com intensidade. Logo se livra de nossas roupas em um piscar de olhos. Os seus lábios beijam os meus seios de forma tão sensual que não tem como não ficar excitada. Seus olhos negros me hipnotizam, então imagino que esta só pode ser algum tipo de técnica sua. Certamente, está acostumado a enlouquecer todas as mulheres com este olhar sedutor de molhar calcinhas.

Estou incendiada pelas chamas do desejo, precisando senti-lo mais uma vez. Por mais que eu esteja ardida, ele foi gentil.

Vejo-o se levantar, abrir a gaveta do criado-mudo e retirar dela um frasco de lubrificante. Em sequência, pega um pouco do gel entre seus dedos juntos, abre ainda mais as minhas pernas e passa todo o produto na minha intimidade. É geladinho, porém alivia um pouco da ardência que eu estava sentindo.

O homem volta a ficar em cima de mim, com seus olhos de puro fogo que queimam toda a minha pele. Depois, introduz a cabeça robusta do seu membro na minha entrada.

— Não seria melhor usarmos camisinha? — Em alerta, perguntei, fazendo-o rir.

— Não se preocupe! Você é a única mulher com quem faço sexo sem camisinha. — Sua voz rouca afirmou de modo convincente.

Não sei se isto deveria me deixar mais aliviada ou não. Por que somente comigo? O que o Smirnov vê de diferente em mim?

Para a minha surpresa, estou sedenta dele e ansiando pelos seus movimentos rápidos e precisos. O lubrificante só deixou tudo mais fluido. Eu me sinto como se estivesse em uma nuvem ou boiando com as costas na água. Fecho os olhos e me entrego mais uma vez ao homem másculo que desperta sensações indescritíveis em mim. Nunca imaginei que pudesse existir tanto tesão nesta vida.

A luxúria domina todo o ambiente, e o calor dos nossos corpos unidos em toda a intensidade do sexo, eleva a temperatura. Gemo alto ao sentir meu corpo inteiro entrar em erupção, comigo afogada no prazer e na quentura dos seus braços.

Capítulo 12

Genevieve

Pela manhã, desperto sozinha na imensa cama Box que caberia umas dez pessoas do mesmo físico que o meu. As fronhas estão amassadas, assim como as cobertas com toque de seda. O quarto está uma verdadeira bagunça. Digamos que passamos dos limites ontem à noite. Recordo-me do exato momento que ele me pegou nos braços e me fez sentar sobre a cômoda de madeira. Todos os perfumes e objetos decorativos foram jogados no chão com sua força bruta, por querer o lugar livre para mim. É por isto que todo o seu aroma amadeirado e forte está presente no ambiente.

Nikolai tem uma fascinação fora do comum pelos meus seios, e eu não sei o que ele enxerga de tão interessante neles, que são pequenininhos e parecem mais duas bolas de gude. Sua língua molhada fez bom proveito dessa região e seu pênis duro se esticava, determinado a me proporcionar mais um orgasmo. Perdi as contas de quantas vezes cheguei ao meu limite na noite passada. Esse homem sabe exatamente onde me tocar e quais pontos me dão mais prazer.

As minhas bochechas coram quando eu o vejo sair despido do banheiro. Ele não sente vergonha de me mostrar sua nudez. Pelo contrário: parece nem se importar. Obviamente, deve sentir orgulho do tamanho avantajado do seu pênis, por ser acima da média global.

— Bom dia, menina!

Sua voz rouca que me causa arrepios, dando-me bom dia? Estou em um sonho? Nunca o vi fazer este tipo de cumprimento antes, e pelas fofocas da casa de luxo, soube que ele não é nada cordial.

— Bom dia! — respondi receosa, puxando o cobertor para mais junto do meu corpo nu. Penso que, assim, estou bem protegida.

— Levante-se! Vamos tomar banho e, depois, café da manhã.

— Juntos? — perguntei assustada.

— Sim.

— Estou bem. Obrigada! Pode ir tomar o seu primeiro. Depois eu vou — tento não olhar para a coisa grande que ele carrega no meio das pernas.

A minha resposta o deixou irritado. Tudo que digo, desagrada-o.

— Não irei chamá-la outra vez — advertiu com rispidez.

Envergonhada e com as bochechas da cor de um pimentão vermelho, levanto-me da cama, fitando o chão, com meu corpo nu exposto para sua total admiração. A minha pele queima com seu olhar devorador. Meu estômago está vazio, refletindo minha fome, minhas pernas estão cansadas e minha intimidade um pouco ardida.

Ele me analisa atentamente e eu me sinto como uma mercadoria a ser comprada. Segurando minha mão com a sua grande, faz meu corpo vibrar. Depois de olhá-la, fito suas írises negras, que estão em chamas mais uma vez. Tenho certeza que seu desejo não é tomar somente um banho, mas também fazer sexo matinal.

Resmungo, pensando nesta possibilidade, pois estou cansada, com dores na região abdominal e com um pouco de dor de cabeça. Parece que um elefante me atropelou na noite passada. Tal animal está diante de mim, tocando em mim.

Desço os degraus da borda da banheira que se assemelha mais a uma piscina, pelo seu tamanho gigante. Há muitas pétalas e sais naturais dentro dela, com aromas sensacionais. A água bate em meu joelho e eu me sento com as costas sobre sua parede. Já Nikolai está ao meu lado, com os olhos fechados.

Se houvesse algum objeto pontudo aqui, eu poderia usá-lo para me defender, mas será que gostaria de feri-lo?

Tento relaxar assim e, como ele, fecho os olhos, podendo sentir a água na temperatura perfeita me tranquilizar aos poucos. Eu tinha me esquecido de como é maravilhoso ficar relaxada assim, porque os últimos anos da minha vida foram resumidos apenas ao trabalho e preocupações familiares.

Meu corpo é puxado pelos seus braços fortes, porém permaneço de olhos fechados. Ele me leva para junto de si, abraça-me, e eu repouso minha cabeça sobre seu peitoral. Por que estas sensações são tão divinas?

— Eu quero foder você, menina — sussurrou em meu ouvido, causando um alvoroço na minha região íntima.

— Acho que quero ser fodida — confessei, escutando o ar de sua risada em meu ouvido.

— Ótimo, porque vou te foder neste momento.

Seu hálito quente sobre meu nariz é tão bom, assim como seus dedos macios fazendo carinho em meu rosto. A sua língua invade a minha boca e ele me beija com tesão. Nós dois estamos cheios de desejo e loucos um pelo outro. Fico pasma comigo mesma, porque eu o quero tanto e, ao mesmo tempo, sinto medo. É contraditório e assustador.

Seus lábios devoram os meus e ele faz eu me sentar sobre seu colo. Seu pênis está duro como uma rocha e minha boceta está lubrificada naturalmente. Sexo na banheira é mais gostoso, sem dúvida. Sou ainda mais instigada com a sensação esplendorosa de quando seus dentes mordiscam os meus mamilos. Estou totalmente entregue ao mafioso mais uma vez.

Este homem é insaciável e me leva à luxúria apenas com seu olhar *sexy*. Após duas rodadas de sexo, nós vestimos roupões. Ele se troca rapidamente e, ao sair do closet, beija-me com urgência novamente. Eu correspondo.

— Há roupas para você aqui. Troque-se e desça para tomarmos café! Estarei te esperando.

Roupas? Há muitas delas no closet e eu me pergunto se são todas para mim. Será que são de alguma ex ou atual amante sua? Penso que sim, já que sua vida é sempre regada a várias mulheres bonitas e atraentes. Todas as peças estão com etiquetas e são do meu tamanho. Seria esta uma coincidência ou algo já planejado?

Visto uma calça de moletom e uma blusa do conjunto, como a temperatura está fria e eu não quero ficar doente. Respiro fundo, penteio meus cabelos e seco com um secador que encontrei sobre a penteadeira. Após passar perfume, desço até a sala de jantar que fica depois da sala. A mesa está repleta de comida, como um verdadeiro banquete. Isto me faz pensar que há uma empregada doméstica aqui e que seus dotes são muito altos, já que cozinhar não faz parte dos Smirnov.

Os olhos negros dele se cruzam com os meus, desestabilizando-me. Eu preciso lhe perguntar tantas coisas que ele precisa me esclarecer.

— Sente-se, menina!

Que mania esta sua de se referir a mim sempre como "menina"! Parece mais uma ofensa por conta do meu tamanho minúsculo.

Puxo a cadeira mais afastada dele para me sentar, porém sou recriminada pelo seu olhar, que me indica que devo ficar ao seu lado.

Engulo em seco, pois tudo que eu queria, era distância dele, mas sempre que estou em sua presença, sinto-me dominada pelo seu modo pervertido. Não posso mais cair em sua teia e preciso descobrir o que ele deseja comigo; se irá me matar ou me libertar.

Nikolai tem toda sua atenção voltada ao tablet em suas mãos. Como está muito focado nele, tenho receio de incomodá-lo, só que faço isto mesmo assim.

— Senhor Smirnov! — Ganho sua atenção. — Eu gostaria de saber se já posso voltar para casa — falei calmamente.

Não obtenho uma resposta e o observo voltar sua atenção ao aparelho. Que mal-educado!

— Sinto muito incomodá-lo mais uma vez, mas necessito saber se já posso ir embora.

— Genevieve! — Saboreou meu nome com muito tesão. — Entenda: eu não gosto que me façam perguntas o tempo todo. Quando decido algo, as pessoas não me questionam o porquê, apenas obedecem.

— Perdão! Eu ainda não sei o que o senhor decidiu.

— Irei direto ao ponto. Em duas semanas será o nosso casamento.

Em um primeiro momento, não tenho reação alguma e creio que ouvi mal. Deve haver muitas ceras em meus ouvidos. O que Nikolai acabou de dizer, não pode ser verdade. Só pode estar brincando.

Rio de nervoso. O nervosismo provoca atitudes inesperadas em mim. Contenho minha risada após perceber que ele não está brincando. Os Smirnov nunca brincam, visto que não conhecem o significado da palavra "humor" e "divertimento". Elas não existem no vocabulário deles.

Paraliso por alguns instantes. A minha mente está confusa ou, como dizem no ditado popular, bugada. Ainda estou tentando associar tudo que acabei de ouvir. Não sei o que vai acontecer comigo ou como será o meu destino de agora em diante. Creio que ele pode ter dito outra palavra e eu tenha o compreendido errado.

— Casamento? Eu ouvi bem?

— Perfeitamente bem, menina.

— Eu e o senhor? Casarmos?

— De hoje em diante irá se dirigir ao seu futuro marido pelo nome. Não é bem visto que os outros a escutem me chamar de "senhor".

— Estou confusa. O senhor quer se casar comigo? — Ele me repreende mais uma vez. — Você quer se casar comigo?

— Exatamente.

— Por quê? — perguntei em um tom alto. Falo assim quando estou nervosa.

— Mais e mais perguntas. Você não se cansa?

— Não. Preciso entender. Por que eu? Foi por alguma coisa que eu disse? Se foi isto, perdoe-me! Não...

— Já decidi. Você será minha.

Nikolai se levanta da cadeira e eu também. Não pode ser verdade! Nego-me a acreditar nas palavras proferidas por este homem. Ele não pode se casar comigo e não tem o direito de me impor algo que não desejo. Confesso que o acho muito atraente e que, depois da noite de ontem, fiquei muito mexida, mas nada que possa me levar ao altar. Casamento é algo sério e, de acordo com meus princípios, só desejo me casar uma vez, mas não com um mafioso.

Aflita e desesperada, procuro justificativas para o convencer de que está escolhendo mal.

— Senhor Smirnov, creio que cometeu um equívoco...

— Se insistir em me chamar de "senhor" mais uma vez, serei obrigado a castigá-la, menina.

Engulo em seco, sentindo calafrios. Ele é o homem mais frio que já conheci em toda a minha vida. É quente na cama e gélido fora dela.

— O que estou tentando falar para você, é que eu não sou a mulher ideal. Até onde sei, a futura esposa de um homem da sua hierarquia deve ser virgem...

— Eu fui o único homem que você já teve. Isto basta.

— Mas eu não pertenço a nenhuma família rica, não tenho nada, não tenho posses, vivo de favor na casa da senhora Rosemary, meu tamanho é de uma criança e meu corpo é cheio de celulite e estrias. O senhor merece... Você merece uma mulher mais autêntica. — Espero que isto o ajude a refletir.

— Em duas semanas será minha esposa. Acostume-se com esta ideia!

— Não! — Praticamente gritei.

Ele lança um olhar desafiador para mim, mas, mesmo assim, mantenho-me firme.

— Não quero me casar. Não pode me obrigar a ser sua esposa. Eu não...

— Calada! — rosnou. — Você será minha esposa. Já é minha mulher, só precisamos nos casar conforme manda a regra. Espero que entenda de uma vez por todas que minha palavra é lei. Posso ser um excelente marido para você, menina, mas para isto acontecer, precisa agir como uma esposa. Enviarei uma pessoa de minha confiança para te ensinar bons modos e algumas aulas de etiqueta. Terá duas semanas para aprender tudo. Depois disto, virá o nosso casamento. Aí estaremos unidos para sempre.

Meus olhos se enchem de lágrimas, entretanto ele não se importa. Pelo contrário: não sente nenhuma comoção por ver uma mulher chorando. O pior de tudo é que sabe que estou deste jeito por suas atitudes malucas. Assim como Dominic Smirnov, que obrigou Malia a casar, Nikolai Smirnov fez o mesmo comigo.

— O que vocês, Smirnov, têm na cabeça? — indaguei irritada. — Nem todas as mulheres do mundo querem se casar com vocês. Só posso ter jogado pedra na cruz sagrada. — Resmunguei. — Saiba que se insistir nesta ideia maluca de casamento farei um escândalo.

— É mesmo? Não me diga! Ouse fazer uma estupidez desta! Então, as pessoas que você mais ama neste mundo, pagarão. Aliás, menina, será que o seu pai traficante, sua pobre mãe e irmãzinha estarão presentes? — Agora tocou no meu ponto mais sensível: mamãe e Evelyn.

— Não irá machucá-las, né?

— Sua família não é importante para mim, desde que você se comporte e aja com bons modos. Aliás, não será necessário que eles venham para o casamento. A partir de agora, seremos apenas eu e você.

— Não pode me obrigar...

Ele diminui a distância entre nós, ficando há poucos centímetros de mim. Meus olhos se apertam quando o vejo levantar as mãos. Como seus olhos estão em fúria, pensei que fosse me bater. Para a minha surpresa, elas pousam em minha face e ele prende meu olhar ao seu.

Como pode um ser humano deter tanta beleza? Nikolai possui os traços mais bonitos que já vi em toda a minha vida. Tudo nele é *sexy* e me atrai.

— Sua rebeldia me deixa louco. Sinta como estou! — Segura minha mão por cima do seu short, fazendo-me sentir seu membro duro. Eu arregalo os olhos e ele ri. — A sua inocência me fascina. Eu deveria castigá-la por ter a língua grande, mas não farei isto. Duas semanas! Espero que tenha aprendido como deve se comportar.

— Eu ficarei aqui durante estas duas semanas? Presa?

— Estará segura. Este lugar é uma fortaleza, então não tente fugir, boneca.

— Eu posso, ao menos, falar com minha família e Malia?

— Seu celular está confiscado. Providenciarei um novo de última geração. O antigo será grampeado por questão de segurança. — Beija meus lábios suavemente e sai em seguida, deixando-me cheia de dúvidas e perguntas não respondidas.

Capítulo 13

Genevieve

Nikolai Smirnov não estava para brincadeiras quando disse que me manteria presa neste apartamento, na cobertura, por duas semanas. No segundo dia, já estou ficando louca. A empregada doméstica daqui não conversa comigo, apenas me cumprimenta e pergunta o que desejo para as refeições. Também não permite que eu cozinhe ou a ajude em alguma outra atividade do lar. Estou enlouquecendo, pois nunca fiquei presa em um lugar por tantas horas, sem poder sair. Encontro-me prestes a gritar e pedir por socorro.

Através da empregada, descobri que o prédio inteiro é propriedade do meu futuro marido. Portanto, ninguém irá me ajudar a fugir daqui.

Que loucura me referir a ele como "futuro marido".

Pergunto-me por que o russo deseja se casar comigo. Sou atraente aos seus olhos? Pelo menos sei que ele me deseja como mulher. Nunca pensei que nutrisse esses desejos sexuais por mim.

Estou deitada sobre o sofá, quando sou comunicada sobre a chegada da senhora Smirtiv. Ela é uma mulher elegante e está trajando uma saia e camisete social. Seus cabelos estão presos em um coque elegante e sua bolsa de grife "grita" que é caríssima.

Aproximo-me para cumprimentá-la.

— Boa tarde, senhora!

— Boa tarde, senhorita Genevieve!

— Seja bem-vinda! — falei gentilmente. — Aceita algo para beber?

— Vamos ao que importa primeiro! Depois de nossas aulas, tomaremos algo. O senhor Smirnov confiou toda sua educação e aprendizagem sobre sua nova vida a mim. Tonar-se a esposa de um homem da estirpe do seu exige uma grande responsabilidade.

Posso notar que ela é muito culta. Basicamente, passa para mim aulas de etiquetas e me dá algumas informações sobre a família Smirnov, como a história dela, o motivo de serem uma grande máfia e suas fortunas. Estas coisas, eu deveria ouvir do meu futuro marido, não de uma estranha. Por mais que ela seja de sua confiança, há coisas que devem ser faladas entre um casal. Já não bastando sua ideia maluca de me manter presa aqui, ainda faz eu me submeter às aulas com uma desconhecida. Se existe vidas passadas, eu devo ter feito algo muito ruim, por que por mais que eu seja meio maluca às vezes, sempre tentei agir corretamente e nunca pratiquei o mal. E esta é a minha recompensa?

Eu não posso dar notícias à minha família e, além disto, a senhora Rosemary e Malia devem estar aflitas, sem poder falar comigo. O russo não permite que eu fique em posse do meu antigo celular. Segundo ele, irei ganhar um de última geração.

A angústia em meu peito é a pior parte de tudo, assim como as incertezas que enfrentarei sozinha. Como eu queria ter minha melhor amiga aqui comigo! Não sou forte, apenas finjo ser algo que nunca fui. Esta é a verdade. Para sobreviver a este mundo, preciso engolir todo o meu orgulho, vestir a carcaça da coragem e me proteger dentro do meu próprio mundo.

Após mais de duas horas ao lado da senhora Smirtiv, felizmente, ela vai embora. Eu não aguentava mais ter que ouvir tantas explicações. Nada relacionado à máfia me importa.

O que mais me deixa irritada, é que terei o mesmo destino de Malia: irei me casar obrigada, sem amor ou nenhum sentimento mútuo com aquele homem. Terei que passar os restos dos meus dias ao lado de uma pessoa fria e calculista que é mais semelhante a um robô. Pelo pouco tempo que estive ao seu lado, posso afirmar que ele é sagaz, pervertido e quente na cama, sendo capaz de me levar ao céu inúmeras vezes. Porém, quando não estamos mais entre quatro paredes, é grosseiro e não demonstra emoções. Seu coração de gelo irradia apenas frieza para as demais partes do seu corpo.

O porquê de ele ter me escolhido, ainda é um mistério para mim. Apesar de eu ter algumas suspeitas com base no que aconteceu com Malia, minha situação é diferente. No seu caso, é óbvio que Dominic se apaixonou por ela desde o primeiro instante que a viu. Mesmo estando errado em ter lhe obrigado a se casar, eu podia ver amor nos olhos dele em todas as vezes que a olhava. É assim também da parte dela, apesar de negar isto constantemente e só afirmar que o odeia. Será que este pode ser meu caso? Por um lado, confesso que Nikolai me atrai com sua voz rouca, corpo malhado, todos os músculos, olhos negros, boca carnuda e, por último, o olhar sedutor, e belo. Certamente, ele sabe disto. É por esse motivo que os Smirnov, de maneira geral, acreditam que todas as mulheres desejam se casar com eles. O que poderia ser verdade se não existisse uma minoria que não deseja ser mulher de mafioso. E eu faço parte deste grupo.

Tomo um banho quente com olhos fechados, imaginando que estou junto de minha mãe. Como será meu posicionamento agora, que serei esposa de Nikolai? Eu sempre a ajudei financeiramente. Pelo que pude compreender, ele sabe que meu pai é um pequeno traficante de drogas e sabe da existência da minha irmãzinha e minha mãe, mas não deseja que eu mantenha contato com eles. Não pode me impedir disto. É a minha família; pessoas com quem tenho todo o direito de manter contato.

As aulas já estão ficando cansativas. Sinto como se Nikolai quisesse me moldar, e isto me incomoda muito. Se não gosta da maneira como ajo, nem do linguajar que tenho, não deveria se casar comigo. Acho que sente vergonha de mim. Este pensamento me deixa triste. Estou incomodada com toda a situação que ele me sujeitou com a senhora que está apenas cumprindo ordens. Apenas por este motivo, ainda não perdi minha cabeça com ela.

A agonia em meu peito aumenta a cada instante que escuto mais sobre tradições ancestrais. Uma moça só poder casar virgem, é um absurdo. Os homens podem ter todas as mulheres do mundo, mas elas só podem ter um homem? Os direitos têm que ser iguais para ambos. Não sairia por aí pegando todos que passassem pelo meu caminho, todavia odeio esta sociedade machista. Isto me faz lembrar do meu pai, que é um desses homens medievais que acreditam que o lugar das mulheres é no fogão, cozinhando e cuidando dos filhos. Mulher pode estar onde desejar, seja como uma grande CEO de uma empresa ou dona do lar, desde que o casal se ajude mutuamente. Não devemos apenas satisfazê-los sem receber amor.

Creio que devo ter engordado alguns quilos por estar presa neste local, sem poder sair, apenas comendo e assistindo à TV. No décimo dia, já estou nomeando as paredes, minhas melhores amigas. Elas se chamam Kristen e Rose, a cama se chama Alexia, e o closet se chama Roberta. Também tem a empregada, da qual esqueci o nome. Esta mulher é antipatia pura. Todos os móveis já têm nomes. O que ele está fazendo comigo? Vai me enlouquecer. É isto que ele deseja, porém não lhe darei este gosto.

Hoje posso sair na varanda, acompanhada pela empregada chata que me vigia como se eu fosse louca o bastante para pular da janela. Prefiro viver a cometer uma besteira.

Nesta manhã, um *flashback* invade minhas memórias.

A minha irmãzinha vem correndo em minha direção, toda sapeca, usando apenas uma fralda descartável e uma blusinha de frio. A pequenina pula em meus braços e eu a levo para dentro de casa. Estou cansada de ficar brincando com ela em frente à nossa humilde casa.

Passo pela sala, onde meu pai já está bêbado, com uma garrafa de cerveja barata em mãos. Dois de seus amigos estão com ele.

Deixo minha irmã em seu berço e saio do quarto, dando de cara com Harry, um dos amigos gosmentos e barrigudos. Ele sempre me olha com malícia, e eu odeio isto.

— Olá, menininha! Onde está sua mãe?

— Eu não sei — respondi, inocente demais para perceber imediatamente sua malícia e más intenções.

— Por que você não me leva até o banheiro e me ajuda a descer minha calça? — Sinto náuseas com sua proposta. — Você poderia me deixar tocá-la, sem gritar. Prometo ser gentil.

— Se tocar em mim, vou morder seu dedo até quebrá-lo. Não ouse!

— Gosto da sua valentia. É encantadora.

Passo correndo por este verme até a cozinha e encontro minha mãe terminando de preparar o almoço. Bebo um copo de água tão rápido que quase me engasgo. Ela fixa seu olhar sobre mim; é muito esperta para perceber que não estou bem.

— Aconteceu algo, princesa?

— Era só um amigo do papai me falando indecências.

Ela me olha com tristeza. Não temos muitas opções. Onde iremos morar se deixarmos esta casa?

— Filha, por que não me chamou?

— Não quero que o papai bata na senhora.

— Filha, já não sinto mais dor. Para proteger você e sua irmã, sou capaz de me submeter a tudo.

— Mãe, se eu for embora e conseguir um bom emprego, você e a minha irmã virão morar comigo.

— E, para onde iríamos princesa?

— Estou pensando na Rússia.

— Aquele país frio que é comandado por um ditador?

— Mãe, eles têm um presidente.

— Que se recusa a deixar alguém entrar no lugar dele.

— Ainda assim é um país seguro e cheio de oportunidades.

— Eu moraria com você.

— Promete?

— Sim. Prometo.

Sorrio, decidida a conseguir uma vida melhor para elas. Começo a considerar a ideia de ir para a Rússia reconstruir minha vida e da minha família.

— Por que a senhora mentiu para mim? — perguntei baixinho para mim mesma, observando os prédios à vista.

Minha mãe não cumpriu com sua palavra, não veio morar comigo, como o combinado, não honrou sua promessa. Será que o ama tanto assim, para preferir permanecer ao seu lado em vez do meu? Eu podia ter lhe dado uma vida razoável. Não teríamos luxo, mas teríamos uma a outra, e isso já deveria lhe bastar. Em seu lugar, eu não pensaria duas vezes. Mas não estou aqui para julgar as atitudes dela. Gosto de pensar que ela tem um ótimo motivo para não vir aqui. Até onde sei, meu pai gosta da minha irmã, diferentemente do que sente por mim. Ele nunca foi capaz de me amar como filha. Pelo menos não permite que seus amigos drogados cheguem perto dela.

Se eu descobrir algum dia que ele alicia minha irmã, eu o matarei com minhas próprias mãos. Às vezes, passa pela minha cabeça a ideia maluca de pedir ajuda ao meu futuro marido, que é poderoso e muito influente. Nikolai poderia acabar com todo o esquema do meu pai, e isso daria liberdade à minha mãe e irmã. Todavia, não sei se ele se importa com elas, já que disse que minha família agora são os Smirnov.

— Senhora, está ficando frio. É hora de entrar. — A empregada avisou.

— Mais alguns minutos.

— O senhor Smirnov...

— Se quiser, pode me colocar para dentro à força. Irei ficar aqui, goste ele ou não — falei seriamente.

Ela entra para casa, certamente, para informá-lo da minha decisão por ligação. Mas não me importo, porque sei que ele não virá para cá mesmo. Fecho os olhos e sinto a brisa gelada me congelar, mas não irei entrar agora.

— Senhora, o senhor Smirnov quer falar. — Entrega-me o telefone.

Eu a olho, irritada, e seguro o telefone fixo no ouvido para ouvi-lo. Respiro fundo, deixando-o escutar.

— Desobedecendo minhas ordens, menina?

— Nikolai, só estou tomando um pouco de ar.

— Se um pouco de ar significa ficar doente, não é correto.

— Correto é você me manter presa aqui...

— Não vamos discutir por ligação, querida. Não quero ter que castigar minha menina por algo tão bobo como tomar friagem e ficar doente por ser tão teimosa.

— Eu...

— Entre agora! Não irei falar novamente.

— Por que me trata como criança? Eu odeio você, Nikolai Smirnov! — Encerro a chamada e entrego o aparelho para a mulher que tem uma marcação séria comigo.

Fuzilo-a com o olhar antes de entrar de volta no meu quarto.

Quem Nikolai pensa que é para me dar ordens? O meu pai? Se nem ele manda em mim, quem dirá um futuro marido. Que arrogante! Pode até ser o rei da mulherada, mas comigo não será igual. Não vou comer na palma da sua mão e irei lhe mostrar que não sou mais uma das muitas que ele conheceu. Ele não perde por esperar.

Capítulo 14

Genevieve

Enfim, duas semanas se passaram. Praticamente sozinha durante todos os dias, pensei que iria enlouquecer, já que a empregada só conversa comigo o essencial. Estou na expectativa de, finalmente, poder sair daqui.

O vestido vermelho-sangue de noivado está pendurado no cabide, dentro do closet. A minha vontade é de amassá-lo e jogar pela janela do prédio. No entanto, nada irá impedir o maldito casamento de acontecer. Estou certa de que hoje será a cerimônia, mas não acho que este vestido seja adequado. Também nunca ouvi falar de um casal que noiva e já vai direto para o matrimônio.

Eu estou de banho tomado e meus cabelos foram arrumados por uma equipe que veio cuidar destes detalhes, além das unhas e maquiagem. Tudo está muito bonito. Olho-me no espelho e constato que minha aparência nunca esteve tão bela como agora. Nem parece que sou eu. Por fim, visto um conjunto de lingerie vermelha.

As minhas mãos ficam frias e meu coração bate acelerado quando o vejo entrar no ambiente. Está impecável, vestido com um terno preto. Definitivamente, esta é sua cor. Seus olhos negros queimam o meu corpo, fazendo com que meu coração quase saia pela boca.

Corro para pegar meu roupão e o vestir novamente para me cobrir, porém sua voz rouca e grossa me faz congelar na metade do caminho.

— Não ouse me privar desta bela visão! — Há tanta luxúria em seu olhar, que sinto medo. — Você não imagina o quanto estou louco para sentir sua bocetinha apertada engolindo o meu garotão. — Diminui a distância entre nós. Sua mão toca em minha intimidade por baixo da calcinha e eu fecho os olhos ao sentir aquela sensação boa me invadir novamente. — Eu sei que você também está louca para ser devorada, menina. — Lambe o lóbulo da minha orelha e a mordisca enquanto sua outra mão desliza pela minha perna arrepiada pelos seus toques. — Mas não se preocupe! Após o noivado irá receber uma surra de pau. — Avisou vigorosamente, deixando-me molhadinha.

Como é possível que meu próprio corpo me traia dessa maneira vergonhosa? Basta ele me olhar e já fico derretida como uma manteiga. Resmungo baixinho, irritada, apenas para que eu ouça, e aproveito sua presença quase que ilustre, pois ele me largou neste lugar por duas semanas, sumiu e só agora retornou, na cara lisa.

— Hoje será o nosso noivado?

— Sim.

— E quando será o casamento?

— Ansiosa, menina? — debochou.

— Aterrorizada — afirmei sem pensar.

— Não deveria sentir medo do seu futuro marido.

— Não? Como não deveria sentir medo, se tudo que faz é me manter presa e não me deixa ter comunicação com ninguém? Isto é monstruoso. — Estou nervosa.

Suas emoções são as mais sucintas possíveis. Ele nunca deixa transparecer nada.

— O único motivo pelo qual te deixei aqui foi para protegê-la. Você não tem ideia do que tive que fazer para te manter segura.

— Segura? Alguém queria me fazer mal, além de você? — desafiei-o, podendo ver raiva em sua face. — Refere-se às suas amantes? Eu não tenho culpa de você estar me obrigando a ser sua noiva. — Comentei despreocupada.

— Você tem dez minutos para se trocar e descer.

— Por que tem que ser sempre tão rude?

Não obtenho resposta do senhor das cavernas, que se retira, deixando-me frustrada.

Volto meu olhar para o vestido de grife. Eu soube que ele foi feito sob medida para mim e, pelo que acredito, isto foi somente por Nikolai saber que não possuo roupas elegantes. Preciso de ajuda para subir seu zíper, mas não quero ter que lhe pedir nada. Não mesmo! A minha sorte é que a empregada entra no quarto trazendo toalhas de banho novas. Eu peço seu auxílio para fechá-lo e ela diz que estou linda. Ao me olhar no espelho, passo a acreditar nisto e me sentir como uma princesa.

O vestido é cinco dedos acima do joelho, há rendas nas mangas longas e um corte V na perna esquerda. Algo pequeno que quase não se nota.

Desço as escadas com cuidado para não cair. Odeio usar saltos. Prefiro bons e velhos tênis casuais e confortáveis. Nikolai está de costas para mim e, ao notar minha presença, fixa seu olhar em cada parte do meu corpo. Por um instante, parece impressionado com o que vê. Eu diria que está fascinado, como já afirmou outras vezes. Eu o fascino. Nunca pensei que causaria desejo em um homem como este, entre todas as mulheres que se jogavam aos seus pés. Ele poderia ter quem desejasse como esposa. Os Smirnov são malucos ou tem fetiche por moças pobres.

— Você está muito linda!

— Obrigada! Eu quase não me reconheço com toda esta maquiagem.

— A maquiagem realça sua beleza, porém você é bela com ou sem ela.

— Acha mesmo isso?

— Sim. Agora, sem perguntas! Já sabe como deve se comportar. Eu não quero ter que matar ninguém nesta noite.

A fachada da mansão Smirnov é uma verdadeira obra de arte moderna, e os ricos detalhes dela mostram o quanto eles são uma família poderosa. O imenso jardim na parte da frente é algo deslumbrante. Nunca vi algo tão belo em toda a minha vida. Será que vamos morar aqui?

— Esta será a nossa casa?

— Esta é a mansão onde vivem meus pais, meu irmão Iuri e a minha irmã Kira.

— Você tem uma irmã mais nova?

Eu não me recordava da sua irmã, apenas dos irmãos, já que ela é mulher e não frequentava a casa de luxo.

— Sim. Ela é quase da sua idade. Apenas dois anos mais jovem.

— E como é a relação de vocês? — perguntei, interessada no assunto.

— Como deve ser uma relação de irmãos.

— Deve ser maravilhoso poder conviver com eles. — Fico feliz por ele ter este privilégio, porém triste por eu não ter.

Mudo minha feição para que ele não perceba minha tristeza.

Assim que o motorista estaciona, Nikolai desce na frente e eu vou logo em seguida. Ele me leva para o seu quarto. Os convidados ainda não chegaram e eu estou nervosa, pois serei apresentada à sua mãe. O seu pai, já conheço. Recordo-me do encontro que tivemos, de quando ele me disse coisas estranhas. Será que já sabia os planos do seu filho de se casar comigo?

A porta do quarto se abre, revelando uma senhora de olhos claros e cabelos loiros. É a mãe dele? Os filhos mais velhos não herdaram seus olhos lindos. Já que Dominic e Nikolai se parecem mais com o pai.

— Querido! — Filho e a mãe se cumprimentam com beijos nas bochechas. — Onde esteve nas últimas semanas?

— Assuntos de trabalho, mãe.

Nikolai desapareceu por duas semanas? Onde pode ter ido?

— Mãe, esta é a Genevieve, minha futura esposa.

Kira entra no ambiente neste momento e sorri lindamente para mim, assim como sua mãe, que vem me abraçar calorosamente.

— Seja bem-vinda à família! Sou Mahidrevan.

— Prazer, senhora.

— Pode me chamar pelo nome, querida. Não exijo formalidades. Você é muito bonita. Meus filhos têm gostos impecáveis.

— Obrigada!

— Sou Kira, irmã do Nikolai. — Também me abraça.

— Prazer! Pode me chamar de Gen.

— Você é muito bonita, Gen.

— Você também, Kira.

Gostei bastante delas. São duas mulheres cultas e elegantes, porém mantêm suas simplicidades. Diferentemente dos homens da família, as mulheres, sim, são pessoas educadas e gentis.

No instante seguinte, o senhor Smirnov, o pai, adentra o ambiente com um sorriso largo na face.

— Aqui está a mulher que laçou o meu filho. Muito bonita, mas assim como a outra, precisa ganhar alguns quilos para carregar o meu neto. — Abraça-me.

Sinto vontade de lhe dizer algumas coisas deselegantes, mas sou contida pelo olhar ameaçador do meu futuro marido.

— Ela é muito bela, filho. Mais um dos meus varões chegará ao altar.

— Pai, precisamos conversar. Dominic nos espera no escritório.

Os homens se retiram, deixando nós, mulheres, a sós. Não consigo esconder minhas emoções, pois não estou feliz, e Mahidrevan já percebeu meu estado, certamente. Exceto Kira, que é uma princesinha inocente.

— Está tudo bem? Nervosa com o noivado? — A senhora Smirnov questionou.

— Um pouco nervosa — confessei. — Não estou acostumada a frequentar lugares tão sofisticados.

— Eu compreendo, minha querida. Apesar de ter crescido neste mundo, não me sentia muito familiarizada com ele até o meu casamento — disse para me confortar. — E se conheço bem o meu filho, ele está lhe obrigando.

— Perdoe-me se eu for grosseira em minhas palavras, senhora! Mas não sou apaixonada pelo seu filho — tentei me convencer disto. — Para ser sincera, ele me causa medo. — Estou assustada.

Ela me conduz até a imensa cama, onde me faz sentar.

— Querida, pode contar sempre comigo se precisar de conselhos. E se, por acaso, algo mais grave acontecer, não hesite em me procurar! Tenho muito apreço pelas minhas noras. Sei que acabamos de nos conhecer, porém já sinto que nos tornaremos grandes amigas.

Sorrio em agradecimento.

Estou nervosa, ansiosa e com medo do que vai acontecer logo em seguida. Sei que a pior parte, a que deveria tirar o meu sono, já aconteceu: perder minha virgindade com um mafioso. Este é o terror de toda mulher. Tive muita sorte por ele não ter me machucado ou me violentado; também me sinto aliviada por ter sido Nikolai a ter me tomado como mulher, em vez do seu tio asqueroso. Esse homem consegue me causar muito mais medo do que meu futuro marido. Com certeza, estará presente aqui hoje à noite.

Malia irá me odiar depois que eu lhe confessar tudo sobre algo que eu nunca deveria ter feito: mentir a respeito de algo tão sério por tanto tempo. Ela acreditava que eu não era mais virgem. Inicialmente, tomará um susto quando eu for apresentada como noiva do seu cunhado. Agora seremos da mesma família. Este mundo é muito louco. Só espero que não fique triste comigo.

A minha sogra acabou de me explicar como ocorrerá a cerimônia de apresentação. Após todos os convidados chegarem, eu descerei pelas escadas e meu futuro marido estará me esperando como um príncipe nada encantado. Ele fará o pedido em frente a todos e eu serei obrigada a aceitar. Até poderia fingir um desmaio, mas nem assim me livraria do meu destino.

Respiro fundo antes de, enfim, poder descer degrau por degrau. Temendo cair, apoio minha mão esquerda no corrimão. Quando noto todos os olhares voltados para mim, congelo em um primeiro momento. Só então prossigo, com meus olhos procurando por ela. Malia está ao lado do seu marido e, em breve, o bebê deles nascerá. Comemorei quando ela me contou sobre sua gravidez. Será que terei o meu final feliz também?

Volto minha atenção ao homem de olhos negros que segura minhas mãos geladas. O seu calor as aquece.

— Nervosa? Esta não é nem a pior parte — disse com sarcasmo.

Será que ele pensa que ser sarcástico é a mesma coisa de ter humor?

— Estou bem, querido. — Forço um sorriso.

Falamos baixinho, apenas para que nós mesmos pudéssemos ouvir.

Tudo prossegue dentro do planejado. Sou apresentada a todos pelo patriarca da família e logo percebo a presença diabólica de Bóris, que me come com os olhos. Sinto ânsia de vômito.

— Genevieve Sylla, aceita se casar comigo? — Nikolai fez o pedido sem se ajoelhar, não sendo nada romântico. Até onde sei, isto faz parte do protocolo.

Ele retira uma caixinha de veludo do seu bolso, revelando-me um anel de rubi. Só pode ter fascinação em me ver usando tudo vermelho.

Estendo minha mão na sua direção.

— Sim. — Limitei-me a dizer apenas isto.

O anel desliza pelo meu dedo e eu me pergunto em que momento ele soube a medida dele, já que nunca me perguntou isto.

Por fim, todos aplaudem. De mãos dadas, nós caminhamos entre os convidados, que nos parabenizam, e logo depois fazemos um brinde.

Preciso tanto conversar com Malia. Compreendendo meu sinal, ela me salva de uma conversa entediante entre meu noivo e um casal. Nós conversamos por pouco mais de meia hora e eu lhe conto tudo que aconteceu, desde minha primeira vez. Aflita, eu lhe suplico por ajuda e ela promete me ajudar. Em quinze dias será o meu casamento e eu me sinto como se estivesse caminhando para a infelicidade e tivesse condenada a uma prisão perpétua.

Malia, como é compreensiva, não ficou magoada comigo e me perdoou pela minha mentira.

Estou de volta em meio a toda aglomeração desnecessária, rodeada de pessoas que não conheço e que, nitidamente, fingem estar felizes por me conhecer. Não há nada pior que isto. Na verdade, há sim: encarar o Bóris.

Ele aproveita um momento em que estou sozinha, para me importunar. Deixou sua acompanhante para trás ao vir falar comigo.

— Acho que já posso chamá-la de sobrinha.

— Acho que não temos toda esta intimidade — falei chateada.

— Agora sei por que meu sobrinho a quis. Além de muito bonita, sua rebeldia é um encanto. Lamento que ele tenha se apressado e chegado primeiro. Eu iria ser um marido melhor.

— O senhor está me faltando com respeito. Não gosto da maneira como me olha, e se insistir nestes encontros indesejados, serei obrigada a contar tudo à família sobre sua falta de respeito comigo e Malia. Nikolai e Dominic o matariam com prazer.

Ele demonstra preocupação com minha ameaça, sorri de um jeito cafajeste e diz:

— Não será necessário. Apenas a elogiei. Se não gosta de elogios, peço perdão.

Nikolai chega ao meu lado e me enlaça pela cintura possessivamente. Seu calor irradiante é maravilhoso.

— Por que Genevieve teria que perdoá-lo, tio?

Lanço um olhar desafiador ao Bóris, que terá que se explicar agora. Pela primeira vez nesta noite encontrei um divertimento. Nervoso, ele procura as palavras corretas.

— Nada demais, querido sobrinho. Apenas lhe perguntei sobre sua família e ela não quis me responder, então pedi perdão caso tenha parecido invasivo.

— Isto é algo pessoal. Não volte a importunar minha noiva a respeito deste assunto!

— Claro, sobrinho. Se me derem licença... — Retira-se desconfiado.

Mais desconfiado ainda está o Nikolai, que lança um olhar duvidoso para mim.

— Realmente, falavam sobre sua família?

— Quantas perguntas, senhor Smirnov! — Tratei-o da mesma maneira que me trata. Se não me responde, também não obterá respostas.

— Não brinque comigo, menina! Exijo que me fale.

— Você não tem direito de me exigir nada. Se sempre que lhe pergunto algo, nunca me responde como deveria, eu também não irei lhe dar mais respostas. Agora, se puder me levar de volta ao apartamento, agradeço. Estou cansada e preciso me desinfetar deste ambiente desagradável.

— Genevieve, não me desafie!

— Desafiá-lo? Não sou maluca, pois tenho amor à minha vida, mas a partir de hoje será assim: se não tenho explicações suas, você também não terá nenhuma minha. — Deixo-o sozinho e procuro pela minha cunhada.

Sorrio, satisfeita por ter lhe deixado irritado. Apenas paguei na mesma moeda.

Capítulo 15

Nikolai

Genevieve Akanni não sabe com quem acabou de se meter. A pequena menina-mulher me deixou irritado, e eu não costumo agir bem quando estou com meu humor reduzido. Já lhe adverti várias vezes, mas, ainda assim, ela gosta de me provocar. Confesso que acho divertido vê-la irritada, porque apesar de ser sempre belíssima, costuma ficar mais *sexy* do que o normal quando está chateada. Tudo nela é tão natural. No momento que saiu rebolando sua bunda empinada para ir conversar com minha irmã, minha vontade foi de pegá-la de jeito e lhe bater até que me implorasse para parar. Meu pau ganha vida com o pensamento desta hipótese. Já sei o que farei.

— Quero que leve Kira para conversar com suas amigas — pedi ao Iuri.

— Mas, por que eu?

— Nossa irmã precisa sempre de supervisão, e agora, como seu único irmão solteiro, precisa estar ao lado dela.

— Pensa que não sei quais são os seus planos? Afastando Kira de sua noiva, irá levá-la ao quarto. Papai sabe que vocês mantêm relações antes do casamento?

— Irmão, se não quiser que eu o esmurre na frente de todos, faça o que estou mandando, agora.

— Você me deve um favor. Irei cobrá-lo no momento certo.

Iuri faz o que combinamos e Genevieve fica sozinha. Eu me aproximo sorrateiramente dela, como um lobo prestes a atacar a ovelhinha perdida. Está nítido em sua face que ela está desconfortável, e eu a entendo, porque apesar de frequentar as festas na boate, não mantinha contato com nenhuma daquelas pessoas, e agora é a novidade, a carne fresca que todos querem provar. Todavia, apenas eu tenho a satisfação de tê-la.

Seus olhos se apertam ao me verem, pela ousadia de agora a pouco. Isto significa que ela não tem mais tanto medo de mim. Antes era algo engraçado, porque eu não podia me aproximar que ela já ficava branca como um papel. Agora, noto apenas chateação e birra.

— Já vamos embora?

— Sim. Mas antes precisamos resolver um assunto. Necessito que assine um contrato.

— Contrato? Ninguém me falou nada sobre isto.

— Porque é obrigação do noivo falar.

Minha menina é muito inocente realmente. Está acreditando em tudo que digo.

— Então, vamos para o escritório! — concordou.

— Os papéis estão guardados dentro do cofre, em meu quarto. Iremos subir para buscá-los.

— As pessoas não irão nos ver com maus olhos se nos afastarmos?

— Todos serão convidados ao jardim para desfrutarem de deliciosas comidas.

Nós esperamos o anúncio do meu pai e, quando não há mais ninguém para nos flagrar indo até meu quarto, subimos as escadas. A minha doce menina é muito ingênua, pois caiu no que falei como uma ovelhinha inocente que se aproxima do cordeiro.

Após ela entrar no cômodo, fecho a porta e a tranco. Ao perceber isto, ela arregala os olhos.

— Que papéis são estes? — desconfiou. — Não há papéis. Você me enganou. — Está ainda mais furiosa do que há alguns instantes atrás.

Sorrio, divertindo-me.

— Não há papéis — falei pacientemente para lhe irritar.

— Então, por que me trouxe aqui? — questionou cheia de ingenuidade.

— Será que você já não sabe a resposta, menina?

— Estou começando a ficar irritada por se referir a mim sempre como "menina".

— Como devo me referir a você? — indaguei, desafiando-a.

— Pelo meu nome. Eu não o chamo pelo seu?

— Eu já lhe disse lá fora que posso te castigar por ter sido malcriada e linguaruda com o seu noivo.

Seu corpo treme.

— E, o que fará? Irá me bater? — Ergue uma sobrancelha. — Aquela senhora que você mesmo mandou para me ensinar tudo sobre os assuntos da máfia, disse para mim que posso fazer uma queixa caso tenha um marido violento. — Proferiu muito confiante.

Não sou um homem carinhoso e prefiro não ter emoções, nem expressar meus sentimentos, mas esta pirralha é a única que me faz querer pegá-la pelo pescoço e encher todo seu corpo de beijos. Nem sequer consigo me imaginar usando força para possuí-la. E nem é necessário usar de violência sexual, porque sei exatamente como deixá-la excitada. No entanto, ela não precisa saber disto. Gosto de vê-la tremendo todas as vezes que me aproximo e a olho sério. Há momentos em que parece que vai desmaiar.

Enlaço a pequena pela cintura, vendo-a arfar. Seus pelos eriçados me deixam louco para rasgar seu vestido e a foder poderosamente. Genevieve é muito sensível e sua bocetinha apertada é um caminho sem volta.

— Você irá apanhar, menina. Receberá uma surra de pau para aprender a ser obediente ao seu homem. — Devoro seus lábios.

Minha noiva me deixa faminto e sempre querendo mais dela. Eu nunca costumava sair mais de duas vezes com a mesma mulher e estava constantemente buscando algo novo, só que com ela está sendo tudo diferente. Seus seios pequenos que cabem perfeitamente em minhas mãos, fascinam-me de uma maneira estranha. Esta pequena menina-mulher me enfeitiça com seu jeito inocente e sua língua afiada.

Levanto parte do seu vestido, rasgo sua calcinha para facilitar nosso contato e deslizo meus dedos pelo seu canal. A minha garota vibra com meus toques vorazes. Eu tenho sede da sua boca e da sua bocetinha apertada. Por fim, retiro sua roupa e beijo seus seios enquanto acaricio os mamilos. Ela é muito sensível nesta parte do corpo. Sua boceta já está molhada e pronta para me receber, então desço o zíper da minha calça, pego-a no colo e me sento na cama. Sua entrada afoga o meu pau e eu lhe mostro como deve se movimentar.

Minha menina tem seu lado de safadinha e aprende rápido. Agora, a danadinha cavalga, gemendo apaixonadamente. O seu corpo está febril e meu lado dominador a faz revirar os olhos de tesão. Quando sinto que ela está próxima de gozar, diminuo as estocadas, deixando-a levemente incomodada. Sei em qual ponto posso causar um orgasmo nela, mas no momento pretendo deixá-la irritada.

— Eu disse que iria castigar você.

— Mas não desta maneira. Por favor...

— O que você deseja, princesa?

Ela revira os olhos. Desejo vê-la implorando pelos meus toques.

— Eu quero gozar, por favor!

— Seu desejo é uma ordem, menina.

Abafo seus gemidos com meus beijos, porque, afinal de contas, estamos fazendo algo proibido. De acordo com as leis, não é correto um homem possuir a futura esposa antes do casamento, mesmo que tenha sido o único homem em sua vida. Este ato é considerado como uma desonra para a moça, só que não me importo tanto com estas regras ancestrais e me casarei com Genevieve a qualquer custo.

Lânguida pelo prazer, aérea e completamente relaxada: é assim que a deixo após alcançar seu orgasmo. Aumentando minhas estocadas, também chego ao meu limite. Quando estivermos em casa, não lhe darei descanso, pois vou lhe querer outras vezes.

Os nossos corpos estão suados e sua cabeça está repousando sobre meu ombro. Ficamos assim por alguns instantes. As sensações que esta diaba causa em mim, são diferentes de tudo que já senti antes. Ela é capaz de acordar meu lado humano. O que não é bom, já que sou conhecido por não possuir uma alma. Portanto, não será uma mulher que me fará agir como um viadinho. Assim como meu irmão, pretendo manter minha essência, apesar de estar muito nítido o quanto ele é louco pela esposa. Quanto a mim, desconheço a palavra "amor", a qual não existe em meu dicionário e que pode ser substituída por um sexo gostoso. Conheço apenas o prazer.

Ajudo minha noiva com seu vestido, subindo o zíper, e aproveito para beijar seu pescoço. A entrega dela é algo surreal.

— Podemos ir embora? — questionou.

— Ainda não. Como estamos em nosso noivado, seria muita falta de cortesia irmos embora com todos os convidados ainda presentes.

— Não estou me sentindo bem. Estou enjoada. Posso, ao menos, permanecer aqui por mais alguns minutos? Prometo descer assim que me sentir melhor — demonstrou sinceridade.

Fico preocupado com este enjoo. Será que já está grávida? Paraliso só de imaginar esta possibilidade. Sempre transamos sem camisinha por dois motivos. Primeiro: precisamos ter um filho. Contudo, ela não pode engravidar antes do casamento, porque todos saberiam que tivemos relações antes de nos casarmos. Segundo: ela é tão perfeita que gosto de senti-la por completo. Nunca fiz sexo sem proteção com nenhuma outra mulher; ela é a primeira e a única. Sempre tomei todos os cuidados necessários para não contrair nenhuma doença sexualmente transmissível e meus exames médicos estão em dia. Amanhã chamarei uma doutora de minha confiança para lhe examinar. Espero, de verdade, que ela não tenha engravidado, porque quero aproveitar muito o começo do nosso casamento antes de termos um filho. Confesso que não tenho este desejo em meu coração e que ser pai nunca foi algo que almejei. Fiz fortuna através dos meus esforços, trabalho duro até hoje, nunca esperei pelo dinheiro do meu pai e sou dono de inúmeras propriedades.

— Não a deixarei sozinha. Ficarei aqui.

Ela se espanta com minha resposta, assim como eu, já que não costumo ter preocupações.

— Não é necessário. Eu posso ficar sozinha, e prefiro assim. Se você ficar comigo, não conseguirei descansar bem. — Sua doce voz que acalma a minha tensão, convence-me a deixá-la sozinha por alguns minutos.

— Logo voltarei para ver como você está. A Kira virá te fazer companhia.

— Obrigada!

Encontro minha mãe no corredor. Pela sua expressão, está preocupada.

— Onde vocês estavam? Onde deixou sua noiva?

— A Genevieve está cansada, repousando em meu quarto.

— Querido, os convidados estão perguntando por vocês. Não é bem-visto que os noivos desapareçam juntos no noivado.

— Como eu disse, mãe, trouxe minha noiva para descansar. Ela não estava se sentindo muito bem. Estou indo pedir para a Kira ir lá.

— Tudo bem, filho. Ficarei com sua noiva até que sua irmã chegue.

— Obrigado, mãe! — Vou para junto dos convidados.

Eu avisto Iuri deixando o escritório e ele me sinaliza para entrar. Seguindo em frente, encontro meu pai e Dominic juntos. Ambos estão sérios e, aparentemente, preocupados.

— Aconteceu algo?

— Irmão, precisamos conversar seriamente.

— Pensei que já estivesse em casa.

— Levei Malia em casa. Ela estava muito cansada por conta da gravidez.

— Qual assunto é, assim, tão sério, irmão?

— Há um traidor entre nós.

— Isto é óbvio. Tivemos carregamentos roubados, tentativas de assassinatos contra nossa família e duas contra sua esposa. O traidor está mais perto do que imaginamos.

— Seu irmão tem uma suspeita. — Nosso pai pronunciou com seu olhar apreensivo.

— Diga o nome deste traidor! Eu o matarei com minhas próprias mãos.

— Por enquanto, é melhor que não saiba, irmão. Tenho um plano em mente, e se tudo sair como planejado, será melhor ainda. Não leve para um lado de desconfiança! Pelo contrário. Todo cuidado neste momento é necessário e você terá um papel muito importante na fase inicial. Peço apenas para que aja naturalmente, como age todos os dias, e que, por favor, não comente sobre esta nossa conversa com ninguém.

Sei que Dominic é um homem muito competente. Não digo isto por ele ser meu irmão, mas sim pela sua inteligência nata, que é algo infalível, e pelo fato de todos os seus planos costumarem funcionar. Acredito na sua capacidade. Se ele crê que não devo saber o passo a passo de tudo, vou confiar plenamente no seu jogo.

— Filho, eu conversei com sua mãe. Ela irá na casa de sua noiva para combinar tudo sobre os detalhes da cerimônia.

— Ainda tenho quinze dias para pensar na minha decisão de manter sua futura esposa viva. — O tom irônico do meu irmão foi de divertimento. Sei que ele é capaz de matar a sangue frio, mas não faria isto com a mulher com quem vou me casar.

— Irmão, pensei que isto já tivesse ficado no passado — falei com ironia.

Dom sorri e revira os olhos.

— Se esta mulher vive, irmão, é por todo agradecimento e respeito que tenho por você.

— Sei disto, irmão.

Capítulo 16

Genevieve

Estou nervosa e ansiosa com os preparativos para o casamento, que estão ocorrendo a todo o vapor. Não há como fugir. Malia me disse que me ajudaria, mas, pelo que vejo, não há como escapar do mafioso. Estou presa em suas garras e neste apartamento, sem poder sequer ir à varanda observar a bela vista em minha frente. Hoje será a minha segunda prova de vestido. A minha sogra me ajudou a escolher o cardápio da festa e, gentilmente, veio até mim para combinarmos tudo juntas. Deixei a maior parte das coisas para que ela escolhesse. Não estou satisfeita com este casamento inesperado, que é uma loucura da qual estou sendo obrigada a participar.

Estou cercada de profissionais contratados por uma empresa de confiança. Ao todo, há sete pessoas, entre confeiteiras, cozinheiros, decoradores e a organizadora do evento.

— Querida, precisa decidir o recheio do bolo e suas flores de preferência. — A voz de Mahidrevan me faz voltar ao mundo real. Eu estava perdida em meus pensamentos.

— A senhora pode escolher. Eu não me importo. — Estou contida pela tristeza.

— Minha querida... — Olha-me carinhosamente e faz um sinal para que todas as pessoas presentes se retirem. — Genevieve, este ar de tristeza não combina com você. É tão linda, meiga e delicada como uma rosa. Compreendo bem o motivo pelo qual meu filho a escolheu: é perfeita aos olhos dele.

— A senhora está um pouco equivocada. Desculpe-me por falar desta maneira! Mas um homem com o coração de gelo como o do seu filho, não se apaixona.

Ela procura me entender, mesmo que eu tenha a colocado em uma situação triste. Não irá ficar contra o seu filho e, obviamente, dirá que sou louca e que devo me comportar como uma mulher da máfia. Porém, sou surpreendida pelo seu apoio.

— Eu já lhe disse uma vez no dia do noivado em minha casa, que sou sempre a favor das minhas noras. Os meus filhos são complicados e difíceis de compreender, mas eu, como mãe, sei quando eles se apaixonam. Hoje, podem parecer monstros de gelo, mas eu já troquei muitas fraldas sujas dos três homens que tive e sei que há um pouco de luz no coração de cada um deles. Você é capaz de trazer luz à vida de Nikolai, assim como Malia trouxe ao Dominic. — Segura em minha mão. — Peço para que não desista do meu filho. Vocês dois serão muito felizes.

— A senhora acha mesmo?

— Sim. E, por favor, pode me chamar de Mahidrevan!

Sorrio.

Nós continuamos escolhendo as coisas juntas. É estranho pensar que, em seu lugar, deveria estar minha mãe. Entretanto, ela está há quilômetros de distância, vivendo em outro continente, com um oceano inteiro nos separando. Contudo, estará sempre em meu coração. Eu gostaria muito de ter a ela e minha irmã no meu casamento, porque mesmo que ele seja contra a minha vontade, este é um momento muito importante para toda filha.

Volto minha concentração às coisas da cerimônia.

Hoje será a última prova do meu vestido para casamento. Kira, no momento, está me ajudando observando todos os detalhes. Segundo ela, ele deve ser moderno com um pequeno toque tradicional. Eu lhe falei que não quero nada exagerado e que não desejo usar muitas saias. Prefiro algo mais simples. Ela está aqui para garantir que tudo esteja conforme eu havia pedido.

— Uma Smirnov nunca usa algo simples — disse amigavelmente.

— Acontece que não sou uma Smirnov de sangue. Serei uma por falta de opção — falei a última parte baixinho.

— Você será a noiva mais bonita que já entrou na família. Os meus irmãos têm gostos impecáveis. E o melhor é que ganharei outra irmã. — Ela, muito carinhosa, abraça-me lindamente.

Após um longo dia, finalmente decidi todo relacionado ao meu vestido de noiva. É um modelo bonito, com decote de canoa moderno, o famoso Boho Chic de princesa. Este foi o mais simples e elegante que vi no catálogo.

Despeço-me de Kira, que vai para sua casa, deixando-me novamente na minha solidão. Eu me pergunto se passarei mais quinze dias sem vê-lo, já que até o noivado ficou este tempo sem me ver. Mas não me importo com isto, só desejo distância dele.

Entro em meu quarto e encontro uma sacola de presente sobre a cama. Será que é para mim? Só pode ser, já que sou a única moradora da casa. Há um pequeno cartão com meu nome escrito e uma curta mensagem

"Como prometido, aqui está o celular de última geração para a minha futura esposa. Assinado: Nikolai Smirnov."

Deixo o cartão sobre a cama e abro a caixa. Vejo um aparelho de última geração que deve valer uma fortuna, algo que jamais sonhei ter na vida. Mas presentes caros não me deixam feliz. Tenho certeza que este celular está grampeado e que tudo que eu conversar por ele, será visto por Nikolai. Não terei privacidade alguma. Por isto, prefiro o meu antigo. Preciso dar um jeito de conseguir um aparelho velho para poder manter contato com minha família. Meu noivo não precisa saber dos meus assuntos pessoais. Disto, ele não tem direito.

Eu precisei fazer mais uma prova do vestido hoje. Pensei que a anterior seria a última, mas não foi. As costureiras me ajudam a vesti-lo enquanto encaro minha imagem no espelho gigante da parede, sentindo-me bonita. Os meus cabelos estão soltos; é assim que quero deixá-los no dia da cerimônia. Pensei que fosse demorar um pouco mais.

Gostaria de enviar uma foto para a minha mãe. Sendo assim, peço um momento de privacidade às costureiras para me fotografar. Caso mude de ideia, eu a enviarei. Mas, como irei contar que vou me casar, se ela e minha irmã não serão convidadas? Ideia estúpida! Decido encaminhar a foto apenas para Malia, pois quero uma opinião da minha melhor amiga.

Respiro fundo, deslizando minhas mãos sobre o vestido, e dou uma rodopiada. Sentindo-me uma princesa de filme da Disney, sorrio feito uma boba. De repente, sinto um olhar arrebatador sobre mim e olho para a entrada. Lá está ele, analisando-me intensamente. O que diabo Nikolai está fazendo aqui? Faltam dois dias para o casamento, que será realizado no jardim da mansão da sua família. Será que não sabe que o noivo não pode ver a noiva?

— Nikolai, o que você está fazendo aqui? — perguntei nervosa, tentando achar algo para me cobrir dele. A melhor opção que encontro é uma toalha. — Não sabe que o noivo não pode ver o vestido da noiva antes do casamento? Isto dá muito azar.

Ele não parece ser do tipo de homem que acredita em superstição.

— Minha menina inocente, não seja bobinha! — Diminui a distância entre nós, tocando em meu queixo. — Nada irá nos impedir de casar.

— Mesmo assim, você não deveria estar aqui. Todas aquelas pessoas lá fora irão sair comentando da sua presença.

— Acredite: não vão. Elas têm amor à vida.

— Esqueci que você é sanguinário. — Reviro os olhos.

Ele avança sobre mim, encostando-me na parede, e suas mãos apertam meu pescoço com força. Busco ar nos meus pulmões, mas não encontro. Por que seus toques são tão excitantes?

— Você está louca para sentir meu pau comendo sua boceta, princesa. Não negue!

— Nikolai, nosso casamento será em dois dias. É melhor sair daqui agora.

Ele me vira, fazendo-me ficar de costas para ele. Em seguida, abre um a um dos botões do meu vestido. Todo o tecido desliza pelo meu corpo até cair no chão, revelando que estou somente de calcinha, pois, por causa do forro da peça, não há necessidade de usar sutiã.

Seus olhos me veneram com tesão e seus dedos apertam meus mamilos, acendendo uma chama ardente em mim. A minha intimidade lateja freneticamente com seus toques, sua língua molhada e beijos urgentes. Os nossos corpos clamam um pelo outro. Pode não haver amor em nosso relacionamento, porém há muita química. Ela é inevitável. Basta este homem me olhar, que já fico molhada, pronta para lhe receber.

— E se alguém entrar aqui? — Respiro pesadamente.

— Ninguém entrará, querida. — Volta a me beijar.

Estou incendiando pelo seu corpo.

Como já é uma mania sua, rasga mais outra de minhas calcinhas. Deste jeito, serei obrigada a comprar uma fábrica inteira de lingeries. Depois, com precisão, ele me faz abrir as pernas e, com a ponta da língua, lambe meu clitóris. Arfo com a sensação indescritível, abafando meus gemidos com minhas próprias mãos, não querendo que ninguém me ouça. E apesar do medo de alguém entrar, não deixo de viver o momento.

Nikolai intensifica as lambidas e chupadas, e quando percebe que estou chegando ao meu limite, fixa seus olhos negros sobre os meus, desestabilizando-me completamente, e se livra de suas roupas de baixo. Em um passe de mágica, está dentro de mim, comendo-me como um doido desesperado. Agora não dá mais para prender meus gemidos, então grito como uma louca. O suor dos nossos corpos unidos me aquece e sua fascinação pelos meus seios me enlouquece. A minha cabeça está delirando de prazer e já não tenho mais nenhuma sanidade ativada, porque ele é capaz de me deixar alucinada com seus beijos.

— Escute bem: você sempre será minha! — avisou possessivamente. — Fale para o seu homem a quem você pertence!

— A você. — Minha voz saiu falha por conta do orgasmo intenso.

Minhas pernas fraquejam e eu vejo a satisfação em seu olhar. Se nossa vida sexual já é ativa antes do casamento, não quero nem imaginar como será quando estivermos morando juntos, oficialmente como marido e mulher.

Procuro minhas roupas e coloco um vestido folgado enquanto ele se veste também. O meu olhar está fixo nele, no entanto o desvio quando ele olha para mim. Tenho certeza que sorriu brevemente.

Respiro fundo e procuro minha vergonha na cara, a qual deixei cair em algum lugar no momento do sexo. Na sua presença, nos seus braços, comporto-me como uma vadia e não me reconheço. É algo diferente de tudo que já vivi.

— Vejo que já está usando o novo celular. Meu número está salvo em sua agenda. Ligue se precisar!

— Obrigada! — Agradeci sem jeito.

Ele beija meus lábios suavemente.

— Eu te vejo em dois dias, menina. — Vai embora.

Quase meia hora depois, saio do quarto e finjo que nada demais aconteceu. Acho que ninguém está me julgando.

O grande dia chegou. O dia que deveria ser o mais feliz da minha vida.

Eu despertei com o alarme e meu café da manhã já está pronto sobre a mesa. Há muitas comidas. Uma refeição muito reforçada, eu diria. Mas não como quase nada, porque meu nervosismo não me deixa sentir fome. Após beliscar algumas coisas, o motorista particular da família me leva, cercada de seguranças, até a mansão.

Da sacada do quarto de Kira, posso ver que já está quase tudo pronto no jardim. A decoração realmente me surpreendeu, pois não imaginei que fosse ficar tão bela e idêntica à foto na qual me inspirei.

A movimentação no quarto está grande. Kira e Iuri são os padrinhos do nosso casamento, assim como Malia e Dominic. As madrinhas escolheram o mesmo tom de vestido: um azul-marinho lindo.

Respiro fundo ao ver meu vestido sobre a cama. Primeiro será feita minha maquiagem, a qual opto por nada muito escuro e peço algo leve. Depois, escolho usar sapatos de saltos curtos, porque assim não correrei o risco de cair. Com ajuda, enfim, estou dentro da vestimenta de noiva e pronta para caminhar até meu martírio. Algo me diz que este casamento me trará muitas dores de cabeça, pois diferentemente do que aconteceu com Malia e Dominic, Nikolai não me parece propício para o amor. É por isto que não posso me apaixonar. Em hipótese alguma, devo entregar meu coração ao Smirnov.

— Veja só como ela está linda, marido! — Minha sogra surge contente, com um sorriso largo, e me abraça. — Eu tenho certeza que vocês serão muito felizes.

Sorrio de modo contido, não querendo ser mal-educada. O senhor Smirnov também me abraça, contente.

— Pode se considerar como nossa filha.

— Obrigada pelo carinho! — Escondo minha tristeza.

— O Ivan entrará com você, querida.

Eu pensava que iria entrar sozinha, porém acabei de receber tal notícia que me deixou mais tranquila. Terei o meu sogro ao meu lado, e agradeço por isto.

Com a ajuda de Mahidrevan e de mais algumas meninas da equipe de maquiagem, desço a escada. Não estou usando muitas joias, apenas brincos que foram presentes da minha sogra e uma pequena tiara de prata que escolhi. Quanto ao meu véu, ele é longo.

Respiro fundo e caminhamos até o jardim. Ao chegar perto da minha entrada, espero mais alguns minutos. A florista entra primeiro com as rosas e, em seguida, é a minha vez. Seguro com firmeza o braço do senhor Smirnov.

— Por favor, não me deixe cair, senhor Smirnov! — pedi baixinho.

— Pode confiar em mim, querida. — Sorri.

Não conheço nenhum dos convidados, apenas Cristóvão, que está próximo ao altar. Eu o queria como meu padrinho de casamento, porém fiquei sem jeito de lhe pedir algo assim. Sorrio para ele, que acena de volta. Este homem tem todo o meu carinho e respeito por sempre ter sido bom para mim.

Caminho em passos vagarosos conforme ensaiei, e os olhos negros dele me fitam, cheios de intensidade e tesão. O meu futuro marido me estende uma mão quando chego ao altar montado.

— Você está linda, menina!

— Você também está muito bonito — gaguejei, ficando vermelha por sentir vergonha.

O padre dá início à cerimônia. A celebração é muito bonita, e a trilha sonora que escolhi, tem canções belíssimas que me deixam, de certa forma, emocionada. Lembro-me de ter chorado horrores em todos os casamentos que fui. Portanto, no meu não seria diferente.

Fico nervosa quando o padre nos direciona as perguntas.

— Nikolai Smirnov, você aceita como sua legítima esposa a senhorita Genevive Sylla Akanni, prometendo a amar e respeitar durante todos os dias de sua vida, até que a morte os separe?

— Sim. Aceito. — Fita meus olhos.

— Genevieve Sylla Akanni, você aceita como seu legítimo esposo o Nikolai Smirnov, prometendo o amar e o respeitar durante todos os dias de sua vida, até que a morte os separe?

Meu coração bate acelerado de tal maneira, que sinto falta de ar. Talvez seja pelo vestido apertado. As minhas mãos estão geladas e o olhar dele é desafiador. Eu deveria gritar "não", mas jamais faria isso, pela segurança da minha família.

— Sim. Aceito.

— Pelo poder investido a mim, eu os declaro marido e mulher. O que Deus uniu, o homem não pode separar nunca. — Todos aplaudem. — Pode beijar a noiva.

Nikolai me beija carinhosamente, talvez por estar na frente das pessoas, pois sua mente pervertida não lhe dá tempo para carícias. Ele é um safado nato.

Agora estamos oficialmente casados.

Malia e Dominic são os primeiros a nos parabenizar. Agora o meu cunhado, chefe da máfia, olha para mim como se desejasse me matar. Sempre tem este olhar em minha direção, como se não gostasse de mim.

Subo até o quarto com minha amiga para conversarmos. A sua barriga está enorme, parecendo que vai explodir a qualquer momento. De repente, ela grita, assustando-me. Pensei que fosse brincadeira sua, mas logo vi que está prestes a entrar em trabalho de parto. Há casos em que os bebês nascem antes dos nove meses.

Malia está branca e tomada por dores que a dominam. Sei que ela é muito forte e que tudo vai ficar bem.

Saio correndo para chamar pelo seu marido e o encontro com Nikolai no corredor. Ele leva a esposa até o hospital. Estou nervosa e feliz porque, finalmente, ela vai dar à luz.

Meu marido me olha de um jeito diferente. Não sei dizer o que se passa na sua cabeça.

— Vejo que a ideia de ter bebês deixa você contente — apontou.

— Filhos são sempre grandes bênçãos. — Sorrio.

— Não se preocupe! Teremos muitos bebês. — Deixa-me sem jeito.

Sei que teremos filhos algum dia, já que nunca usamos camisinha e eu não me previno com nenhum método.

— Você não parece ser fã de crianças.

— E não sou. Fui obrigado a tolerar meus irmãos mais novos. O que foi uma experiência nada incrível.

— Hoje você os ama.

— Tem razão. Mas crianças são muito irritantes e sugam toda a nossa energia.

— Não penso assim. Crianças são vida, alegria e felicidade.

— Vamos voltar à festa!

— Eu gostaria de ir ao hospital conhecer meu sobrinho — falei empolgada.

— Iremos em outro momento. Agora, nossos convidados nos esperam.

Voltamos para a festa e dançamos algumas músicas. As moças solteiras estão ansiosas para ver quem pegará o meu buquê. Conto até dez e o vejo cair diretamente nas mãos de uma das empregadas que estava passando por perto no momento despretensiosamente. Ele caiu sobre a bandeja que ela segurava, assustando-a. Posso perceber que meu cunhado Iuri a devora com os olhos. Será que há algo entre os dois? Isto já é assunto para outro enredo. Voltemos ao meu.

— Está mais animada, querida? — Minha sogra se aproxima com seu marido.

Nikolai, percebendo que seus pais estão conversando comigo, também chega perto.

— Filho, está na hora de levar sua esposa para o quarto. O meu neto primogênito acabou de nascer, porém desejo mais. Cabem a vocês realizarem o meu desejo. — O senhor Smirnov me deixa vermelha com seu pedido. — Alimente bem sua mulher! Ela precisará estar mais forte para carregar meu neto em seu ventre.

— Veja só o que está fazendo, Ivan! Deixou nossa nora sem jeito. Lembre-se que ela é uma moça ingênua para estes assuntos! Meu marido é muito desbocado. Não lhe dê atenção, querida.

Nikolai me olha de um jeito cafajeste. Toda sua família pensa que sou uma moça pura e inocente, pois não sabem que seu filho já me desvirginou há dias. Se soubessem, acho que não teriam permitido o casamento. Eu deveria ter gritado isso aos quatro ventos, porque assim, pelo menos, estaria livre e não seria sua esposa. No entanto, certamente, ele me tomaria como sua amante. Não sei o que é pior.

Minha sogra me leva até o quarto onde acontecerá a nossa noite de núpcias. Estou nervosa, mas não pelo sexo, e sim por todos imaginarem o que vamos fazer aqui, entre quatro paredes.

— Querida, deseja me perguntar algo sobre o assunto?

Não quero falar de sexo com ela, apesar de ter sido muito gentil.

— Obrigada! Eu estou tranquila.

— Pode ser que seja um pouco desconfortável, mas não se preocupe! Irá ficar cada vez melhor. — Tem razão.

Vejo uma camisola sobre a cama e respiro fundo.

Capítulo 17

Genevieve

Após vestir a camisola, distraio-me com meus pensamentos. Desse modo, não o vi chegar. Apenas notei sua presença por causa de seu aroma amadeirado. Pensei que ele não fosse mais vir aqui nesta noite.

Pude perceber uma grande movimentação lá em baixo e imaginei que a festa foi cancelada. Após pouco tempo depois que subi até o quarto, recebi a orientação para não sair daqui. Já estava começando a ficar preocupada, sem entender nada. Também havia seguranças na porta.

Suas íris negras queimam sobre o meu corpo e repousam nos meus olhos, despertando em mim um misto prazeroso de emoções e sentimentos. Meu coração nunca bateu tão acelerado como neste momento. Sinto-me desnuda como se a camisola de seda não estivesse sobre minha pele. Aliás, não queria estar usando esta peça finíssima. O robe com um laço faz eu me sentir como um presente embrulhado ao Nikolai.

Ele me observa com fascinação, com o olhar em chamas, deixando lavas escorrerem pela sua face. Eu fui pega de surpresa com sua entrada. Quando subi até aqui para descansar, surpreendi-me com a empregada deixando a camisola para a noite de núpcias sobre a cama. Estou me sentindo como se fosse a nossa primeira vez juntos. Já fizemos sexo tantas vezes, que isso não deveria ser mais nenhuma novidade. Mas sinto o contrário, porque sempre que estamos juntos, há algo novo e uma paixão que incendeia nossos corpos.

As minhas pernas estão coladas uma na outra e eu estou petrificada. Ele acabou de afrouxar a gravata do seu terno preto, indicando que teremos que cumprir a tradição ridícula de termos a nossa "primeira vez". A qual já aconteceu. Contudo, ninguém além de nós precisa saber disto.

— Não imagina como esperei por este momento — confessou com a voz sensual.

— Que momento? Passar a primeira noite juntos na casa de seus pais, enquanto todos os convidados estão lá embaixo, imaginando como está o clima aqui dentro? — falei desafiadora, porém contida ao mesmo tempo.

Balanço meu corpo para um lado e outro lentamente, como costumo fazer quando estou nervosa e não tenho o controle de alguma situação. As minhas mãos estão geladas.

— Eu te darei a lua de mel que deseja, esposa, mas infelizmente teremos que ficar aqui nesta "primeira noite".

— Será que só podemos fingir que aconteceu? Porque já sabemos que não vai rolar o negócio do sangue no lençol. — Eu fico vermelha e ele sorri contidamente.

— Não mesmo, esposa. Quero fodê-la tanto hoje, que amanhã irá sentir dificuldade para caminhar.

Engulo em seco, dando um passo para trás, e ele dá vários em minha direção até ficar há poucos centímetros de distância de mim. Depois segura minhas mãos geladas.

— Nervosa, menina?

— Por que eu deveria ficar? Já fizemos sexo tantas vezes.

— Não é isto que seu corpo fala. Toda vez que me aproximo, seu coração acelera, suas mãos ficam geladas e sua respiração mais pesada. Por que isto acontece?

Agora, Nikolai me deixou sem respostas. Nem eu sei explicar o porquê. Antes, pensava que era por medo, porém já não o temo hoje. Além disto, sei de sua fama de ceifador, mas acredito que ele não seria capaz de me machucar, pois se desejasse isso, já teria feito há muito tempo. Confesso que não sou fácil de conviver. Sou muito irritante e rebelde quando desejo irritar alguém. Se ele nunca levantou a mão para mim antes, não fará isso futuramente, pois como o próprio diz, minha rebeldia o encanta. Nunca imaginei que fosse ouvir isso de um homem. E sobre sua mania constante de pronunciar tanto a palavra "menina", deve ser porque me vê como um ser indefeso que precisa de um macho alfa ao lado.

— Eu sempre agi assim — tentei tirá-lo de tempo para não ter que confessar o verdadeiro motivo. Eu mesmo luto contra estes tais sentimentos bobos.

— Gosto disto. Agora, menos conversa e mais ação!

— Tudo isto é porque seu pai praticamente gritou que deseja outro neto?

— Com a chegada do filho do meu irmão, ele não irá mais nos cobrar.

— Eu tinha me esquecido que você não deseja ter filhos. — Reviro os olhos.

— Todas as vezes que você revira estes olhos inocentes, tenho vontade de e agredir, menina.

Por que isto me deixou tão excitada? É inevitável controlar todo o tesão que sinto por este homem.

Sem desviar os olhos dos meus, ele afrouxa o laço do meu robe e eu fico estática ao sentir o tecido deslizar pelos meus ombros até cair no chão.

Suas mãos grandes logo me seguram firmemente, despertando um calor forte que percorre todo o meu corpo. Agora, ele me faz ficar de costas, joga meu cabelo para um lado e beija meu pescoço. Gemo com seus beijos quentes e sensuais. Não perdendo tempo, ele já começa a descer as alças da minha camisola, fazendo o tecido deslizar por todo o meu corpo.

— Tão safadinha, princesa! — Sinto um tapa arder em meu bumbum e dou um pequeno pulo. — Já está toda lânguida apenas com os meus toques. — Puxa meus cabelos de um jeito bom.

Ele aperta meu pescoço com suas mãos fortes, impedindo parte do meu ar de entrar, e seus lábios me beijam com urgência. Quanto mais sinto o sabor do seu beijo, mais entregue e perdida fico nesta história. Seu perfume amadeirado desperta em mim sensações indescritíveis. Nikolai é sagaz, experiente e sabe como me deixar louca apenas com um olhar malicioso, então todos os nossos encontros terminam assim, regados a sexo. Que se dane a tradição idiota! Não vou deixar de viver este momento por causa dos pensamentos dos outros.

Primeiro, ele se livrou da minha camisola, e depois tira minha calcinha com o olhar vidrado na minha intimidade. Acho que estou vermelha diante da sua falta de pudor. Por último, sou encostada na parede.

— Abra as pernas agora! — ordenou, batendo em meu rosto com um tapa leve, porém excitante.

Cumpro sua ordem e o vejo se ajoelhar para mergulhar a língua quente em meu clitóris. Gemo alto, conforme ele introduz dois dedos no meu canal para estimular ainda mais o fogo que arde dentro de mim. Seu olhar está cheio de volúpia e malícia. Fito o teto, revirando os olhos de prazer, e grito quando gozo na sua boca. Foi intenso, maravilhoso e relaxante.

Mal tenho tempo de respirar, porque meu marido me pega pelo braço e me bota de joelhos sobre a cama. Olho para trás e sinto um tapa forte no bumbum. Rapidamente, ele se livra das suas roupas. Seu pênis está pulsando de tão duro.

— Eu te disse que se revirasse os olhos receberia uma surra.

— Por favor... — pedi manhosa.

Nikolai bate nas minhas nádegas várias vezes e, a cada tapa, imagino que a região fica vermelha. Certamente estará roxa no dia seguinte. No entanto, é tão gostoso que finjo não gostar para ele continuar.

— Você está gostando, menina? Eu vou te foder tanto. — Seu pau mergulha na minha boceta, que parece feita sob medida para os centímetros avantajados que ele carrega. Não bastasse ser um deus grego, tinha que ter o pênis maravilhoso. É muita sorte para uma única pessoa.

Suas estocadas são intensas e fortes. Com a profundidade que seus lábios me beijam, posso tocar nas nuvens. Este homem me completa no sexo. É inexplicável todo o domínio natural que ele exerce sobre mim. É como estar com os pés sobre as nuvens e não cair.

Após a transa maravilhosa que fizemos, ele veste suas roupas e se mostra apressado para alguma coisa. Então, pergunto-lhe:

— Aconteceu alguma coisa? Você demorou para subir — tentei não demonstrar que fiquei ansiosa pela sua chegada.

— Não há nada com que se preocupar. Você estará segura se permanecer na mansão.

— Você poderia me falar o que aconteceu? Eu estou nervosa, e quando fico assim, costumo ter desmaios. Então, fale de uma vez!

Ele respira fundo e eu fico mais aflita, querendo respostas.

— A Malia sofreu um princípio de aborto, mas já está bem. E o bebê também. Eu estava olhando nas câmeras de segurança para identificar quem pode ter causado algo assim.

— Envenenaram ela?

— Tudo indica que sim. — Estou em choque. Quanta crueldade! — Felizmente, ela e o bebê estão bem.

— Achei muito cedo, afinal de contas, ela estava com sete meses, apesar da barriga enorme. Quem fez algo assim?

— Estou indo ao hospital para ver o meu irmão. É melhor que fique aqui, com minha família. Estarão seguros aqui.

Essa foi a primeira vez que senti medo por mim em muito tempo. Se Malia virou alvo para os inimigos, o mesmo acontecerá comigo? Uma lágrima solitária escorre pela minha face, e mesmo que eu tente não chorar, é inevitável. Como não percebi que minha melhor amiga estava tendo um aborto? Ela enfrentou uma grande barra. Por sorte, seu marido irá fazer todos pagarem.

— Eu tenho certeza que isto tem a ver com aquela cobra da Ximena. Ela odeia a Malia, por seu irmão ter a escolhido. Vi as duas conversando

— Por volta de que horário? Você consegue se lembrar?

— Assim que fomos para o jardim, antes de virmos conversar no seu quarto. O resto da história, você já sabe. — Enxugo minhas lágrimas.

Nikolai se senta ao meu lado e seca meu choro com a palma de sua mão. Ele me abraça com força e eu descanso minha cabeça em seus ombros. Também o abraço. Sinto-me tão segura ao seu lado.

— Não há o que temer. O pior já passou e você estará segura aqui.

— Você me levará para visitá-los amanhã?

— Sim. Mas, por enquanto, permaneça aqui e tente descansar! E se precisar de algo, não hesite em me ligar e pedir.

— Quero que se cuide — falei sem pensar, abraçando-o mais uma vez.

Nikolai me beija carinhosamente e, depois, retira-se. Compreendo que ele está fazendo o possível para manter a segurança da família. Imagino como devem estar meu cunhado e minha amiga.

Tento dormir como ele sugeriu, porém não consigo.

Quando o dia amanhece finalmente e a luz do sol brilha neste planeta, levanto-me da cama em um pulo. Como já tinha trazido uma muda de roupas extra para cá, visto-as, escovo os dentes e faço minhas higienes matinais. Preciso de notícias.

Eu envio algumas mensagens para Nikolai e ele me diz para não ficar preocupada. Quero ir até o hospital para ver Malia.

Encontro minha sogra e sogro, que parecem estar de saída.

— Bom dia! — cumprimentei-os constrangida. Não sei se o dia está sendo ótimo, apenas fui educada.

— Bom dia! — Ambos responderam.

— O Ivan está de saída. Vamos tomar café da manhã, querida!

— Estou muito preocupada com a Malia e o bebê — confessei minha angústia.

— Eles estão ótimos. Não se preocupe! Vá tomar café com a Mahidrevan! Daremos notícias assim que tivermos esclarecido tudo. — Retira-se após beijar sua esposa.

Nós encontramos Kira na mesa e Iuri, que acabou de se levantar e já está de saída. Ele nos deseja um bom-dia e sai.

Sento-me, porém não estou com fome. Preciso ter notícias da minha amiga, senão vou morrer do coração.

— Meninas, vocês precisam se alimentar.

— Perdão, mamãe! Preciso me retirar. Estou indisposta para me sentar à mesa.

— Está doente, filha?

— Apenas não dormi bem.

— Desculpem e licença!

Começo a chorar de angústia. Jamais imaginei que no dia do meu casamento, Malia iria ser envenenada. A culpa foi minha por não ter ficado ao seu lado em todos os momentos. Eu devia ter lhe impedido de se aproximar daquela víbora. Nada tira da minha cabeça que aquela cobra foi a responsável por tudo.

— Não chore, Genevieve! Os homens estão resolvendo tudo e o pior já passou. O bebê nasceu antes do tempo, mas, pelo que soube através dos médicos, ambos terão alta em uma semana.

— Eu quero visitá-los.

— Não será possível. Eles estão na UTI, onde visitas são proibidas. Apenas Dominic e Malia podem ver o bebê. Mas fique tranquila, querida! Sei que este não foi o casamento que você imaginou que teria, mas tente pensar somente no que foi bom!

— Tem razão.

Como à força, para depois, não estar desmaiando de fome.

O dia passou lentamente e ninguém voltou em casa ainda para nos dar notícias. Devem estar muito ocupados resolvendo assuntos. O clima daqui está tenso e os empregados estão muito agitados.

Resolvo descansar em meu quarto e pedir para que me levem um suco de maracujá. A empregada que pegou o meu buquê, vem deixá-lo para mim. Ela é muito bonita e tímida.

— Precisa de mais alguma coisa, senhora?

— Não. Apenas de alguém que me escute. Eu vou enlouquecer se permanecer mais um minuto sem conversar com ninguém. — Pela maneira desesperada que a olho, ela deve imaginar que sou uma pessoa maluca. Com certeza tem ordens para falar somente o essencial com os patrões, mas posso ver o quanto é boa e solidária. — Você é a moça que pegou meu buquê?

— Peço perdão, senhora. Não tive a intenção de pegar nada. Eu juro.

— Você não cometeu nenhum erro. Não precisa se desculpar.

— Obrigada! Tive medo de perder meu emprego.

— Quantos anos você tem?

— Dezessete e meio. A minha mãe é a cozinheira daqui. Eu morava com meu pai, pois estudava na Inglaterra, porém como ele preferiu a família nova dele, vim morar com minha mãe assim que o ano letivo terminou.

— Entendo. Posso te perguntar algo? Acredito que seja pessoal, e se não quiser responder, vou entender.

— O que seria?

— Iuri Smirnov... Ele está cercando você?

A moça fica vermelha e seus olhos encaram o chão. Com certeza, ele está dando em cima dela. Que cretino! Será que essa pobre moça será mais uma nas garras de um Smirnov?

— Posso te dar um conselho? — indaguei.

Ela balança a cabeça positivamente.

— Se ele tentar algo que você não queira, conte para alguém! Não fique com todo este peso para si! A senhora Smirnov é uma boa mulher, então irá protegê-la.

— A senhora acha mesmo?

— Pode me chamar de Genevieve ou Gen. Como preferir. Eu prefiro Gen, porque é mais suave. — Ela sorri, apesar do medo em seus lindos olhos azuis. — Esses irmãos pensam que podem ter as mulheres que desejam, mas não é bem assim. Sua história pode ser diferente.

— Obrigada pelos conselhos, Gen!

Tentei animar a garota, mas estou certa de que o seu destino será o mesmo que o meu e o de Malia.

A noite logo cai serenamente, cheia de estrelas no céu. Posso perceber, da sacada, que a noite está fria. E nada do meu marido retornar. Estou começando a ficar aflita e preocupada. Ele não é nenhuma criança, mas conheço sua fama de perverso, então temo o que pode estar fazendo agora. Eu me casei com um assassino, e isto me assusta.

Logo sinto seu calor por trás de mim. Nikolai me abraça pela cintura e um misto de sentimentos estranhos se apoderam do meu ser. Ele está aqui comigo e eu me sinto segura.

Viro-me para abraçá-lo e fico aliviada pelo seu retorno.

— Fique tranquila, princesa! Eu estou aqui.

Capítulo 18

Nikolai

Genevieve está em meus braços. Seu perfume doce de menina é como um alento para mim após um dia cansativo em que saí interrogando várias pessoas. Estamos cercados de cobras cruéis e ambiciosas, sendo que uma delas está bem debaixo do nosso nariz e, praticamente, debaixo do mesmo teto. O nosso tio traiu e desonrou de uma maneira vergonhosa toda a nossa família, aliando-se aos nossos inimigos em troca de poder. É óbvio que se o plano deles tivesse dado certo, o imbecil teria morrido, porque inimigos não fazem acordos para serem cumpridos, e esse idiota deveria saber disso. Como ele tinha informações pessoais nossas e algumas senhas, boa parte de todos os nossos relatórios estão em mãos rivais, como informações confidenciais criptografadas em um código criado pelos meus ancestrais. Aqueles miseráveis lutarão para descobrir o que há escrito lá e, talvez, nunca descubram. Mas, mesmo assim, não podemos contar com a sorte e precisamos agir. Meu tio confessou para quem deu as informações e Iuri será o responsável por conseguir apagar todos os nossos dados dos computadores dessas pessoas, já que ele é um gênio da internet, o melhor hacker de nossa equipe e, acima de tudo, de confiança.

Boris terá o seu final merecido. A pena de morte é certeza para este traidor, sangue do nosso sangue, ter tentado matar toda a nossa família. O acidente com o gás que quase nos matou foi sua culpa. O meu pai está decepcionado e frustrado por seu irmão ter sido capaz de todas estas atrocidades contra nós.

E com tudo aquilo acontecendo no meu casamento, se fosse antes da oficialização, eu teria acreditado que foi um sinal divino ou, melhor descrevendo, uma situação divina para me provar o que sempre pensei: que não era propício ao matrimônio. Mas eu já estava obcecado por Genevieve. Isto é fato. Portanto, nada teria me impedido de tomá-la como esposa, muito menos uma intervenção do homem. Podia ter acontecido um tiroteio no casamento, que, ainda assim, ela iria se tornar minha mulher.

Seus cabelos têm um cheiro suave de morango e eu posso ouvir as batidas do seu coração. Sei que ela está aflita por tudo que ocorreu com Malia, e se a conheço bem, está necessitando ver sua melhor amiga, que é como uma irmã sua. Em seu dossiê consta sobre sua pequena irmã. Tenho certeza que ela ficaria muito feliz em revê-la, mas este não é um assunto para agora.

Ao me abraçar, minha esposa se acalma aos poucos. É uma mulher muito sensível, generosa e tem um coração de anjo. Nunca presenciei tanta bondade em uma única pessoa além de minha mãe e irmã, que são como anjos. Assim também é a Gen: um anjo lindo de olhos castanhos.

— Está tudo bem, princesa. Não há o que temer, anjo.

— Por que as pessoas têm que ser tão más? — Ela perguntou isto justo para mim, que não sou um bom exemplo de bondade? Ao se tocar, balança a cabeça, confusa. — Nikolai, eu quero ver a Malia.

— Dominic e eu decidimos que o melhor é você ficar aqui. A Malia está segura e logo estará em casa. Não há o que temer, querida, mas por questões de segurança, peço para que tenha só mais um pouco de paciência. Iremos permanecer na casa de meus pais durante algumas semanas e, depois, vamos definitivamente para a nossa. Se quiser ver catálogos para redecorá-la, fique à vontade!

— A última coisa que desejo é redecorar um lar. — Sai do meu abraço.

A menina rebelde parece ter voltado a si e saído do transe em que se encontrava.

— Como quiser. — Abro os botões da minha camisa.

Ela faz uma expressão feia ao notar manchas de sangue na minha roupa e me olha aterrorizada.

— Você matou alguém hoje?

Permaneço em silêncio. Ela se impressiona muito com as coisas.

Eu entro para o quarto e a vejo me seguir, esperando por uma resposta. Ainda cruza os braços e me lança um olhar desafiador que me encanta.

— Eu falei com você, Nikolai. Como sua esposa, exijo saber. Deve respostas a mim de agora em diante. Não prometeu, diante do altar de Deus, que seríamos um só? Então, deve haver mais diálogos entre nós. — Sorri desafiadoramente.

Ela é tão *sexy*. Não imagina o efeito arrebatador que causa em mim. Com sua afronta, meu pênis dá um sinal de vida.

— Tem razão, esposa. — Deixo-a surpresa e de queixo caído.

— Espera! Eu compreendi bem? Você concordou com algo que eu disse?

— Estou muito cansado para discussões, menina. Agora, vamos parar com estes assuntos sem relevância e tomar um banho quente, bem relaxante! — Puxo-a pelo braço, levando seu corpo a bater sobre o meu.

A minha pequena esposa me fita com inocência, suas pequenas mãos pousam em meu peitoral desnudo e ela vira o rosto para não me encarar. Estou em chamas pela menina atrevida de cabelos castanhos.

Afrouxo o nó do seu vestido e beijo seus lábios macios e doces. O seu hálito quente sobre o meu é a confirmação de que ela roubou toda minha sanidade. Esta garota tem ocupado todos os meus pensamentos desde o primeiro instante que a vi sentada, comendo um sanduíche do qual derrubou quase todo o molho sobre seu uniforme. Deste dia em diante, não saiu mais da minha mente.

Eu a venero com minhas mãos, deixando-a arrepiada. Genevieve, mesmo sendo inexperiente, é tão fogosa na cama, que posso compará-la a mim. Juntos incendiamos o quarto.

— Vai precisar gemer baixinho, esposa. Não estamos em nossa casa.

Primeiro nos molhamos na água quente do chuveiro. Eu deslizo minhas mãos pela cintura modelada e molhada da minha pequena esposa enquanto ela fica nas pontas dos pés para poder me beijar. Isto me fascina. Seu desejo por mim faz meu pênis pulsar pela sua boceta apertada. Em seguida, massageio seu clitóris com as pontas dos meus dedos, vendo sua doce entrega e ouvindo seus gemidos abafados pelo beijo. Eles são como canções para os meus ouvidos. Finalmente eu a tomo em meus braços e suas pernas envolvem minha cintura. Beijo cada centímetro do seu pescoço e encaixo meu pênis na sua entrada. É incrível como ela sempre está pronta para mim. Deslizo para dentro da bocetinha rosada da minha mulher muito gostosa e apetitosa, saboreando o seu beijo quente que me faz querer devorá-la.

Em toda a minha vida, sempre fiz sexo bruto, dos modos mais sádicos que pode existir, mas Genevieve é a primeira que me faz querer proporcionar prazer a uma parceira. Nunca me importei com isto com outras e sempre foi só sexo para mim, onde o que importava eram somente os meus desejos.

Ela está lânguida pelo sexo prazeroso que fazemos e minhas estocadas passam a ser mais arrebatadoras no seu ponto mais sensível. Eu dou um tapa em sua face quando a vejo revirar os olhos, e a safada gosta tanto, que até sorri. É claro que não uso toda a minha força para lhe castigar quando necessário. Se bem que minha menina adora ser levada para receber seus castigos.

Depois entramos na banheira para relaxar por algumas horas. O jantar já deve ter sido servido, mas antes de vir ao quarto e flagrar meu irmão mais novo assediando a nova empregada, avisei que queria comer aqui.

Gen é compreensiva e está sendo gentil com todos e por entender minha decisão de que é melhor que ela permaneça em segurança na mansão. Assim, não temerei que algo possa lhe acontecer enquanto não damos um fim a todos os germes traidores.

Seus mamilos rosadinhos eriçados são um sinal de que ela ainda deseja ser tocada. Seus olhos estão fechados e eu me aproximo dela, parando há centímetros de distância. Estamos sentados na banheira com a água até o umbigo. Então, sugo seu seio com os lábios e recebo seu sorriso. A safada logo tenta me empurrar, porém eu a puxo para um beijo apaixonado e a faço se sentar em meu colo, incentivando-a a cavalgar. Ela continua os movimentos até chegar ao seu clímax mais uma vez e me levar a outro orgasmo.

Minutos depois, estamos jantando. Genevieve está sentada em nossa cama, usando um de seus pijamas novos, um azul-marinho. Esta cor a deixa ainda mais bela do que o comum, apesar de eu ser fascinado pelo tom de vermelho em seu corpo. Ela come toda a refeição em silêncio e, após concluí-la, faz uma oração igual à que fez antes de comer. Tenho uma esposa devota.

— Você tem preferência por um lado da cama? — questionou.

— Não — respondi exausto.

— Então, eu vou ficar deste lado. Tudo bem?

— Sim.

Após ir ao banheiro escovar os dentes, tomar um copo de água e voltar, deita-se. Seu semblante voltou a ficar estranho, com um ar de tristeza no lugar do brilho dos seus olhos. Eu me deito ao seu lado. Não tenho o costume de dormir com mulheres, porém ela é a minha esposa e não posso simplesmente ignorar este fato. Sua respiração suave me acalma de uma maneira incrível. Minutos depois, já está dormindo serenamente. É tão bela! Seus lábios carnudos são verdadeiras perdições. Ainda se remexe muito de um lado a outro, até encostar a cabeça no meu peito e envolver um braço por cima da minha cintura. Esta menina não tem noção do tanto que preciso me controlar quando estou ao seu lado.

No decorrer da semana, tudo foi tranquilo. Malia já recebeu alta, foi direto para a sua casa e hoje vamos visitá-los. Prometi para minha esposa que ela logo reencontraria a sua amiga Malia. Nesta tarde estava toda animada para rever sua melhor amiga. A distância entre elas a deixa triste.

Aproveito para conversar com meu irmão no escritório enquanto aquelas duas colocam o papo em dia.

— A sentença contra o nosso tio acabou de sair — ele informou.

— Posso ter o prazer de matá-lo?

— Sabe que isto não cabe a nós, irmão. Os soldados especializados nesse tipo de punição farão isso.

— Só por vê-lo definhar, já sentirei muito prazer. Por culpa dele passamos por muitas situações que poderiam ter terminado da pior maneira possível.

— Felizmente, descobrimos a tempo de evitar uma tragédia maior.

— Irmão... Sobre o envenenamento contra sua esposa, tem algo que eu devo lhe advertir, no entanto não lhe disse nada antes porque precisava reunir provas primeiro.

— Já tem um nome?

— Uma suspeita.

Dom ergue uma sobrancelha, irritado. Está prestes a matar o primeiro que cruzar seu caminho.

— Diga-me o nome! — rosnou.

— Ximena, sua ex-amante. Ela foi vista pela minha esposa, bebendo perto da sua mulher.

— As provas são concretas?

— Pode-se dizer que sim.

— Localize a vadia! Eu a quero morta — exigiu rispidamente.

Amantes obsessivas são capazes de atitudes impensadas. Ximena perderá sua vida se for provado seu envolvimento, e nem todo o prestígio de sua família poderá salvá-la. Apenas preciso reunir mais uma prova para comprovar que ela tem culpa nisto e, então, eu a matarei com minhas próprias mãos. Isto se meu irmão não fizer as honras antes. Pela maneira obcecada e feliz que ele está ao lado da sua família, parece que o amor finalmente abriu as portas do seu coração. Algo que nunca permitirei em minha vida. Comigo é apenas carnal, sexo e prazer. O amor não é feito para mim. Essas barreiras do meu coração nunca serão quebradas.

Estou em meu escritório, na boate, quando Cristóvão entra exasperado sem nem ao menos bater na porta. Eu já estou prestes a lhe dizer algumas ofensas, porém ele se pronuncia primeiro.

— Bóris fugiu! A Malia e os filhos estão correndo perigo!

Eu havia me esquecido desse pequeno detalhe: meu irmão não soube se prevenir quando era mais jovem e teve uma filha bastarda que, agora, ele assume para todos. Um gesto muito bravo e corajoso de sua parte. Todo o conselho queria a morte da criança, mas quem seria maluco o suficiente de enfrentar meu irmão?

— O que estamos esperando? Vamos! Estou ansioso para derramar sangue inimigo.

Meu irmão dirige feito um maluco até chegarmos à propriedade onde ele mora com sua esposa e filhos. Há muitos soldados inimigos por todas as partes e nossas armas são silenciosas para não chamarem muita atenção. As dos inimigos também.

— Matem todos estes vermes! Eu vou atrás da minha esposa.

Uma verdadeira guerra acabou de ser travada. As minhas pistolas estão carregadas, porém prefiro minha arma de estimação: um fuzil que pertenceu ao meu avô, que é muito fácil de manusear. Enquanto isto, Cristóvão e os demais homens atiram contra os germes. Enfrentamos uma luta difícil e sangrenta, mas logo a vencemos com êxito. Todos que ousam passar pelo nosso caminho, têm o mesmo fim. A adrenalina boa proporcionada pelo prazer de ver todos mortos me leva a um estado de relaxamento.

O meu irmão está com sua esposa e as crianças. O melhor para eles agora é se afastarem de tudo isto, enquanto o nosso pessoal vai se encarregar de limpar o lugar e colocar a propriedade à venda. É óbvio que eles não voltarão a morar aqui. Pelo menos o Bóris está morto.

Capítulo 19

Genevieve

Finalmente pude conhecer o meu sobrinho, Viktor. Dias atrás fiz minha primeira visita a ele, que é o bebê mais lindo que já segurei em meus braços. Fiquei encantada com toda a beleza e carisma do menino, que é a cópia fiel do pai, porém com o olhar meigo da mãe.

As suas pequenas mãozinhas dentro das luvas charmosas são fofas e ele é todo charmoso, gostoso.

Malia me olha com um lindo sorriso na face. Está orgulhosa do bebê lindo que deu à luz. Eu, em seu lugar, estaria igual.

— Dá vontade de morder as bochechas do seu bebê. Ele é tão lindo!

— Ele é tão perfeito! Mas sou suspeita para falar sobre a beleza do meu filho — disse toda cheia de orgulho. — É o garotinho mais lindo do mundo.

— Está muito feliz. Não é verdade? — Ela procura as palavras corretas para me dizer. — Está explícito em seu olhar que você o ama.

— Eu o amo muito! Viktor é tudo para mim — tentou disfarçar, fazendo-me rir.

— Sabe muito bem que me referi ao seu marido, o Dominic. Você o ama.

— Eu tentei lutar contra este sentimento, então nosso filho nasceu e nós formamos uma família; ele é um ótimo pai e, também, um marido protetor.

— Ele te amou desde o primeiro momento que te viu. Você teve muita sorte de ter ficado com o irmão que demonstra sentimentos. O Nikolai parece um robô. Sabe? Daqueles sem emoções. Nunca terei a sorte que você teve. — Tento não transparecer que estou abalada, porque este assunto não deveria me importar.

Malia pega seu menino dos meus braços, coloca-o no berço, senta-se ao meu lado e me abraça.

— No início, confesso que foi mais difícil. Tinha dias que eu desejava matar o Dominic...

— Você está assumindo que o ama?

— O Dom me faz sentir coisas especiais — respondeu contidamente. Porém, conheço minha melhor amiga. — Eu tenho certeza que você também será muito feliz.

Após essa visita, aconteceram vários fatos que me deixaram aterrorizada. Finalmente, Bóris foi morto depois de invadir a casa da minha melhor amiga. Antes de ela sair em viagem com o marido e os filhos, voltei a visitá-la para ter a certeza de que estava tudo bem. Sei que, neste momento, eles precisam de um tempo em família.

Estou há muitos dias sem poder manter contato com minha mãe e irmãzinha. Até tentei sair para comprar um celular novo no shopping, mas nem permissão para ir lá, eu tive. Vivo em uma verdadeira prisão sem ter cometido nenhum crime. Pelo menos já posso respirar aliviada por saber que não há mais um inimigo dentro da família. Quando contei ao Nikolai que seu tio me fez uma proposta indecente, ele ficou irritado e disse que eu deveria ter lhe dito isso antes. Mas como lhe diria algo assim, se não tínhamos nenhum vínculo? Homens são complicados; muito mais do que nós, mulheres. Ele é cheio de vida na cama comigo, safado e dominador, porém somos como dois estranhos fora dela.

Estamos providenciando tudo para a nossa mudança. A mansão foi finalmente redecorada do jeito que escolhi. Na verdade, foi a Kira. Ela entende muito de moda. O lugar onde vamos morar, não fica muito distante da casa dos seus pais.

Estive pensando e sei quem poderá me ajudar a conseguir um celular: Marina, a empregada que pegou o buquê de flores no meu casamento. Eu pedi que trouxessem meu jantar no quarto, alegando que estava com dores de cabeça. Sei que meu marido voltará tarde para casa e, às vezes, pergunto-me se é realmente só o trabalho que o faz demorar a voltar ou se tem algo mais que o prende nas ruas.

Deixo meus pensamentos de lado quando vejo Marina entrar com minha refeição depois de bater na porta duas vezes e me ouvir pedi-la para entrar.

— Boa noite, senhora! Seu jantar. — Deixa a bandeja sobre o criado-mudo. — A senhora deseja algo mais? — perguntou lindamente.

Agora sei porque meu cunhado está fascinado por ela. É pela sua doçura e olhos azuis lindos.

— Não desejo mais nada. Obrigada! — falei gentilmente.

— Com sua licença! — Está prestes a sair.

— Marina, espere! — Ela me olha, surpresa por eu ter pronunciado seu nome. — Seu nome é Marina. Correto?

— Sim, senhora.

— Eu gostaria de te pedir algo muito importante. Também peço sua descrição para a proposta que farei.

— Está me assustando, senhora.

— Você tem algum celular?

— Sim.

— Eu o compro pelo valor que você quiser. — A moça estranha todo o meu desespero. — Não tenho dinheiro aqui comigo, mas possuo joias. Pode ficar com todas que desejar. — Pela minha voz desesperada, ela está assustada e, com certeza, pensando que sou maluca.

— Desculpe-me, senhora! Mas isto é proibido — disse envergonhada.

Então, quer dizer que meu marido alertou a todos sobre não me emprestar celulares? Se ele expôs isto naturalmente, sinto que posso contar à Marina o motivo pelo qual quero um telefone. Como ela é uma boa menina, tenho certeza que vai compreender minhas razões. Nós, mulheres, nascemos para nos ajudar, não nos apunhalar. É triste ver que existe um mundo tão machista onde algumas criticam umas às outras e criam padrões de beleza, de etiqueta. Cada uma é livre para ser o que desejar, desde que respeite o próximo.

— Marina, eu preciso muito de um celular que não seja monitorado, para falar com minha mãe e irmãzinha. Nikolai não permitiu que elas viessem ao nosso casamento e também me disse que não devo mais manter contato com elas. Não posso ficar sem falar com as duas. Eu as amo mais do que tudo — contei com a voz embargada.

A moça permanece em silêncio e pensativa, mas logo sorri. Isso me anima.

— Eu não posso te dar o meu celular. — Desanimo-me com sua resposta. — Mas posso conseguir outro para você.

— Sério? Vai me ajudar?

— Sim. Ninguém tem o direito de separar uma mãe de uma filha. A senhora se mudará amanhã provavelmente, mas não se preocupe! Darei um jeito.

— Eu nem sei como agradecer. Venha comigo escolher uma de minhas joias!

— Não precisa me pagar. Estou ajudando a senhora porque sei que faria o mesmo por mim ou por qualquer outra pessoa.

— Marina, se precisar de qualquer coisa, não hesite em me pedir!

— Obrigada, senhora!

— Por favor, pode me chamar de Gen! Eu sei que isto é proibido, mas quando nos encontrarmos, trate-me pelo meu apelido!

Algo me diz que seremos grandes amigas e, talvez, até mais do que isso. Sinto que acabei de ganhar uma nova irmã.

Estou comendo o meu jantar, quando a porta do quarto se abre. Meu marido acabou de chegar e me olha de relance antes de ir ao banheiro. Ouvindo o barulho do chuveiro ligado, penso que ele deve estar exausto, porém não me importo. Este é o homem mais insensível que já conheci em toda a minha vida.

Pego minha comida e a levo para a varanda. Já está tarde, mas eu demorei para sentir apetite. Sento-me em uma cadeira, acomodando-me em frente a uma mesa de vidro modesta. Ela é muito útil nestas horas em que não desejo ver a face dele. Estou chateada por estar presa a este casamento sem futuro. Será que devo me dar por vencida e aceitar que estarei à mercê dele pelo resto da minha vida? Ou devo fugir? Isto é praticamente impossível. Seria mais fácil encontrar uma agulha no meio do deserto.

Apesar do frio, não me importo de comer aqui fora. Ao menos daqui, posso observar as estrelas e a lua cheia que ilumina o céu. Será que serei sempre como a lua? Sem brilho próprio? Nikolai será sempre o poderoso, o imponente que me ofusca com sua presença inoportuna. Tento manter uma boa convivência com ele, pois não desejo despertar o seu pior lado. Se é capaz de matar inimigos, também seria capaz de me castigar severamente.

Sinto algo bater em meus ombros, e quando olho para trás, noto meu marido vestindo um casaco de frio em mim. O seu perfume amadeirado misturado ao aroma de sabonete é delicioso. Volto a olhar para qualquer coisa que não sejam os seus olhos negros. Os vasos, com um tipo de planta que desconheço, são algo interessante de apreciar.

Penso que ele irá embora, mas o vejo se sentar ao meu lado, sério, com um conjunto azul-escuro: calça e camiseta de mangas. Está com os cabelos molhados e perfumados. O cheiro deles invade as minhas narinas e eu o olho de relance, dando mais uma garfada no macarrão gelado que ainda insisto em comer.

Já estou ficando desconfortável com seu olhar queimando sobre meu corpo e seu silêncio. Em seguida, quando ele junta as mãos em cima da mesa, seus anéis de prata, de caveira, em seus dedos polegares, chamam a minha atenção. Nunca admirei muito o estilo de homens fortes que usam barba grande, têm cabelos lisos, olhos negros e tatuagens pelo corpo. Nikolai tem sete no total, a maior delas é um tigre que fica nas suas costas, com rosas negras e símbolos que não sei o que significam.

— Algo está incomodando você, menina? — Seu tom de voz foi sarcástico.

Quase grito que ele me incomoda, entretanto me mantenho calma.

— O macarrão gelado. — Fui irônica.

— Então, deveria pedir para uma empregada esquentá-lo.

— Se eu quiser comida quente, eu mesmo a esquento. Não sou como as patricinhas com quem está acostumado a sair, senhor Smirnov — falei rispidamente.

— Qual é o problema, menina? Está naqueles dias?

— Não preciso de desculpas para me lembrar do quanto estou infeliz neste casamento. — Seu olhar está mais gélido do que o clima do momento. — Nikolai... — Paro de falar porque é perda de tempo pedi-lo para eu ir embora. Ele jamais vai permitir meu afastamento. Agora, tenho que me acostumar com a ideia de que estou casada.

Levanto-me apressadamente para voltar ao quarto, porém ele me puxa pelo braço sem usar força e faz eu me sentar de lado sobre seu colo. O meu olhar se cruza com o seu e suas mãos deslizam pela minha face. Fecho os olhos por alguns segundos. Quando ele quer me possuir, sabe como agir; e eu, feito uma boba, acabo me rendendo. Talvez seja pela falta de um amor paterno que nunca tive e pelo fato de nunca ter tido a proteção de um homem antes. É por isto que acho que me encantei por Cristóvão e, agora, por este mafioso.

— Por que você não me deixa ir embora? — perguntei com a respiração pesada.

— Porque você é minha esposa. Somos uma só carne, e assim será para todo o sempre, minha querida. Acostume-se com a ideia de que me pertence! Eu sou o seu homem e você é minha mulher.

— Você me pertence? — desafiei.

— Assim como você me pertence. Bem...

— Então, você pode ter amantes, e eu não? — indaguei irritada. — Isto não é justo. Do mesmo modo que seus lábios podem beijar outra mulher, eu também posso beijar outros homens e ser tocada por eles.

Seu olhar está furioso. Acho que ele terá um ataque a qualquer momento, pois posso ver a fúria em seus olhos negros a me analisar. Pelo menos o deixei irritado.

— Nunca mais ouse dizer que outros homens podem tocar em você! O infeliz que ousar te olhar, eu matarei com minhas próprias mãos.

— Fique sabendo que se você tem ou tiver amantes, eu também terei.

Ele me balança com força em seus braços e eu faço uma careta, assustada. Em sequência, fecha os olhos, parecendo buscar controle.

— Pequena, não me provoque! Eu posso ser muito cruel com você se continuar me provocando.

— Então, diga por que você pode chegar tarde em casa, depois de matar todos os seus desejos com suas amantes, enquanto sou obrigada a ficar aqui!

Pude ver um ar de riso em sua face séria, porém foi tão rápido, que não sei dizer se foi verdade. Todo o meu corpo treme ao mesmo tempo em que suas mãos tocam em minha intimidade por cima da calça do meu pijama. Arfo e fecho os olhos, envolvida pelo seu toque quente.

— Nesta boceta, somente eu poderei me saciar pelo resto dos meus dias neste mundo. Você será somente minha, menina.

— Espero que seus dias não durem muito — pronunciei, irritada comigo mesma.

— Sinto muito decepcioná-la ao dizer que viverei muitos anos, querida.

— Eu te odeio! — confessei com a respiração falha por causa dos seus dedos massageando o meu clitóris.

O safado me leva até a nossa cama em seus braços, deita-me sobre o colchão e se livra de suas roupas sem o menor pudor. Seu olhar matador me analisa e ele ordena:

— Tire a roupa, querida! Agora!

Fico estática por alguns segundos, até ele voltar a falar.

— Não irei pedir outra vez.

Sinto calafrios, no entanto acabo fazendo tudo conforme seu pedido. Seus olhos são como duas faíscas e labaredas de fogo sobre cada centímetro do meu corpo.

— Abra as pernas, bebê! — exigiu, sendo cafajeste.

Eu faço tudo que ele ordenou e sua língua habilidosa me leva à tentação com seu calor. Gemo com seu jeito voluptuoso de lamber meu clitóris. É tão delicioso! Como não me render ao sexo gostoso que fazemos todas as noites? Ele beija meus lábios vaginais suavemente ao sentir que explodi em um orgasmo intenso.

Nikolai é bem sem vergonha para o sexo e adora me tocar em pontos sensíveis, mesmo que, às vezes, eu fique tímida para me expor.

Capítulo 20

Genevieve

Estou aflita porque Marina disse que estaria aqui antes de eu ir embora, para me dar o celular que prometeu. Como não posso deixar de lhe dar algo, separei um brinco de pedras preciosas para lhe presentear. Daqui a pouco Nikolai aparecerá para me levar à nossa nova casa. Estou com um friozinho na barriga. Como será nosso relacionamento, vivendo apenas nós dois? Aqui, na mansão Smirnov, tenho a companhia de Kira, da minha sogra e, às vezes, do divertido senhor Smirnov. É sério que Malia chegou a odiar este homem? Ele não fala as coisas por maldade, apenas reflete o modo como foi educado e criado. Como patriarca da família, ele se sente no direito de dizer tudo o que pensa. Eu o admiro e gostaria de ser assim mais vezes, não abaixar a cabeça sempre que alguém tenta me humilhar.

Ouço batidas na porta e peço para que entrem. É Marina trazendo consigo uma bandeja com suco para disfarçar sua vinda até meu quarto. Eu a olho, satisfeita, e ela diz:

— Aqui está, Gen. — Pelo menos me chamou pelo meu apelido.

— Eu nem sei como agradecê-la. Você está me fazendo tão feliz. — Pego o celular e o coloco dentro do sutiã, onde ninguém o verá. — Eu quero que fique com meus brincos.

— Não quero nada material. Por favor! Fiz isso de coração, para te ajudar. — Apesar do seu sorriso, há algo triste em seu olhar.

— Eu posso te ajudar com algo?

— Estou com muita vergonha de te pedir isto, mas vou falar mesmo assim.

— Estou aqui para te ajudar. Vamos! Pode me falar.

— Eu gostaria de trabalhar na sua casa. — Está envergonhada. — Não posso me demitir, porque necessito do dinheiro para sobreviver.

— Isto é por causa do Iuri? Ele está assediando você?

— Eu não diria que é assédio, mas ele está querendo me levar para a cama. E eu não quero me envolver com meu patrão. A minha mãe ficaria decepcionada comigo se soubesse disso. Se eu pudesse trabalhar na sua casa, passaria a maior parte do tempo lá. Sei que seu cunhado logo esqueceria que eu existo.

— Falarei com minha sogra e pedirei para ela te liberar — assegurei, deixando-a muito feliz com a possibilidade de sair da mansão.

Esses irmãos precisam de uma lição, pois não podem sair por aí cercando todas as mulheres e as levando para a cama como se fossem objetos. Darei um jeito de ajudar Marina.

Deixo o quarto que foi meu por tantos dias. Confesso que já estava ambientada ao lugar. Por fim, respiro fundo ao encontrar meu marido me esperando na sala, ao lado de sua mãe.

— Vou sentir saudade de vocês. — Minha sogra afirmou gentilmente. — Minha querida! Por que não convence meu filho a ficar?

— Acho que minha opinião não importa muito — falei baixinho, porém ambos ouviram. — A senhora será sempre bem-vinda para nos visitar, assim como todos da família. — Sorrio.

— Se precisar de alguma coisa, não hesite em pedir!

— Tem uma coisa que eu gostaria de pedir — falei sem jeito.

— O que quiser, minha querida.

— A empregada Marina. Eu gostaria de levá-la comigo. Nós nos tornamos amigas.

— Irei providenciar tudo para que ela esteja ainda hoje na sua nova casa.

Nós nos despedimos e eu entro no carro com meu marido. Ele fica tão *sexy* dirigindo, com sua mão sobre o volante, mas tento não manter o foco nele, pois ainda estou irritada com toda a ideia do casamento. Meus olhos buscam a vista da cidade através do vidro do carro. Há mais dois veículos atrás de nós e um à nossa frente, que são dos seguranças. Se estou sempre cercada de brutamontes, é mesmo impossível fugir.

— Que ideia foi aquela de levar uma empregada?

— Gosto dela. Foi a única que conversou comigo quando mais precisei.

— Suas amizades devem se restringir apenas às pessoas do nosso meio — advertiu, sendo seco.

— Acontece que mantenho amizades com quem desejar. Você não pode escolher meus amigos. — Bufo, irritada. — E, caso não se recorde, não sou nenhuma moça recatada de família rica. Sabe muito bem de onde vim.

— Sei sim, querida. Pelo menos não precisa mais se preocupar com a imigração, porque ninguém irá tirá-la de mim — disse convencido.

— Não tente me moldar, Nikolai! Não irá dar certo. Se você não gosta da maneira como ajo, peça o divórcio e me deixe em paz! — desafiei.

Enfim, ele esboça um sorriso largo.

— Quem disse que quero te moldar, menina?

Não lhe respondo, apenas observo os casais passeando de mãos dadas pela calçada. Nunca seremos como eles? Fui privada de conhecer o amor entre um homem e uma mulher. Meu destino é me conformar ao lado deste homem perverso.

Nós entramos na propriedade e até chegarmos em frente à mansão são quase três minutos de carro. É um lugar tão grande e verde. Meus olhos nunca viram nada tão belo como o meu novo lar.

Todos os veículos param, Nikolai desce e um dos seus seguranças abre a porta para mim. Meu marido segura em minha mão e entramos no local. A decoração está igual à que escolhemos. Pelo menos não perdemos nosso tempo, porque Kira tem um ótimo gosto.

— Vou te apresentar todos os cômodos da nossa casa.

— Pode pedir a uma empregada para fazer isto.

Ele me ignora.

O lugar, além de belo e bem decorado, é uma fortaleza impossível de onde fugir. Mas isso, eu já previa. Por último, Nikolai me mostra o nosso quarto, depois de vermos a piscina, a área de lazer, a biblioteca, o escritório, a academia, o campo de futebol, o bar e o quarto de jogos, cassino e sinucas. Entre todos os cômodos, a nossa suíte é o que mais me deixou surpresa, por ser duas vezes maior do que a da casa dos seus pais. Levarei um tempo para me habituar aqui.

— É tudo muito bonito. É uma casa bastante luxuosa e confortável. — Observo as cortinas longas e douradas.

Viro-me para lhe dizer algo, porém sou surpreendida com sua aproximação. Como ele se aproximou tão rápido, feito um vampiro? Suas órbitas negras estão em chamas. Não posso fazer sexo neste momento, senão ele irá encontrar meu celular.

Meu coração bate rápido. Preciso de uma desculpa para lhe afastar.

— Nikolai, estou com dores de cabeça para isto que você quer.

— Negando-se ao seu marido?

— Ontem à noite transamos tanto, que estou cansada. Peço para que me respeite.

Ele não parece satisfeito, porém não insiste, deixa-me sozinha e se retira. Enfim, poderei entrar em contato com minha família, mas é melhor eu não fazer isto aqui, no quarto, e sim no banheiro. Para disfarçar, pego um roupão que já estava em cima da cama, retiro o celular de dentro do sutiã e constato que a bateria está quase completa. Sei o número da minha mãe de cabeça, então o digito e lhe envio uma mensagem. Como ela sempre me responde rápido, acho estranha a sua demora. O tempo se passa, e nada de eu obter respostas. O que pode ter acontecido? Decido lhe ligar, e a voz da secretária eletrônica diz: "*Este número de telefone não existe mais*".

O que aconteceu? Será que ela trocou de número? Ou meu pai fez algo com o celular dela? Ou, pior, com ela e minha irmã. Uma dor forte ataca o meu peito em um aperto, fazendo-me sentir falta de ar. Estou há dias sem falar com elas. Talvez, eu tenha recebido alguma mensagem em meu antigo celular, que foi confiscado pelo meu marido. De nada me adiantou ter conseguido um novo aparelho.

Estou mais preocupada do que já estava. Será que elas sabem do meu casamento? Podem ter visto a notícia em alguma revista ou jornal, afinal a família de Nikolai é muito influente e todos são conhecidos como CEOs poderosos e bilionários.

Tomo um banho para tentar me acalmar e, em seguida, adormeço com cabelos molhados e roupão, mesmo.

Logo desperto com toques e beijos molhados dele em volta do meu pescoço. Está deitado ao meu lado, cheio de tesão.

— Desperte, princesa! Seu marido tem muito para te oferecer neste momento.

Abro os olhos e tenho a mais bela visão de todos os tempos. Suas órbitas escuras me veneram com intensidade.

— Como se sente?

— Eu me sinto bem — afirmei com desânimo.

— Mude esta feição, querida! Eu tenho um presente para você.

— Não quero mais joias. — Viro-me de lado, ficando de costas para ele.

Ele faz eu me virar novamente, mas prefiro não olhar em seus olhos. Encaro seu peitoral desnudo. Está apenas vestido com uma calça moletom.

— Venha comigo! Vou te mostrar.

— Assim mesmo, de roupão? — perguntei confusa e ainda sonolenta, calçando pantufas confortáveis.

Nós saímos do quarto e passamos por um longo corredor. Esta casa é tão grande, que perco a noção de espaço e direção aqui. Depois, entramos em um cômodo do primeiro andar. Olhando em volta, encontro algo que me deixa muito feliz e me traz boas recordações. Não posso acreditar que ele me proporcionou isso. Para começo de conversa, como descobriu que gosto de arte? Faz tanto tempo que usei um pincel, que nem sei mais como pintar telas, que era algo que me relaxava e aliviava a minha tensão. Lembro-me que minha irmãzinha gostava de todos os meus quadros. Apesar de não ter muitos recursos, minha mãe comprava o que podia para mim, mas nunca fui de cobrar nada e era feliz com o pouco que ela tinha condições de me dar. Seu carinho e amor eram tudo para mim.

Volto a olhar a face do meu marido, que está me analisando com tanta fascinação, que não consigo evitar um sorriso. Ele está fazendo os meus desejos e isto parece deixá-lo feliz. A minha alegria é tanta que não cabe dentro de mim.

Eu me aproximo um pouco sem graça dele. Montar esta sala deve ter lhe custado muito dinheiro.

— Eu nem sei como agradecê-lo. — Sorrio.

Sua mão toca em meu queixo com carinho e seus olhos negros ficam em êxtase com minha alegria. Ele é tão contraditório. Ao mesmo tempo que é frio e calculista, é sagaz na cama, protetor fora dela, e constantemente se preocupa com meu bem-estar, certificando-se de que me exercito diariamente. É confuso e me confunde.

— Fico feliz que tenha apreciado. Desfrute da maneira que quiser!

— Como descobriu? Eu nunca falei disso nem para Malia. Só minha família sabia dessa minha paixão.

— Tem muitas coisas sobre você, menina, que eu sei. — Não duvido. Deve saber até os horários de minhas necessidades fisiológicas.

— Acredito em você.

— Este lugar é para devolver a alegria ao seu belo rosto. Quero vê-la feliz, não com a carinha emburrada quando estiver comigo.

— Está querendo me comprar, senhor Smirnov?

Ele ri e, depois, volta a ficar sério.

— Não preciso comprar o que sempre foi meu. Você já era minha antes mesmo de me conhecer, porque o destino quis que assim fosse. Não importa sob quais circunstâncias nos conhecemos, pois nós iríamos ficar juntos de qualquer maneira. Pode apostar!

Permaneço em silêncio, refletindo sobre tudo que ele me disse. Talvez tenha razão. Quando duas pessoas estão destinadas a se conhecerem, sempre irão dar um jeito de se encontrar. A minha mãe falava isso para mim quando eu era criança.

— Agora, dê um beijo bem gostoso em mim! — pediu de um jeito *sexy*. — Eu quero te possuir, menina, ouvi-la gemer meu nome intensamente hoje à noite e te deixar com as pernas bambas na manhã seguinte. — Seus lábios beijam os meus com urgência.

Meu marido safado me toma em seus braços e me leva de volta ao nosso quarto. Nossos corpos estão em chamas um pelo outro e eu necessito dos seus toques. A sua boca gulosa beija todo o meu corpo nu, inclusive em torno do meu canal, em meu ponto de prazer: a região do clitóris. Apenas me entrego a todas as boas sensações. Nikolai é muito pervertido e eu estou me tornando a mesma coisa. Aposto que isto é tudo que ele mais deseja de mim: a minha submissão no sexo.

Arfo com minha boca entreaberta, lânguida com seus beijos apaixonados.

— Você é inteiramente minha, menina. — O safado me olha de maneira autoritária. — Grite o meu nome enquanto meu pau come sua boceta apertadinha!

Puta merda! O poder de suas palavras abalou todo o meu psicológico.

Nikolai se move lentamente, penetrando em meu canal, e seus olhos estão famintos. É como se ele nunca enjoasse de fazer sexo comigo todas as noites.

Antes que eu tenha tempo para pensar em alguma coisa, a luxúria domina cada parte do meu corpo e um grito cheio de prazer meu é o único som do ambiente que pode ser ouvido, junto com nossas respirações.

— Nikolai!

Capítulo 21

Genevieve

Um jantar repentino no meio da semana não pode ser algo bom, já que jantares devem ser planejados com antecedência. Essa será a primeira vez que receberemos visitas em nossa casa. Em meu segundo dia como senhora, já coube a mim escolher o cardápio principal para os convidados ilustres, assim como tomar todas as decisões.

Em frente ao espelho, fito minha imagem trajada em um vestido preto colado ao meu corpo, enquanto meu marido veste um smoking cinza. Não deixo de notar como a peça caiu bem nele e em como seu bumbum está uma tentação visto de onde estou. Contudo, disfarço meu olhar e finjo estar preocupada com minha aparência.

Nikolai entra no closet, onde ficam suas coisas, e segundos depois vem na minha direção, trazendo uma caixa de veludo preta em mãos. Aposto que é mais uma joia. O que lhe faz pensar que gosto de recebê-las?

— Gostaria que usasse nesta noite. — pediu, sendo cavalheiro.

— Eu não tenho escolhas, mesmo. — Viro-me de costas para que ele coloque o colar em meu pescoço.

Para mim, joias não valem nada. Prefiro, um bilhão de vezes, presentes como flores e cartões românticos. Nunca pensei que seria do tipo romântica. Mas em meio a tudo que aconteceu na minha vida, percebi que nunca viverei coisas como passear de mãos dadas e ter o mesmo final feliz que Malia e Dominic estão vivendo.

— Perfeita, esposa! — sussurrou em meu ouvido.

Eu o encaro tranquilamente. É incrível como suas palavras têm poder sobre o meu corpo. Meu coração bate acelerado com qualquer elogio seu.

— Você acha mesmo?

Suas mãos seguram meu rosto com firmeza. Pelos seus olhos em chamas, posso notar que ele está cheio de tesão.

— Não me olhe assim, menina! Você está linda dentro deste vestido, porém fica ainda mais perfeita sem ele. Se não fosse pelos convidados, eu iria rasgar todo esse tecido e te comer de quatro. Você me deixa louco!

— Não temos tempo para sexo. Precisamos ir recebê-los. — Vejo-o ficar irritado.

— Você adora me irritar, mas saiba que não irá conseguir hoje, querida.

— Não me importo, querido! — rebati com ironia. — Vamos logo descer! Desejo que o jantar termine o quanto antes.

Para mim, não é novidade toda sua irritação, porque a cada dia que passa, mais irritado fica. Acho que está enfrentando coisas desagradáveis no emprego constantemente. Eu gostaria que ele compartilhasse mais do seu dia comigo. Antes, parecia gostar mais de mim e era mais protetor, cuidadoso... Agora, tenho a impressão de que não sente mais o mesmo.

Como se isso me incomodasse! Não quero o seu amor, desejo apenas minha liberdade e minha família.

Estou aproveitando bem o estúdio de pintura que ele me proporcionou. Gosto de pintar paisagens. Basta que eu veja algo em uma imagem, que a transmito para um quadro. Quando estou pintando, meu tempo passa mais rápido e, assim, consigo esquecer parte das minhas preocupações.

O nosso casal de convidados chega prontamente às oito horas da noite e a refeição será servida na sala de jantar. Eles são sócios do meu esposo e só falam em negócios. Este é o tópico de toda a ocasião. A mulher, por mais simpática que seja, também se limita a falar sobre ações e bolsa de valores. Já o meu marido, presta muita atenção nela, como se algo o encantasse. Estou enfadada de vê-la falar como se fosse a dona da razão. Quanto ao seu esposo, posso ver que tem um corpo firme, mas que não é um dos homens mais belos. No entanto, ele demonstra apoiar bastante a mulher, e ambos parecem se dar muito bem.

Apenas finjo que estou empolgada com toda a situação.

O prato principal é filé de peixe, salada e camarão. É exótico e considero pesado para um jantar, portanto prefiro comidas mais leves. A sobremesa é servida logo em seguida e todos se mostram satisfeitos. Por fim, Nikolai os convida para irmos ao bar, onde fica um cassino e mesas de sinuca. A mulher está fumando um charuto, mais afastada, enquanto os homens conversam.

Estou com as costas apoiadas na mesa, torcendo para que eles vão embora. Só desejo poder dormir e me esquecer que aquele idiota estava de boca aberta enquanto Larissa falava.

A loira se aproxima de mim após fumar.

— Você não bebe, também não fuma. Diga-me: o que ele viu em você? — Além de ousada, é indelicada.

Contenho-me para não lhe responder à altura.

— Acredita que também não sei? — Sorrio forçadamente.

— Agora, que estamos a sós, poderemos nos falar mais à vontade. Não me entenda mal! Você é muito bonita, e conhecendo bem Nikolai, sei que ele é um homem complicado e difícil. No entanto, eu me pergunto o que pode ter passado pela cabeça dele ao decidir se casar assim, tão rápido. Você não me parece grávida.

— E não estou.

— Ele a obrigou?

Permaneço em silêncio, não querendo expor minha vida para esta estranha. Por mais que eu esteja indignada por ter me casado sob tais circunstâncias inusitadas, não pretendo abrir minha intimidade para esta desconhecida que encheu o peito ao dizer que o conhece bem. Com certeza, os dois já tiveram alguma coisa, algum tipo de relação. Ela demonstrou ser obcecada por ele. Foi muita cara de pau de Nikolai trazer uma de suas ex-amantes para a nossa casa. Estou irritada e com vontade de esganá-lo até a morte. As minhas bochechas devem estar vermelhas por conta do ódio que sinto.

— Sabe, Genevieve...? Posso te chamar de Gen? Já que sou íntima do seu marido, quero ser sua amiga íntima também. — Sorri, não sabendo que desejo arrancar seus cabelos. Se soubesse, não sorriria assim para mim. — O meu marido também me obrigou a casar, pois sou o pagamento de uma dívida. — Falou naturalmente. — Eu não o amo, mas nós nos damos bem e eu sei que ele me ama. Acredito que posso amá-lo algum dia, já que mantemos uma ótima relação, principalmente em nossa intimidade. No entanto, posso notar em seus olhos de pêssego, que você ainda não ama seu marido, mas que está se contorcendo de ciúme. Deve estar se perguntando se já transei com ele. — Deixa-me totalmente sem chão.

Engulo em seco, envergonhada por ela ter percebido minhas dúvidas, e procuro uma desculpa rápida para lhe fazer acreditar que ela está errada e equivocada.

— Creio que você está enganada. Eu não estava pensando nada...

— Não fique sem jeito! Não comigo. Como eu disse, quero me tornar sua amiga íntima, assim como sou amiga de seu marido. — Toca em meu ombro.

Meu coração se aperta todas as vezes que ela afirma ter intimidade com Nikolai. Eu não deveria estar sentindo essas coisas estranhas, porque, afinal de contas, ele não é importante para mim. Se, por acaso, encontra-se com esta mulher ou com qualquer outra, não me importo. "Ele" e "nada", para mim, são as mesmas coisas. Desejo, mesmo, é que esse cretino se apaixone por outra e me esqueça.

— Não estou com ciúme — afirmei mais uma vez.

— Se prefere acreditar nisto, tudo bem. Só disfarce este olhar matador! E, não se preocupe! Porque não estou de olho nele. Veja só! Ele está muito ocupado, conversando com meu marido, mas te olha o tempo todo, procurando por você. Se isto não é amor, desconheço o que é.

— Você aceita uma bebida? — perguntei para ser gentil.

— Não mude de assunto! Sabe que ele te ama, portanto não seja insegura, nunca! O que ele viu em você, foi amor, Gen. É uma garota de sorte.

Tudo que ela acabou de me dizer, abalou minhas estruturas. Eu não estava preparada para ouvir que meu marido me ama.

— Aceito a bebida. Vamos nos juntar aos nossos homens!

Eu a sigo. Ela é muito confiante ao caminhar, ao falar e ao pegar um copo de *whisky* da mão do seu esposo, Roberto. Ainda bebe o *drink* de maneira sensual, elegante, e se senta ao lado dele. Está escrito em seus olhos que ele a ama muito. Já eu me sento ao lado de Nikolai, que me olha brevemente e, em alguns momentos, coloca sua mão sobre a minha coxa, deixando-me excitada com apenas tal toque.

Presto atenção em toda a conversa dos três.

— E, então, Nikolai, quando vocês pretendem ter filhos? — Ela questionou sobre isso mais uma vez, sendo intrometida.

— No momento certo. — Ele respondeu secamente. Sei que não sonha em ser pai, mas acredito que se nos mantivermos transando no ritmo que estamos, engravidarei muito em breve. O que me assusta em alguns momentos.

— O Roberto e eu estamos planejando para este ano. Não é mesmo, querido?

— Claro. O quanto antes, melhor — confirmou, já cheio de bebida.

— Você ficaria muito linda grávida, Gen. — Ela comentou.

— Obrigada! — Limitei-me a agradecer. — Você também ficará linda. — Falei gentilmente.

— Aposto que Nikolai ficaria louco com a ideia de ser pai, mas como você seria a mãe, tenho certeza que ele adoraria a ideia de ter filhos. Não é mesmo?

Meu marido apenas sorri de lado.

O resto da noite acaba se tornando curta, justo no momento em que eu estava me sentindo mais à vontade entre eles. Acabei descobrindo que os três cursaram faculdade juntos.

— Você teria adorado estudar conosco, Gen. O seu marido, já aposentado hoje, era o rei da mulherada. Ele e Roberto pegavam até o vento.

Nós rimos do seu comentário. Até que ela é divertida.

— Não seja exagerada, querida! Assim, você vai assustar a moça. Eles estão casados há poucos dias, então não revele o passado do nosso amigo! — Roberto aconselhou, divertindo-se.

— Vocês, homens, são uns safados. Namoram todas e, no final, querem se casar com mulheres puras e inocentes. Apesar de fazer parte daquela faculdade, nunca me deixei corromper por vocês.

— Isto é verdade. Eu fui o primeiro e serei o único homem da sua vida. — Roberto disse, apaixonado. Pela primeira vez, a mulher fica sem jeito. — Assim como Nikolai, sem dúvida alguma, será o único homem na vida de sua esposa.

— Casamentos na máfia são assim, Genevieve. Você só se verá livre se seu marido morrer primeiro. — Larissa fala com uma naturalidade que me espanta, às vezes.

Nikolai me olha com tanto tesão que me deixa sufocada.

— Até que a morte nos separe, *baby*! — Beija gostoso os meus lábios.

Sua atitude me deixa vermelha como um pimentão.

— Veja só! Agora entendo porque você a ama. Olhe como sua esposa reage a um beijo! Isto é encantador. — Ela apontou.

O casal vai embora quando o relógio já marca mais de duas horas. Esta foi uma noite divertida e, no final, consegui rir de tudo. Se o marido da loira afirmou que foi o único homem na vida dela, certamente nunca houve nada entre ela e Nikolai. Talvez eles tenham sido apenas bons amigos. Contudo, não o imagino sendo amigo de ninguém.

Troco de roupa, vestindo uma de minhas camisolas menos sensuais, porque quase todas têm o intuito de seduzir um homem. Necessito comprar umas mais do tempo da minha avó. Depois, puxo o lençol para me cobrir. É quando o vejo escorado na varanda, pensativo, antes de caminhar de volta para o quarto. Aposto que seus olhos negros estão analisando minha pele, pois a sinto queimar.

— Posso ver que gostou da noite — comentou.

— Seus amigos são legais e muito divertidos.

— Notei que você estava desconfortável no começo. Foi algo que Larissa te disse?

— Não. A sua amiga só é sincera demais, e eu não estou acostumada a conviver com pessoas assim. Com exceção do seu pai, nunca conheci alguém que falasse abertamente sobre qualquer assunto.

— É preciso ignorá-la em alguns momentos.

— Acho que você gosta de vê-la falar — afirmei um pouco desconfortável. — Não te vi a ignorando em nenhum momento. Pelo contrário: estava muito focado em ouvir cada palavra que ela dizia.

— Com o passar dos anos, eu me habituei com sua maneira de se comportar.

— Eu deveria me habituar também? Eles virão mais vezes em nossa casa?

— Pode ser que sim, porém eles vivem na Ucrânia. Não teremos muito convívio com eles.

— A noite foi muito agradável. Deveríamos fazer isso mais vezes; receber convidados. Assim, posso ouvir sua voz. — Deito-me.

— Gosta de ouvir minha voz? Pensei que não suportasse nada que pudesse vir de mim.

— E não suporto. Mas entre conversar com as paredes e com meu marido, prefiro conversar com quem possa me responder. Boa noite!

Capítulo 22

Genevieve

Escuto um barulho alto vindo do jardim e saio na varanda para ver do que se trata. É meu marido e seu irmão Iuri atirando flechas em um alvo, como se utilizassem esse tipo de armamento em um mundo moderno. Ambos gostam de praticar esporte juntos; e com Marina morando conosco, meu cunhado sempre dá um jeito de vir até nossa casa para poder está próxima a ela.

— Eu trouxe seu suco, Gen. — Marina sorri. Está um pouco pálida, como se temesse o irmão homem caçula da família Smirnov.

— Fique tranquila! Ele não virá até o meu quarto. Estará segura aqui.

— Temo não poder me esconder aqui para sempre. E como hoje é a folga da Lola, o almoço será servido apenas por mim. Até às duas horas da tarde estarei só, e como cozinheira, não poderei deixar a cozinha.

— Eu estarei na mesa. Ninguém irá tocá-la. — Sorri.

— E o celular que te dei? Como está indo com sua mãe?

— Todas as vezes que lhe ligo, ouço que o número foi desativado. Porém, quando a enviei uma mensagem, mostrou que ela foi entregue. Ainda não tive uma oportunidade de falar com ela por uma ligação, mas darei um jeito de tentar isso amanhã, quando eu for na casa de Malia.

Malia e Dom voltaram de viagem ontem, e como a boa amiga que sou, irei lhe fazer uma visita. Também espero conseguir falar com minha família, pois é tudo o que mais importa para mim.

Troco de roupa a fim de receber os rapazes suados para o almoço. Nem assim, Nikolai consegue feder. Este homem não tem odor.

— Cunhada! Como está? — perguntou o cretino audacioso de olhos azuis.

Por Iuri ser o mais novo, nota-se que é o mais mimado dos três irmãos e, consequentemente, o que tem menos obrigações. O que lhe faz ser o mais despojado.

— Estou bem. E você? — Nós nos cumprimentamos com beijos inocentes nas bochechas.

— Desapontado com a desfeita que me fez.

Agora estou confusa. Ele se referiu à Marina? Farei todo o possível para mantê-la aqui comigo.

— Por favor, sinta-se à vontade! — pedi.

Nikolai toma seu lugar na cadeira principal e eu me sento ao seu lado direito; já seu irmão fica em sua esquerda.

O cardápio preparado de última hora está com um cheiro ótimo e todas as comidas estão sobre a mesa. Marina havia dito que serviria os garotos, mas vejo que eles mesmos estão se servindo. O que é ótimo. Enquanto isto, ela está na sala para o caso de alguma eventualidade. A todo o momento, meu cunhado a devora com olhos famintos.

— Eu gostaria que viajasse com o Cristóvão para a Califórnia, irmão. Será uma viagem de dois dias, e você precisa se ocupar mais com os negócios da empresa do nosso pai. — Nikolai pronunciou.

— Sabe que não me interesso pelos negócios do velho.

— Como o Dominic já tem suas próprias empresas e eu as minhas, você será o único candidato para assumir a presidência das que são do nosso pai. Sabe que ele já está ansioso para te passar este cargo, em vida.

Iuri revira os olhos, insatisfeito.

— Dia e noite o velho me cobra um posicionamento. Eu gostava mais do tempo em que você e Dom eram solteiros, porque não tinha nenhum peso sobre minhas costas. Agora que estão comprometidos pelo resto da vida, nosso pai está, a todo custo, oferecendo-me para as damas da máfia. Ele disse que só casará a Kira quando eu estiver casado. Acho que isso a deixou feliz, já que não tem nenhuma pretensão de se casar no momento.

— Irmão, não é questão de gostar; é uma obrigação para nós nos fortalecermos cada vez mais.

— Gosto da minha solteirice. Nada mais me deixa feliz do que minha liberdade.

Acabo rindo das expressões que ele faz.

— Acredito, irmão, que deva se casar. Assim, poderá dar paz a algumas mulheres. — Nikolai apontou com ironia.

Marina fica vermelha e, durante todo o momento, fita o chão.

— Se, algum dia, eu precisar pôr uma aliança em meu dedo, será com alguém que eu escolher, não com as moças que nosso pai me empurra.

— A Kira também deveria ter o livre arbítrio, como vocês. Este é um direito que deveria pertencê-la. — Obtenho a atenção dos dois.

Neste momento, uma voz rouca e profunda entra no ambiente, junto com um homem em forma de anjo negro. Dominic Smirnov está presente com toda sua seriedade e olhar perverso.

— Como irmão mais velho, garanto que minha irmã se casará com o melhor partido no momento certo — proferiu sério.

Sorrio sem vontade quando, na verdade, desejo esfregar na cara dos três homens arcaicos que eles não vivem mais no tempo das cavernas.

— Sente-se irmão! Mandarei colocar mais um prato na mesa. — Meu marido pediu.

— Aceito. Necessito conversar com os dois, em particular — tentou ser gentil, referindo-se aos irmãos. Praticamente gritou que estou sobrando.

Já terminei minha refeição, então encaro Nikolai e obtenho seu olhar sobre mim.

— Peço licença. Tenho muitas coisas para resolver. — Reviro os olhos sem pensar e posso notar uma fúria sexual vinda das írises dele.

— Malia adoraria vê-la o mais breve possível — disse Dominic.

— Pretendo fazer uma visita a ela e aos meus lindos sobrinhos amanhã.

Pela primeira vez, vejo-o dar um meio sorriso. Iuri é o único que sorri e não vê problema nisto, enquanto seus irmãos mais velhos são um poço de antipatia.

Preciso me distrair, e nada é melhor para isto do que pintar alguns quadros.

— Você sempre pinta paisagens? — Marina perguntou, curiosa. — São pinturas lindas. Já esteve em todos esses lugares?

— Nunca. Apenas vejo fotos e as recrio o mais realista possível.

Ela deixa meu suco sobre a mesa e se retira. Em seguida, sinto a presença poderosa do meu esposo adentrar o ambiente, porém o ignoro e continuo a pintar como se ele não estivesse aqui.

— Bela pintura, menina! Tem um dom.

— Obrigada! — Continuo observando a tela que já terminei de pintar e fingindo que ainda tenho o que fazer, para não o olhar. — Seus irmãos já foram?

— Sim. Há cerca de meia hora.

— Eu gostaria de sair amanhã para ir visitar a Malia e o bebê. Importa-se de deixar seu motorista livre?

— Não. Fique à vontade!

— Obrigada! — Agradeci mais uma vez.

— No entanto, eu gostaria que fosse à casa de luxo na parte da tarde. — Curiosa, fito seus olhos negros. — Roberto e Larissa viajarão amanhã à noite, mas antes de irem embora, queriam nos ver novamente. Larissa está com vontade de vê-la.

— Dá muita atenção às vontades dela. Tem certeza que ela não é mais do que uma amiga sua? — Ele estranha minha pergunta. — Porque se estiver acontecendo alguma coisa entre os dois, não quero estar fazendo o papel de idiota, sendo amiga da mulher que está saindo com você.

Em seu olhar, posso ver alegria e uma certa satisfação com o que acabou de ouvir.

— Está com ciúme, esposa?

— Ciúme, eu sentiria se te amasse, marido. Como não te amo, só não desejo estar fazendo papel de mulher traída nesta história.

— Deveria saber que eu não seria capaz de te trair.

— Claro que não. Deve ter medo que eu exponha seus casos perante todos, porque a lei é clara e objetiva ao dizer que um homem não pode trair sua mulher.

— Esta lei não significaria nada para mim se você não me bastasse. Largue de ser ciumenta e venha me dar um beijo gostoso! Estou louco para comer sua bocetinha apertada neste salão. — Suas palavras pervertidas me deixam sem jeito e, ao mesmo tempo, com a autoestima elevada.

Eu não deveria me sentir insegura em relação a este homem que não significa nada para mim, mas que me deixa derretida como gelatina quando seus olhos negros me fitam poderosamente.

— Estou suja de tinta.

— Vamos fazer sexo sem roupas. — Puxa-me pelo braço.

Meu corpo bate no seu paredão de músculos e o safado fala besteiras no meu ouvido enquanto me deixa arrepiada com cada toque seu.

— Hoje você revirou os olhos para mim no almoço, e agora vai tomar surra de pau, safada.

— Não foi intencionalmente — falei sem jeito.

— Não interessa. Terá que arcar com as consequências agora.

— A Marina pode entrar aqui... — Seus lábios beijam os meus com urgência e meu corpo inteiro fica em chamas, clamando pelos seus toques e beijos.

— Cale a boca e tire suas roupas para mim! — Puxa uma cadeira até o centro da sala, onde se senta todo relaxado. A única coisa que faz, é abrir os botões de sua calça enquanto seus olhos negros me devoram, como se ele fosse um tigre prestes a atacar sua presa.

— Tire a roupa para mim! — ordenou novamente. — Não precisa ficar sem jeito, menina. Eu já te vi despida inúmeras vezes e decorei cada detalhe deste seu corpinho lindo e delicioso. Fique nua para o seu homem! Estou louco para comer sua bocetinha rosada.

Envergonhada, porém tomada pela luxúria do seu olhar, ameaço tirar a alça de minha blusa. Quando não faço isto, deixo-o com ainda mais tesão. Depois fecho meus olhos, com meu coração batendo acelerado. Já vi algumas mulheres fazendo *strip tease*, e embora não possua toda a sensualidade delas, confio no meu taco. Primeiro, livro-me de minha blusa, ficando apenas de sutiã, e, em seguida, abaixo minha calça, revelando minha lingerie vermelha completa. Os seus olhos estão impressionados com meus movimentos simples e pretensiosos que conseguem enlouquecê-lo. Está hipnotizado e alucinado.

Abro o fecho do meu sutiã e noto um sorriso largo em sua face ao me ver apenas de calcinha. Em sequência, deslizo a peça fio dental pelas minhas pernas e solto meus fios longos do enlace da presilha. Com confiança, caminho em sua direção e paro a poucos centímetros de distância dele.

— Perfeita! — levanta-se da cadeira e me faz sentar.

Ele abre minhas pernas ao máximo para poder deslizar sua língua astuta e quente sobre meu clitóris. O movimento dela me deixa deliberadamente cheia de tesão e gemidos abafados saem dos meus lábios. Este homem é insaciável e se deleita com meu gozo quente na sua boca. Sinto minhas pernas tremerem e meu sexo pulsando, implorando pelo seu pau em minha entrada. Depois, ele desce sua calça e cueca boxer pelas pernas. O seu pau está duro como uma rocha. Em seguida, acomoda-se sobre a cadeira e me faz sentar em seu colo.

— Você vai cavalgar hoje, menina.

Movimento-me exatamente como ele me ensinou, cavalgando sobre o seu pau intensamente. Ao mesmo tempo, sua boca se ocupa com meus seios. Apenas me entrego aos seus toques voluptuosos.

Saio com o motorista da casa de Malia. Passei a manhã toda ao lado dela e do lindo Viktor. Estou apaixonada por este menino e por Ângela, que é uma garotinha muito encantadora.

O motorista está concentrado no trajeto e eu estou ansiosa, esperando pela resposta de uma mensagem que enviei à minha mãe. Apareceu que ela foi entregue, então acho que o chip foi reativado. Espero que sim. Estou ansiosa por notícias suas e com saudade de ouvir sua doce voz.

Enfim, encontro-me com o casal Roberto e Larissa. Assim que entro na casa de luxo, noto que eles acabaram de chegar, como eu. A mulher me recebe com beijos nas bochechas; já o homem, mais formal, cumprimenta-me com um aperto de mão.

— Pode abraçá-la, querido. Não tenho ciúme. — Ela disse, divertindo-se.

— Sei que não, amor, porém não quero perder minha cabeça. Nikolai morre de ciúme desta mulher.

Meu marido chega e os cumprimenta; depois vem dar um beijo macio em meus lábios. Fiquei surpresa com isso. Quanto ao celular, guardei em minha cintura e o deixei no modo de vibração.

Todos caminhamos até o bar e alguns *drinks* são servidos para nós.

— Então, você já trabalhou aqui? — Larissa me questionou.

— Sim. Por quase cinco anos.

— Levou cinco anos para se casar com a mulher de sua vida, Nikolai? — questionou de modo divertido. Ela parece saber de algo que eu não sei.

— O importante é que, hoje, ela é minha esposa. Nada mais importa.

Sinto meu celular vibrar. Preciso de uma desculpa para sair daqui.

— Eu vou ao banheiro — falei baixinho com Nikolai.

— Não demore!

Peço licença e os deixo para trás. Como trabalhei por muitos anos nesta localidade, sei que não há câmeras no banheiro. Logo vejo que recebi uma mensagem do número da minha mãe e entro em um Box, no entanto não fecho a porta. Envio-lhe uma mensagem de volta, perguntando se ela e minha irmã estão bem. Também aviso que quero falar com elas e lhes contar tudo que aconteceu comigo nos últimos dias. A resposta que obtenho é diferente da que eu esperava.

"Estou na cidade, Genevieve. Venha me encontrar, filha, na próxima segunda, nesta lanchonete. Você a conhece e sabe onde fica. Eu soube do

seu casamento. Apague esta mensagem assim que a ler. Beijos de sua mãe!"

Meus olhos se enchem de lágrimas. Ela está aqui? Na Rússia? Meu peito se enche de alegria e de um misto de felicidade, ansiedade e êxtase. Foram tantos anos longe dela. Será que, finalmente, deixou o meu pai? A lanchonete citada, sei qual é. Por mim, eu iria lá hoje mesmo.

Por fim, respondo que estarei lá na hora marcada e apago a mensagem, como ela me pediu para fazer.

Respiro fundo, deixo o box e ligo a torneira para dar uma molhada no cabelo e rosto. Ainda encho minhas mãos de água para lavar os olhos. É quando sinto uma pancada forte na minha cabeça. Há uma pessoa atrás de mim, porém não consigo ver quem é, pois tudo está girando à minha volta. De repente, a escuridão domina minhas vistas e eu não sinto mais nada.

Capítulo 23

Genevieve

Minhas pálpebras pesam sobre meus olhos e eu sinto uma certa dificuldade para os abrir. A minha cabeça está doendo muito também. O que aconteceu? Onde estou? Olho para o teto e avisto uma tintura branca que faz meus olhos arderem. Além disto, ouço *bipes* de algum aparelho ligado. Estou em um hospital? Meu olhar encontra meu marido, que está sentado em uma poltrona ao meu lado. Ele se levanta com um semblante preocupado. Estou louca ou bati a cabeça com muita força? Batida na cabeça... Alguém fez isso comigo. Lembro-me apenas disto. Depois tudo ficou preto e eu estou aqui agora.

— Genevieve, como se sente?

— Minha cabeça dói um pouco.

— Está tudo bem. Não se preocupe! Você está segura comigo. — Segura minha mão e deposita um beijo galanteador nela.

Um marido romântico e apaixonado? O que deu nele?

— Você se lembra de quem fez isso com você?

— Eu não vi ninguém. A pessoa deve ter saído de um Box. Não sei como me atacaram ou com o quê, só sei que está doendo.

— A pancada não afetou nenhuma parte do seu cérebro. O único motivo de você estar aqui é porque quero garantir que nada de ruim vai lhe acontecer. — Seu tom de voz saiu carregado de preocupações.

Nikolai está se mostrando atencioso. Realmente, importa-se comigo?

— Você se importa comigo? — perguntei, interessada nesta questão.

Por um instante, ele se mantém em silêncio. É claro que não irá me responder. Só me responde algo quando o assunto é extremamente importante, e poupa a voz comigo. Obviamente, não tenho valor nenhum para ele, e sua única preocupação é a reputação de bom marido e provedor do lar. A sua obrigação é me proteger, portanto nenhum dano pode me acontecer, para sua imagem não ser afetada.

— Você é minha esposa

— Então, para você, tudo o que importa é o que os demais pensam?

— Não posso te perder, menina. Ninguém pode tocar no que é meu. E como seu marido, minha obrigação é te proteger. Eu falhei. Se algo assim te aconteceu, é porque há inimigos convivendo conosco.

— Você tem alguma ideia de quem pode ser?

— Todos estão sendo interrogados. Se culpados não aparecerem, inocentes pagarão.

— Isto é injusto.

— Eu já lhe disse: ninguém toca no que é meu. Agora, descanse! — Sua mão grande e grossa acaricia minha face com carinho. — Durma, princesa! Depois conversaremos sobre o que você estava fazendo com aquele celular em mãos.

Engulo em seco. Ele está em posse do meu celular. O que será de mim agora? Certamente, irá me privar mais uma vez de manter contato com minha família.

— Nikolai, eu desejo apenas ver minha mãe e irmã novamente — confessei sonolenta por conta dos medicamentos que ingeri no soro para amenizarem a minha dor.

Seus olhos escuros me fitam intensamente. Esta é a última coisa que vejo antes de adormecer de novo, sendo tomada pelo medo de nunca mais poder manter contato com minha família.

Agora à noite, a enfermeira está trocando o meu soro. Em seguida, deixa um bilhete em minhas mãos. Eu ainda estou sonolenta e meu marido não está no quarto. Minutos após ela sair, Nikolai retorna, eu escondo o papel por baixo do travesseiro e finjo estar dormindo. Terei bastante tempo de reflexão.

Meu marido, mostrando-se ser um homem atencioso, permanece comigo durante a noite inteira. Sendo assim, fica impossível ler o bilhete. A minha curiosidade já está me matando. Ainda tem o encontro com minha mãe, que está marcado para daqui a dois dias. Estou com o coração na mão e preocupada.

Pela manhã, desperto ainda sonolenta e vejo seus olhos negros fitando os meus. Nikolai arrastou a poltrona para ficar ao meu lado e, em sua face, há serenidade e preocupação. Fica tão lindo com o cenho franzido. Meu coração acelera ao pensar que ele passou a noite em claro por mim, e uma fisgada de alegria invade o meu ser. Até que me lembro que o celular que Marina me deu, está em suas mãos.

— Bom dia, princesa! — cumprimentou-me carinhosamente.

— Princesa? Por que está se referindo a mim desta maneira? Pensei que gostasse de me chamar somente de menina.

— "Menina" é a maneira que mais gosto de me referir a você, pois por mais que seja rebelde e corajosa em determinados momentos, não passa de uma menina inocente e indefesa.

— Obrigada pela maneira como me vê! — Agradeci com ironia. — Está chateado comigo, pelo celular?

— Não — negou com um semblante fechado.

— Então, não haverá consequências graves?

— Não consigo castigá-la da maneira como deveria. Você é linda demais para sofrer castigos severos e ancestrais. O meu método preferido é derramar sangue, e faço isto com todos que me desobedecem e traem minha confiança, no entanto não consigo sequer levantar a mão para você. Menina, tem um tipo de feitiço que não sei explicar. — Em seus olhos, posso ver algo que nunca vi antes: um misto de sentimentos que jamais habitaram o seu coração.

Posso estar enganada e, talvez, a pancada na minha cabeça tenha me deixado maluca, mas estou sentindo uma ligação forte entre nós dois; algo que nunca senti em toda a minha vida, um sentimento poderoso que me faz querer lhe beijar e abraçar. Também pode ser culpa dos meus hormônios ou da fome. Preciso me alimentar

— Não sou uma bruxa. Você sabe disto — Provoquei.

Sua mão toca em minha face, acariciando-a. No processo, ele não desvia seus olhos dos meus.

— Você é minha esposa, a mulher que necessito ao meu lado todos os dias e o vício que me consome poderosamente. Não irei permitir que ninguém a toque novamente daquela maneira.

Suas palavras me deixam sem reação e meu coração salta aceleradamente como um tiro de canhão. Isto foi uma declaração de amor?

Seus lábios tocam os meus com carinho.

— Bom dia, senhor e senhora Smirnov! Vim liberar a paciente. — A doutora entra no quarto.

Meu marido vai conversar com a mulher. Ela é jovem e muito bonita, e ele a olha atentamente, ouvindo todas as suas recomendações. Aproveito para me levantar da cama e pegar o bilhete sem que ninguém perceba.

Este quarto onde estou é uma verdadeira suíte, com um banheiro luxuoso demais para um hospital. Minhas roupas estão lá. O dinheiro pode, realmente, comprar muitas coisas boas; a começar por um hospital que parece mais um SPA.

Enfim, leio o que está escrito no papel.

"*Querida, sou eu, sua mamãe. Estou com saudade. Sei que você está no hospital e que seu quadro não é nada grave. Portanto, querida, peço para que venha me encontrar neste endereço informado a seguir...*"

Constatando que ela está por perto daqui, meu coração se enche de alegria. Esta letra é sua. Eu a conheço. Apesar de não ter conseguido concluir o ensino fundamental, sua letra é linda. Como farei para sair do hospital, se meu marido está me esperando lá fora? Preciso pensar em uma maneira de escapar daqui, porque esta será minha grande chance. Quando eu me encontrar com minha mãe, nós três poderemos fugir. Com certeza a minha irmãzinha está com ela.

Quando deixo o banheiro, vejo que Nikolai não está no quarto. Abro a porta lentamente e o encontro conversando mais à frente com a médica. A conversa deles parece íntima e eles parecem íntimos demais. A vontade que sinto é de ir até os dois e os esbofetear. Minutos atrás, ele estava me fazendo uma declaração, e agora está conversando com outra mulher. Cretino safado!

As palavras ditas a mim por Malia parecem açoites na minha cabeça. Estou apaixonada pelo meu marido, e não posso negar isto, porque ele domina todos os meus pensamentos. Algo em mim grita para que eu tente convencê-lo a me deixar ver minha mãe e irmã, porém sei que ele não irá permitir isso. Também não posso lutar contra todo o seu exército. Neste momento, vejo dois seguranças virem em minha direção. Pelas suas roupas, acredito que trabalhem para o meu marido.

Eu entro na sala atrás de mim e fecho a porta. Logo percebo que invadi o quarto de um paciente que está adormecido. Permaneço no local por alguns segundos, e depois de me certificar que os homens não estão mais no corredor, saio, procurando a saída deste hospital enorme. Pelo mapa, vejo que estou no primeiro andar, então me direciono até o térreo, de onde consigo enxergar uma maneira de sair daqui. Há uns carros parados perto da porta e uns seguranças mais afastados. Sendo assim, aproveito um momento de distração entre eles para escapar, correndo o mais rápido que posso até me distanciar significativamente. Paro para respirar fundo.

Preciso chegar ao local indicado pela minha mãe na mensagem.

Já passei por este centro algumas vezes, mas ainda preciso da ajuda de informações para ir conseguindo chegar cada vez mais perto do lugar. A minha cabeça ainda está doendo um pouco, porque, afinal de contas, levei uma pancada forte na região. Por sorte estou bem e não ficarei com nenhuma sequela.

Percebendo que estou me afastando do centro, pego um táxi e peço para que ele me deixe no endereço que indico. Estou sem dinheiro algum, e as únicas coisas valiosas que carrego são minhas alianças e meus brincos. Portanto, opto por negociar meus brincos com o motorista, que valem muito e não possuem nenhum significado importante para mim. Já minha aliança marca o meu casamento e tudo que vivi ao lado de Nikolai. Não posso apagar tudo isto da minha mente; é algo do qual sempre me lembrarei.

Por fim, o homem aceita. Pelas minhas roupas de luxo, ele percebeu que eu não estava lhe enganando.

Em frente ao local marcado, uma lanchonete de classe média, encaro a fachada. O meu coração se enche de alegria a cada passo dado e acelera de ansiedade. São tantos anos sem poder abraçar minha mãe, sem sentir seu carinho e amor de perto, que estou quase tendo um ataque de tão nervosa que me sinto. Feliz ao passar pela porta, direciono meu olhar para o lugar quase vazio, onde há uma pessoa sentada de costas para mim, usando uma jaqueta larga e capuz. Será que é ela? Talvez não deseje se mostrar muito.

Respiro fundo e decido caminhar até a pessoa para ter a certeza de que é minha mãe. Estou com um sorriso largo no rosto e com os olhos brilhando certamente.

Ao encarar a pessoa, sou fitada por olhos verdes. Não pode ser! Não pode ser real! Este homem diante de mim? O meu pai sorri com sarcasmo ao me ver. Estou pálida e com medo. O que ele faz aqui? Não pode ser uma coincidência. Então, todo esse tempo, era ele se passando pela minha mãe? O que deseja comigo? Como uma assombração, veio me assustar.

— Não vai me dar um abraço? — Sua voz irônica me faz ter arrepios.

— O que faz aqui?

— É assim que me recebe? Depois de tantos anos, pensei que fosse me receber com beijos.

Ele é a pessoa mais asquerosa que conheço. Mesmo que seja meu pai, não sinto nada por ele além de ódio. Se mamãe não está aqui, o que este homem a fez?

— Onde está minha mãe? O que fez com ela?

— Temos muito o que conversar. Sente-se! Pedirei algo para tomarmos.

— Eu não quero tomar um café com você. Exijo que me fale onde estão minha mãe e minha irmã.

— Aqui, você não exige nada. Não é porque está casada com um homem poderoso, que pode alterar o tom de voz para mim. Eu sou o homem que te criou.

— Você pode ter me criado, colocando comida sobre a mesa, mas não é o pai que eu merecia ter. Não irei conversar com você, porque não vim aqui para isto e não vou perder o meu tempo.

Ele se levanta e fica próximo a mim. Sua presença me deixa amedrontada. Também temo pela minha mãe e minha irmã. Este homem sabe onde elas estão, mas não me diz nada. Nunca foi e nunca será um bom pai.

— Até que você está bonitinha com estas roupas de grife e a pele bem cuidada. — Há luxúria em seus olhos, e isto me deixa assustada. Ele nunca havia me olhado assim antes, como se sentisse desejo por mim.

Temendo sua aproximação, dou um passo para trás.

— Não tente fugir! Está nas minhas mãos agora.

— O que deseja? Dinheiro?

— O que eu possuo, não chega aos pés das posses do seu marido, mas talvez eu não queira dinheiro, e sim algo melhor: a satisfação de fazê-la sofrer.

— Por que tanto ódio?

— Você sempre colocou sua mãe contra mim.

— Se tivesse sido um bom marido...

— Não me faça perder a cabeça! — disse irritado.

— Eu vou embora.

— Deste lugar, você não vai sair. Uma bomba relógio irá explodir tudo em alguns minutos. Será tempo o suficiente para seu marido chegar. Assim, conseguirei matar alguém da família Smirnov e vingar a morte de Bóris.

Meu pai tinha envolvimento com Bóris?

Meu Deus! Esta lanchonete está prestes a explodir!

Capítulo 24

Nikolai

Droga! Vou derrubar este hospital se minha esposa não aparecer nos próximos minutos. Eu saí apenas para conversar com a doutora responsável por analisar alguns exames dela, querendo ter a certeza de que estava tudo bem com ela, já que o medo de que algo ruim pudesse ter lhe acometido, deixou-me neurótico. Não posso perdê-la, nunca. Estou exausto por ter passado a noite inteira ao seu lado. O único momento que a deixei sozinha foi para falar no celular com Cristóvão. Ele havia acabado de analisar as imagens das câmeras de segurança do local próximo àquele banheiro. A pessoa que machucou Genevieve será encontrada e decapitada, porque eu mesmo arrancarei sua cabeça. Ninguém toca no que é meu. Esta menina é mais valiosa para mim do que qualquer outra coisa que eu tenha. Todo o meu império não significa nada ao ser comparado com o valor dela, e por mais que eu lute contra meus sentimentos, não posso negar que a bela mulher de olhos verdes únicos domina todos os meus pensamentos.

Acabei de receber uma notícia que me deixou preocupado ao ponto de querer matar todos os meus seguranças. Os infelizes que deveriam estar fazendo a proteção da minha esposa, não estavam na porta do seu quarto. Como eu não pretendia chamar a atenção dos civis comuns com seguranças lá, apenas deixei alguns homens do lado de fora do hospital. Não sei como Genevieve passou por eles e que diabos deu na cabeça dessa teimosa desobediente para sair sem permissão. Ela não sabe o perigo que corre pelas ruas. Os meus inimigos esperam por um único vacilo meu para me derrubarem e destruir tudo de mais sólido que tenho. A minha menina está na mira dos desgraçados.

Começando a tentar encontrá-la, estamos seguindo todos os seus passos até onde as imagens das câmeras nos levam. Ela foi para o leste, onde meus soldados já estão fazendo uma varredura por todas as áreas. Enquanto isto, eu dirijo como um louco até a casa de luxo para me encontrar com meu irmão. Ele está em seu escritório.

Abro a porta, consumido pelo ódio. Estou esfumaçando.

— Irmão, mantenha a calma! Assim vai abrir um buraco no chão. Não se preocupe! Sua esposa será encontrada e logo estará aqui.

— Não tem como eu manter minha serenidade, irmão. Genevieve pode estar sendo torturada nas mãos de nossos inimigos.

— Se ela tivesse sido sequestrada, já teríamos recebido uma ligação. Talvez tenha saído apenas para dar uma volta. — Só pode ser ironia o seu comentário.

— Não estou para brincadeiras, Dominic. Primeiro ela é acertada na cabeça por um vaso que podia ter lhe causado problemas sérios. Felizmente está tudo bem com seus exames. Mas, em seguida, desaparece assim? Ninguém a encontra.

— Você deveria ter colocado um chip nela, como te alertei.

— Agora estou pensando seriamente em introduzir um desses em sua carne. Cristóvão está tentando rastrear um dos chips que coloco em todas as suas roupas. Na jaqueta que ela está trajando, há um.

— Esses costumam falhar; já os introduzidos na pele não podem ser facilmente removidos. Sua esposa já teria sido encontrada se... — A porta se abre e Cristóvão entra no cômodo trazendo as informações que mais desejo ouvir.

— Conseguimos localizar sua esposa. Ela está há cerca de quatro quilômetros e meio daqui, em uma lanchonete.

— Reúna um batalhão! Vamos para esse lugar agora mesmo.

— Irmão, calma! Precisamos tomar todos os cuidados necessários, porque podemos estar sendo atraídos para uma armadilha. Lembre-se desta possibilidade!

— É a minha esposa. Eu irei até o inferno se for preciso para lhe salvar — afirmei convicto.

Visto meu colete à prova de balas por baixo do terno, carrego minhas armas e as coloco sobre a cintura. O carro blindado e equipado já nos espera. Saímos com o total de trinta homens armados, inclusive meu irmão. Se eu estivesse no volante, iria sair passando por cima de todos.

A lanchonete onde minha esposa está não é uma das mais sofisticadas que existe, por que embora não se localize no subúrbio, não fica tão longe dessa área. Nós estacionamos a alguns metros do local e nos misturamos entre as demais pessoas.

— Entrará uma equipe de cinco homens disfarçados como civis que desejam comer lanches entre amigos. Após o sinal deles, entraremos. — Cristóvão explicou.

Todo o procedimento é iniciado. Por mim, eu já teria entrado neste estabelecimento e encontrado minha mulher. Genevieve receberá um castigo por conta de sua desobediência. Ela não sabe do risco que corre todos os dias somente por ser casada comigo. Passou de todos os limites desta vez e agiu de maneira inconsequente. Primeiro escondeu um celular de mim, por onde estava, certamente, conversando com alguém. O que me faz pensar que todos os acontecimentos podem estar associados. Alguém a fez sair do hospital para vir até este local, porque ela não se colocaria em risco por algo insignificante. O aparelho já está em mãos de especialistas, pois pretendo recuperar todas as mensagens e ligações apagadas dele. Por se tratar de um aparelho velho que não possui muitas modernidades, esse pode ser um trabalho difícil.

— Irmão, desta maneira, você vai acabar tendo um ataque. Tranquilize-se! Está tudo sob controle.

— Se fosse a sua esposa, tenho certeza que não estaria calmo.

— Você tem razão. O que quero dizer é que já estamos muito perto. Receberemos notícias em breve e entraremos lá.

— Diga-me algo, irmão: quando descobriu que Malia é a mulher da sua vida?

— Desde o primeiro momento que a vi. Você também já sabe que Genevieve é a mulher ideal para você. Até a salvou de uma morte cruel, de mim, da minha ira. Porque eu teria sido capaz de matá-la por entregar anticoncepcionais à minha esposa não engravidar. Já ama ela irmão. O amor para nós, que levamos uma vida peculiar, pode ser considerado assustador, porém não é algo que possamos controlar.

— O que acontecerá se estivermos precipitados?

Ele ri.

— Não estamos.

Nós paramos nossa conversa para escutar o que um dos soldados diz ao telefone.

— Chefe, o ambiente está tranquilo. Há dois garçons aqui, uma gerente no caixa e uma mulher sentada em uma mesa próxima ao banheiro feminino. As roupas que ela traja são iguais às que sua esposa estava vestindo hoje.

— Permaneçam neutros e aguardando ordens! — Dominic ordenou.

É Genevieve. Está aqui. Sinto um certo alívio por ela estar bem e segura, não em mãos inimigas. Isto já me tranquiliza.

— Eu irei entrar lá e pegar minha esposa.

— Não, irmão! Os soldados estão lá dentro. Tranquilize-se!

— Nada vai me impedir de entrar lá, irmão. Não se oponha! É a minha mulher que está lá dentro.

— Sei disto. Apenas quero me certificar de que é ela, não uma armadilha.

— Se o sinal do rastreador está mostrando que ela está aqui, não tem como não ser outra pessoa. Agora, deixe-me ir!

— Irmão, espere!

— O quê, irmão? — perguntei exasperado.

Tudo o que mais quero agora é poder contemplar seus lindos olhos verdes, abraçar seu corpo quente, castigá-la com muito sexo, beijos; matar todos os meus desejos naquele seu corpo delicioso, saborear seus lábios delicados e carnudos, e mostrá-la que não pode sair e se arriscar da maneira que fez. Por sorte está segura agora.

Dou um passo à frente, todavia Dominic me impede de prosseguir. Já irritado, eu o olho com raiva. Ele ainda usa sua força bruta para me fazer cair no chão. Somos dois homens fortes e grandões. Por fim, ouço seu grito:

— Explosão!

O barulho ensurdecedor toma conta do ambiente e dos meus ouvidos. O meu único pensamento é a minha esposa. Direciono meu olhar para o prédio do estabelecimento comercial destruído, em ruínas, com o fogo alastrando o que ainda sobrou de pé.

— Genevieve! — gritei desesperadamente.

Pela primeira vez em minha vida, o desespero tomou conta do meu ser. Vejo-me aflito.

Levanto-me com muito esforço, pois fui atingido em alguns lugares, e caminho em direção ao local. Mais uma vez sou impedido por Dominic, que se feriu por conta de um pequeno destroço que atingiu suas costas. Também há algumas feridas pelo meu corpo, mas parece que tomei uma anestesia geral, já que não sinto nenhuma dor.

— Irmão, não se aproxime mais! Ou irá colocar sua vida em risco.

— A minha mulher está em algum lugar entre aqueles destroços. Preciso salvá-la. — Eu o olho aflito e ele me fita com tristeza.

— Veja você mesmo, Nikolai! Não há como alguém ter sobrevivido. — afirmou com pesar. — É impossível. Eu sinto muito.

Não posso acreditar que minha esposa está morta. Não aceito perdê-la. Genevieve é minha mulher, minha menina. A minha cabeça está sendo tomada por uma dor forte e meu coração para de bater por um segundo. Também sinto uma pontada horrível invadir o meu ser e um zunido alto controlar todas as minhas emoções, que se resumem a medo, dor, aflição, desespero e angústia. Faltando-me ação para dizer algo, caio de joelhos no chão, aéreo. A minha visão está turva por conta das lágrimas. Na última vez que chorei, eu tinha cinco anos e havia caído da bicicleta. A minha mãe logo me segurou em seus braços e me mostrou que aquele pequeno arranhão não era nada comparado com a vida que eu teria que enfrentar. Ela tinha razão: aquela dor não era nada.

Nunca fui emotivo, não me importo com quase nada neste mundo, não sinto apego pelas pessoas e sou um homem fechado, com o coração de gelo. Nunca pensei que seria dominado por este sentimento arrebatador: o amor. Ele foi causado em mim por uma menina linda, doce e inocente. Pergunto-me o que fiz para lhe merecer. Nada. Eu lhe forcei a se casar comigo, impus minhas vontades a ela e agi como um robô. O que a própria tanto afirmava que eu era.

Agora, vejo-me sem chão. Para mim, o mundo acabou neste instante. É como se um buraco imenso tivesse sido aberto em meu coração e perfurado tudo ao redor dele. Pela primeira vez, minhas pernas tremem e eu não sei como agir. Não posso perdê-la. Não aceito isto. A minha esposa não morreu, porque ela é esperta e, com certeza, conseguiu escapar antes do lugar ser tomado pelo fogo e pela explosão que derrubou paredes, deixando tudo em destroços e chamas.

— Venha comigo! — Ouço a voz de Dominic.

Ele e mais um soldado me levam até meu carro, abrem a porta de trás e me colocam dentro dele. Imóvel e tomado pela agonia em meu peito, pego as chaves em meu bolso, saio do veículo, entro pela porta da frente e assumo o volante. Meu irmão se coloca na frente, mas quando ameaço passar por cima dele, ele se afasta. Acelero o carro, atordoado e com um grito de dor preso na garganta. Tudo o que mais desejo no momento é ter Genevieve novamente em meus braços.

O que aconteceu, é minha culpa, pois alguém a usou para se vingar de mim. Tenho tantos inimigos, que não consigo ver com clareza quem pode ter sido o responsável por aquela explosão. Acho que estávamos sendo vigiados há dias por alguém que estava mais próximo do que posso imaginar, alguém que sabia todos os meus passos. Por minha culpa, a minha esposa pode estar morta; pelo meu egoísmo e cabeça dura. Eu jamais deveria tê-la deixado sozinha.

Meu celular toca várias vezes. É Dom me ligando. Entretanto, ignoro todas as chamadas. Também vejo uma notificação do hospital com o resultado dos exames de sangue da minha esposa. Com uma mão no volante e outra no aparelho, abro o exame de Beta HCG. Positivo! Minha esposa estava grávida, esperando um filho meu, e agora está morta.

Pessoas boas não deveriam morrer. Eu merecia ter morrido em seu lugar, visto que já pratiquei muitas maldades. E ela jamais machucou alguém. Estou sendo castigado pelos meus atos. A minha menina morreu com um filho em seu ventre, sem saber que estava grávida. Diabos!

Grito alto como um louco. O desespero e a aflição me levarão direto a cometer uma loucura, porque estou perdendo a cabeça.

Capítulo 25

Genevieve

Sou arrastada pelo meu pai, que me carrega em seus ombros de ponta-cabeça como se eu fosse um animal. Enfim, leva-me para perto de um carro que está nos fundos da lanchonete. Nós saímos do estabelecimento por um acesso restrito somente aos funcionários.

Grito, pedindo por ajuda, porém sei que ninguém me salvará. Meus olhos analisam o ambiente ao redor, fechado por prédios.

Meu estômago embrulha quando sinto um cheiro forte de comida jogada no lixo e quase vomito aqui mesmo. Em sequência, sou empurrada brutalmente para dentro do veículo, onde há um motorista no banco da frente. O meu pai fecha a porta e logo se acomoda no assento ao lado do seu cúmplice.

Olho para trás e não vejo ninguém, apenas alguns gatos de rua, que ficam para trás. Para onde estou indo?

— Ainda dá tempo de me deixar ir. Talvez Nikolai poupe sua vida.

Mesmo nutrindo somente ódio por este homem, não desejo vê-lo sofrer com uma morte cruel. Como sei que meu marido seria capaz de arrancar seu coração com as próprias mãos, estou querendo evitar tal tragédia. Um encontro entre eles terminaria em morte do lado mais fraco: meu pai. Ele sofrerá as consequências por sequestrar a mulher de um mafioso.

Estou com medo, entretanto busco manter a calma e não me desesperar. Todos dizem que sou uma mulher na idade, mas minha mentalidade é de menina. Preciso encontrar uma maneira de fugir, mas antes tenho que obter informações sobre minha mãe e irmã.

— Ele fará tudo que eu quiser, pois você o deixou louco com este corpinho gostoso. Garanto que será uma valiosa moeda de troca. Por que não pensei em usar seu corpo antes? Já poderia estar milionário.

As coisas que ele me disse, são horríveis e fazem eu me sentir violada. Suas palavras soaram como ofensas para mim. Como pode o meu próprio pai falar que tenho um corpinho gostoso? Isso fez eu me sentir terrivelmente mal. As minhas náuseas só aumentaram.

As portas estão travadas e o carro está em alta velocidade.

— Estou lhe avisando: Nikolai é perigoso, astuto e muito inteligente; irá nos encontrar e te matar.

— Silêncio! Preciso pensar. Você falando, tira minha concentração.

Meu pai diz algo ao motorista e os dois começam um diálogo em espanhol. Compreendo algumas coisas. Por ser descendente de espanhóis, ele domina bem este idioma. Coisa que não domino. Compreendi que eles planejam algo grande e que têm a ajuda de alguém poderoso que está por trás de tudo. Preciso descobrir o envolvimento de Bóris nesta história, já que o nome dele foi mencionado quando estávamos na lanchonete. Eles possuíam uma espécie de parceria?

Acho que por volta de quase uma hora depois, chegamos em um chalé que fica em cima de montanhas. A propriedade luxuosa possui grandes muros de proteção, cercas elétricas, e está mais para uma mansão, pelo tamanho. Fico estarrecida, imaginando como meu pai tem acesso a um lugar como este.

Quando o carro estaciona dentro da propriedade, posso ver mais alguns seguranças se aproximarem. O local é muito bem vigiado.

Meu pai desce e abre a porta para mim, obrigando-me a sair do veículo. Eu ainda hesito, mas sou puxada pelo braço. O que me causa um desconforto. Ele é um homem forte, malhado, e se não usasse tanta droga, teria uma aparência mais jovial.

— Eu não vou a lugar algum com você. Exijo que me liberte! — vociferei com firmeza.

Suas mãos fortes pressionam meu queixo com força, causando-me dor, e eu aperto os olhos por conta do incômodo.

— Calada! Não me faça quebrar seu rostinho bonito! Agora, irá entrar por bem ou por mal?

Caminho para dentro do ambiente luxuoso, procurando um objeto que posso usar para me proteger, mas não encontro nada que ofereça perigo. Tudo aqui exala dinheiro e poder. Como ele teve condições de me trazer para cá?

— Há alguém ansioso para lhe ver — comunicou com deboche.

Seriam minha mãe e irmã? Mas não acredito que possa haver bondade neste homem. Ele não me sequestraria para que eu pudesse me encontrar com as duas, já que nunca se importou com nada além de si mesmo e de todo o seu ego.

Direciono meu olhar para trás e encontro um rosto feminino que me é familiar. Tenho a leve impressão de que já a vi antes. Busco em minhas lembranças a sua face, e pela sua expressão raivosa, imagino que ela não gosta muito de mim. Arregalo os olhos ao me lembrar da mulher que está caminhando elegantemente em cima de saltos plataformas. O vestido preto e colado está justo em seu corpo e ela está enfurecida. Posso notar que seria capaz de me matar com as próprias mãos.

— Eu sabia que este dia chegaria, que você e eu nos encontraríamos novamente — comentou.

A loira que se chama Talia, pelo que acabei de me recordar, é a mulher que flagrei em um momento íntimo com Nikolai na casa de luxo quando ainda não éramos casados e eu apenas trabalhava como faxineira. Quando abri aquela porta, não imaginei que os dois estariam lá. Toda sua fúria foi despejada contra mim naquele dia e, no dia seguinte, teria me matado se Nikolai não tivesse aparecido como um anjo salvador. Segundo os rumores que ouvi, pensei que ela tivesse sido morta a mando do meu marido. Achei isso um absurdo na época, porém não podia fazer nada para impedir essa suposta barbaridade. No entanto, vejo que a mulher está viva diante de mim, prestes a explodir.

— Você está viva?

Sua mão pesada acerta minha face direita, fazendo-me virar o rosto brutalmente. Ainda resmungo baixinho um palavrão. Ninguém me machuca e não recebe o que merece.

Engulo a dor e a olho com superioridade e nariz empinado. Depois, encho a mão para lhe bater de volta e acerto o lado esquerdo do seu rosto com toda a força que possuo. O estralo alto pode ser ouvido por todo o ambiente. A loira grita de dor e me fuzila com os olhos, prestes a vir na minha direção como uma leoa furiosa. Travaríamos uma batalha se meu pai não tomasse a frente.

— Já chega, Talia! Ainda não podemos machucá-la.

— Esta vadia destruiu todas as minhas chances de cair nas garras do chefe e tirou de mim a minha única chance de me dar bem na vida.

— Se todas as suas chances de vencer na vida estavam depositadas em um homem, querida, sinto muito informar que você é uma pessoa sem propósito — argumentei.

— Eu vou matar você! — exclamou enfurecida, sendo contida pelo meu pai.

— Talia, por favor, vá para a cozinha beber um suco de maracujá agora, querida.

— Eu não estou com vontade, senhor.

— Agora! — ordenou.

Ela vai contra a sua vontade. Se queria brigar comigo, eu não iria me render facilmente. Poderia apanhar, mas também saberia bater para me defender. Todo o meu ser está agitado. Por muitos, sou considerada frágil, porém posso ser uma leoa quando tocam em meu ponto mais frágil. Ninguém me humilha, pois não permito isso mais.

Estarrecida com tudo que está acontecendo e querendo descobrir o que meu pai pretende fazer comigo, além de querer ter notícias de minha mãe, respiro fundo antes de agir. Dói em mim saber que ele nunca me amou e que se aliou a uma pessoa que me odeia por motivos insignificantes. Que culpa tive de Nikolai não ter tido olhos para ela? Como se eu tivesse implorado para que ele me tomasse como mulher e esposa!

— Como vocês se conheceram? — Tenho bastante interesse em saber como os dois se tornaram íntimos.

Ele acende um cigarro, dá a primeira tragada e me fita seriamente.

— Bóris Smirnov... Você o conheceu e também foi responsável pela sua morte — irritado, culpa-me por algo que não tive culpa.

— Eu não matei ninguém. Ele foi o único responsável pelo seu final — rebati convicta.

— O Bóris era um visionário e teria sido um ótimo chefe se não tivesse sido morto — lamenta a morte dele como se ambos tivessem sido melhores amigos.

— Onde o conheceu?

— Isto não é da sua conta. Agora, venha comigo! — Aperta meu braço com força e me arrasta pela casa de maneira grosseira.

Nós passamos pela escada que dá acesso ao primeiro andar e seguimos por um corredor estreito, onde tem uma mesa de canto e um vaso de orquídeas. Ele abre uma porta de madeira.

— Bem-vinda aos seus novos aposentos, princesa! — Sou jogada para dentro do pequeno quarto empoeirado. — Você deve estar acostumada com a vida de luxo e já deve ter se esquecido de suas origens pobres. Talvez este lugar te faça lembrar. — Sua risada diabólica me causa uma sensação de pavor.

— Não pode me deixar trancada aqui! — Imagino como deve ser horrível ficar presa em um lugar imundo e apertado.

A porta se fecha, deixando-me trancada em um ambiente com pouca luz. Este cômodo parece mais com uma dispensa abandonada. Aqui não há nada além de prateleiras sujas, nem mesmo uma cama onde eu possa dormir. Nem sequer há um cobertor. Estou presa em um cativeiro da pior qualidade. Tenho certeza que meu pai me providenciou este lugar por ter conhecimento da minha fobia de lugares sujos e apertados.

Bato na porta várias vezes, gritando por ajuda.

— Alguém me ajuda! Porra! Abram esta merda! — gritei.

Estou cansada de tanto gritar e com a garganta seca começando a me incomodar. Não há água aqui, nem comida. Estou faminta, pois não comi quase nada nesta manhã, apenas bebi um suco de laranja e comi uma maçã. O meu estômago está embrulhado e uma forte sensação de náusea me domina. A todo instante, parece que vou vomitar. Talvez seja pelo odor daqui, que é como um misto de xixi com algo podre. Este mau cheiro até me faz querer desmaiar.

Que espécie de pai traz a filha para estas condições? O pior do mundo, que não merece ser chamado assim. O verdadeiro é aquele que só deseja o bem dos filhos e jamais é capaz de machucá-los, pois os ama.

Ele e Bóris se aliaram com o intuito de destruir a família Smirnov, e meu pai só tinha muito dinheiro a ganhar com tudo isso. Só consigo pensar desta maneira. Senão, por qual outro motivo arriscaria tudo, sabendo que poderia morrer? Esse será seu destino certo. Eu posso perder minha vida, porém ele não irá sair com vida de tudo isso.

Não sei quanto tempo se passou, mas sei que adormeci depois de ter chorado um pouco, pensando em uma maneira de escapar.

A porta se abre, revelando a vadia loira me trazendo uma bandeja com pão e água. Ela a coloca no chão. Sem forças, permaneço onde estou.

— Algum problema, vadia? — questionou.

— Vá se ferrar, sua puta!

— Acho bom me respeitar, garota. Aqui, você está em meu território. Posso matá-la agora mesmo se desejar — ameaçou-me.

— Você pode até tentar e conseguir, mas no seu lugar, eu fugiria enquanto ainda dá tempo. Nikolai vai arrancar sua cabeça com as mãos.

— Por enquanto, ele deve estar chorando pela sua morte — disse com deboche, deixando-me confusa. Vendo a confusão em minha face, sorri. — Seu pai não te disse que seu marido, a esta altura, pensa que você foi morta na explosão da lanchonete? Tadinho dele! Um homem bonito e gostoso como aquele, logo irá te esquecer. — Após seu comentário venenoso, fecha a porta novamente.

Nikolai pensa que morri na explosão? É por isto que meu pai me fez deixar o casaco para trás? Colocaram ele no estabelecimento para pensarem que eu estava lá na hora do incidente. Se o plano deles é fazer com que meu marido pense que estou morta, por que falaram em conseguir dinheiro?

Agora estou perdida, sem conseguir compreender mais nada.

O que será que deve estar passando pela cabeça de Nikolai? Realmente, está chorando pela minha "morte"? Se acredita que morri, então não virá me procurar, e tudo ficará ainda pior para mim. Continuarei neste lugar sendo alimentada a base de água e pão de muitos dias, esquecidos no armário. Meu esposo não pode se dar por vencido; precisa sentir que estou viva.

Capítulo 25

Genevieve

Não sei dizer quanto tempo já se passou desde que fui trazida à força para este cativeiro, mas como me sinto muito mal, creio que estou doente. Parece que meu estômago está travando uma guerra contra todas as partes de meu corpo, que está transpirando mais do que o normal por causa do calor excessivo causado pela falta de oxigênio no ambiente completamente fechado. Não há nenhuma janela aqui para que o ar circule entre as quatro paredes. Também estou tremendo de fome e não consigo mais comer os pães duros que me dão. É como se estivessem podres e com mofo, apesar de sua aparência não mostrar nada disto.

Durante todo o tempo presa aqui, parei para pensar que estou com minha menstruação atrasada. Então, comecei a me preocupar além do normal com a possibilidade de estar grávida. Eu não havia me dado conta desse fato antes, por estar concentrada demais apenas em conseguir me comunicar com minha mãe e irmã. Não conseguia pensar em nada além disso.

Sozinha e isolada neste minúsculo quarto, também consegui colocar algumas ideias em mente.

Apesar do calor que faz, meu corpo treme. Talvez eu esteja tendo uma febre interna. Além disso, tenho tido vertigens e delírios em alguns momentos. Uma hora estou na minha casa, com meu marido; em outro momento estou na Jamaica, em minha infância, correndo embaixo da chuva e pulando sobre poças de água; e em alguns instantes é como se eu estivesse diante de Talia. Até lhe senti tocando em meu corpo algumas vezes e ouvi vozes dela e do meu pai. Inclusive, eles estão aqui agora mesmo, se eu não estiver delirando.

— Ela não pode morrer antes de conseguirmos tudo que desejamos. Nikolai nunca vai negociar com a gente se ela estiver morta. — Talia proferiu preocupada.

— Eu sei disso melhor do que qualquer um. — A voz do meu pai saiu superficialmente.

— E, o que faremos?

— Vamos levá-la para um dos quartos e lhe agasalhar.

— Não pode providenciar conforto para esta fedelha bastarda. Ou resolveu bancar o bom pai agora? — A voz da loira foi de irritação.

Os dois começam a discutir e seus tons de vozes se alteram. Mesmo assim, ele me segura em seus braços. Depois disto, não sei o que acontece, porque durmo mais uma vez, sendo tomada por uma sensação horrível de desconforto e fraqueza.

A cama está molhada de suor. Remexo-me para o lado, resmungando baixinho e podendo sentir a maciez do colchão. Há almofadas confortáveis e lençóis de seda me aquecendo. Por um momento, sinto-me como se estivesse na minha casa, em minha cama. É como se eu pudesse ouvir a voz do meu marido. Por uns instantes, meu coração até se aquece e se enche de alegria, por eu acreditar que ele pode estar aqui. Mas quando abro os olhos, não o vejo em lugar algum, apenas um ambiente não familiar. Ainda estou presa em um chalé nas montanhas.

Ponho-me sentada na cama e puxo o cobertor para me cobrir até a cintura. Devidamente aquecida agora, observo tudo ao meu redor. Há grades na janela, impedindo-me de tentar fugir daqui. Se eu estiver mesmo grávida, preciso proteger a minha vida e a do meu filho a todo custo. Não irei permitir que estas pessoas o machuquem. Se isto for verdade, já posso me considerar a pessoa mais feliz do mundo, por carregar um bebê em meu ventre.

Como Nikolai é inteligente, tenho certeza que irá nos encontrar o quanto antes.

A porta do quarto se abre mais uma vez e o olhar cínico do homem me deixa assustada. Como pode um pai manter a filha presa para obter dinheiro? Ele nunca me amou, pois desde que eu era criança, quando fomos deportados, culpou-me por isso, por algo que não foi minha culpa.

— A empregada trouxe comida. Você precisa se alimentar. — Agora demonstra se importar comigo?

— Quem me garante que não há veneno na comida?

— Eu já lhe disse que você é mais valiosa viva. Morta, não valerá nada.

— O senhor nunca me amou, só pensa em seu bem-estar e nunca me protegeu; não foi capaz de honrar sua família. Onde estão minha mãe e irmã?

Já que ele se mantém calado, temo que algum mal possa ter acontecido com as pessoas que mais amo neste mundo. Não sei o que seria de mim se ele tiver sido capaz de machucá-las.

— O que aconteceu com elas? — perguntei de novo, nervosa.

— Descanse e se alimente bem!

Levanto-me da cama, tensa, indo em sua direção como uma leoa furiosa. Não sei de onde consegui tirar força para lhe enfrentar. Força esta que eu jamais podia imaginar que existisse em mim. Talvez meus hormônios estejam me afetando por conta da possível gravidez.

— Eu vou matar você! — Desfiro socos em seus ombros e onde mais consigo acertá-lo.

Rapidamente, ele me prende com bastante facilidade, já que não possuo tanta força física. Estou sendo movida pelo medo e pela angústia, por não saber, há meses, o real estado daquelas que amo.

— Controle-se, garota atrevida e mimada!

— Eu não sou mimada, e você sabe perfeitamente disto. Ou devo estar enganada, já que nunca cumpriu seu devido papel de pai amoroso e cuidadoso e se uniu ao Bóris Smirnov? Como é possível que possam ter firmado uma aliança?

— Aposto que está curiosa para saber mais sobre esta aliança. Você sempre foi intrometida, querendo fazer com que sua mãe me deixasse.

— Infelizmente, não consegui resgatar ela e minha irmã.

— Você não tem poder, garota. Mesmo estando casada com um homem importante e influente, não passa de uma criança burra. — Cuspiu as palavras em minha cara.

Aproveito este momento em que ele está disposto a dialogar comigo, para lhe arrancar todas as informações que puder.

— Como se aliou ao Bóris?

— Eu o conheci por acaso, quando vi em notícias, uma foto sua e de Nikolai. Fiquei chocado com esse casamento repentino do CEO, pois pensei que você era uma inútil. Porém, conseguiu se casar com um bilionário. Como tenho envolvimento com gangues de um porte menor que a do seu marido, sempre soube que ele era um mafioso, e imaginei que possuindo um genro tão influente, poderia crescer com meus negócios. Sendo assim, ao ir à procura dele na casa de luxo, fui abordado por Bóris. Quando eu o contei que te criei, ele demonstrou muito interesse em mim.

Ouvi tudo atentamente

— O que te fez pensar que eu queria te ver? — indaguei com sarcasmo e desprezo.

— Eu sabia que era a última pessoa que você gostaria de ver, mas como o dono das duas pessoas que você mais ama, apostei que iria ser gentil comigo. No entanto, o plano de Bóris era mais ambicioso. Eu ganharia muito mais ao seu lado do que tentando firmar acordos com seu marido.

— Onde elas estão? Você deveria sentir vergonha por intimidar e manter presas duas mulheres. Homem de verdade não subjuga, muito menos obriga uma mulher a permanecer ao seu lado.

— Não venha me ensinar valores! Você não passa de uma puta. Pensa que não sei que seu marido te obrigou a se casar? Vai me dizer que ele não te violenta?

— Sim. Eu me casei obrigada, sem amor, porém Nikolai jamais ousou levantar a mão para me bater e nunca usou de força para me ter. Os

Smirnov podem ser cruéis e sanguinários, só que jamais agrediriam uma dama; diferentemente de alguns vermes nojentos que ainda habitam a terra. Vermes como você. — Sua mão pesada acerta a minha face, derrubando-me no chão.

Choramingo de dor. Por um instante, sinto vontade de gritar pela ardência em meu rosto, mas controlo todas as minhas emoções. Não vou me permitir ser mais humilhada por este sujeito. Portanto, levanto-me, tendo a certeza de que a marca de sua mão está em minha face.

— O quê? Vai dizer que me odeia?

— Sim. Este é o único sentimento que consigo nutrir por você.

Ele gargalha de maneira debochada.

— Você e a puta da sua mãe são tão idênticas: ambas são frágeis de machucar.

— Lave a boca para falar da minha mãe, seu covarde! — Acerto um tapa no rosto dele.

Sabendo que o impacto não o afetou, não me dou por vencida e encho a mão para lhe esmurrar. Pela sua expressão, noto que consegui causar nele um pequeno incômodo. Ele pode me matar agora, porém não vai falar mais da minha mãe.

— Tudo isto por dinheiro. Deve estar muito satisfeito agora, que está sob posse de algumas propriedades de Bóris.

— Eu deveria te matar, garota, mas não farei isso. E se deseja mesmo saber, tudo isso pertencia ao Bóris. Ele passou alguns de seus bens para o meu nome, para o caso de seu plano falhar, eu poder vingar sua morte. E eu farei isso.

— Você é uma pessoa sórdida.

— Eu faria qualquer coisa para te encontrar e destruir sua felicidade. — Fico estarrecida com suas palavras. — Sempre me trouxe problemas. Por sua culpa, perdi toda a minha estabilidade financeira nos Estados Unidos.

— Eu não tive culpa de termos sido deportados, mas não venha me dizer que toda sua mágoa por mim é por causa disto! Eu era uma criança e estava doente.

Parece que Anthony está em outro lugar neste momento, como se estivesse se lembrando de algo que o deixa fora de si. O seu olhar é de uma pessoa louca, perturbada do juízo. Eu me recordo que desde sempre, este sujeito me odiou como se eu não fosse um nada para ele; desde o meu nascimento. Quando eu era criança, minha mãe tentou me convencer de que esse era o seu jeito e que eu não deveria ficar triste. Então Evelyn nasceu e eu pude perceber que ele demonstrava amor por ela, sendo que nunca me amou. Até um cachorro de rua recebia mais cuidados por parte dele do que eu, como sua filha. Mas não estou dizendo que os animais de ruas não mereçam ser bem cuidados. Pelo contrário: os pobrezinhos devem ser bem tratados. O que quis dizer, é que ele prefere encarar a morte do que a ideia de que sou sua filha. Em muitas vezes, eu sentia ciúme da maneira como ele tratava a minha irmã, porque era amoroso com ela e não agia como um ogro. É por isto que penso que este monstro não seria capaz de machucá-la. Ao menos acredito que ela esteja segura.

— Olhe em meus olhos e me diga o que fiz de tão ruim para você, que nem sequer consegue me aceitar como sua filha! Preciso de um motivo óbvio para entender de uma vez por todas que todo o seu desprezo tem, pelo menos, um motivo forte e uma razão coerente. Se citar uma única justificativa, seja ela qual for, irei compreender. — O homem permanece em silêncio. Talvez nem ele mesmo saiba explicar o porquê de me odiar tanto. — Vamos lá! Diga porque me odeia tanto! O que fiz para merecer ser tratada como uma leprosa que você não ousava beijar, abraçar e proteger. Vamos lá, seu desgraçado! Dê um motivo tolerável para mim! Ou, talvez, o problema seja consigo mesmo. — Com a voz embargada e o coração apertado, prossegui, sem temer a sua resposta. — Estou esperando uma resposta. Não seja covarde e diga de uma vez por todas! Assim, acabaremos com isso logo. Não seja um bunda mole! Eu sei que há uma razão. Tenho o direito de saber por que nunca me amou e sempre me menosprezou. — Respiro fundo. — Eu sempre soube de sua covardia para encarar a verdade.

— Você quer mesmo saber a realidade?

— Sim. — Mesmo nervosa e temerosa, desejo saber.

— Pois bem. Irei te dizer toda a verdade por trás de eu nunca ter te amado como uma filha.

— Diga-me de uma vez por todas! Por que você nunca foi homem para me amar como um pai?

— Porque eu não sou seu pai e você não é a porra da minha filha. Nunca foi e nunca poderá ser. Não passa de uma maldição em minha vida, de um problema que fui obrigado a assumir.

Capítulo 27

Genevieve

Paraliso por alguns instantes, sentindo uma leve falta de ar e uma vontade imensa de chorar bem alto. Quem me dera se, com o grito provocado pela dor em meu coração, eu pudesse derrubar todas as paredes ao meu redor e fugir para os braços do meu marido. Acabei de ouvir barbaridades do meu pai. Ele me chamou de "maldição" e "problema". Ser tratada como um fardo durante a minha vida toda, não foi nada fácil. Eu me sinto um nada agora, sem valor algum para ele. Com certeza falou tudo isto para me afetar e me deixar mais fragilizada ao ponto de me perder em minha própria dor. Como estou sendo mantida presa, seu desejo é me deixar ainda mais frágil. Não posso lhe dar o sabor da vitória.

Engulo o choro e o pressiono com um pouco de dúvida.

— Você não está falando sério. Não seja covarde e diga a verdade!

— Estou dizendo a verdade. Você pediu para ouvir, e agora está ouvindo. Eu não sou o seu pai. Felizmente, não fiz uma menina tão vadia e suja como você.

— Por que insiste em me chamar de vadia, se sabe que não sou uma?

— Porque eu sempre desejei seu corpo belo em formação. Não sabe o quanto foi difícil para mim te ver crescer e se tornar uma mulher gostosa, mas não poder tocá-la. Eu planejei tantas vezes te dopar para me tornar o seu primeiro homem, mas sua mãe nunca te deixava sozinha.

Ele não pode estar falando sério, não pode estar me devorando com os olhos. Um pai que deseja a filha não é digno de ser chamado assim. Este homem nunca foi digno desta honra. Sinto náuseas por todas estas coisas sem sentido que foram ditas. Realmente, em algumas vezes notei seu jeito diferente de me olhar, porém jamais passou pela minha cabeça que ele me desejava como mulher.

— Ainda posso realizar meus desejos — ameaça me tocar.

Eu me afasto dele, amedrontada.

— Não! — gritei. — Você não vai me tocar! Não desta maneira imunda. Demonstre respeito por mim pelo menos uma vez na vida! Eu sou sua filha!

— Eu já lhe disse que você não é minha filha. Não carrega o meu sangue em suas veias.

— Conte esta história direito! Estou confusa. Não acredito no que está me falando. Não pode ser verdade. Se você não é o meu pai, quem é? Onde ele está?

— Morto. Eu matei aquele bêbado maldito na mesma noite que ele tocou na sua mãe, na nossa noite de núpcias. O desgraçado percebeu quando Bárbara subiu as escadas para se trocar para mim e tinha planos de levá-la para uma praia modesta. Nós ganhamos a viagem dos pais dela, porém aquele infeliz que se dizia meu amigo abusou da vagabunda.

— Sua esposa foi abusada. Ela não se tornou uma vagabunda por isso. Pelo contrário: foi uma vítima. Pelo menos vocês foram à delegacia?

— E correr o risco de todos descobrirem que fui corno?

— Uma mulher foi abusada e você só se preocupou com sua reputação?

— Eu não podia largá-la em nossa noite de núpcias, porque as pessoas comentariam sobre isso. Então, decidi que iria esperar um mês e a deixar, alegando qualquer outra razão para um divórcio. No entanto, ela logo começou a sentir náuseas e descobrimos sua gravidez.

— E como pode ter tanta certeza de que não é meu pai?

— A sua mãe era virgem, e depois dessa noite não a toquei. Eu não iria assumir um filho que não fosse meu, porém alguém espalhou a notícia da gravidez e, mais uma vez, eu me vi obrigado a carregar um fardo pelo resto da minha vida. Não tive coragem de matá-la, e se lhe desse o divórcio, iria correr o risco de vê-la espalhando para toda a família sobre o ocorrido. Aí eu seria motivo de chacota.

Estou incrédula. A minha mãe foi violentada, engravidou e este homem só pensou em sua reputação, sendo que ele é mais sujo do que uma poça de lama imunda. Como uma pessoa toda errada pode querer ser santa? Quantos são assim? Muitos vivem de aparências que não existem.

Anthony é um covarde sem escrúpulos. O meu ódio por ele chegou a um ponto que não consigo mais calcular. Apenas o sinto mais forte e poderoso do que qualquer outra coisa.

— Como minha mãe foi capaz de aceitar viver com um marido tão perverso e insensível?

— Ela sempre temeu que eu pudesse te fazer algum mal. Durante toda sua gravidez, nem sequer tive coragem de olhá-la nos olhos. Eu a pedi tantas vezes para abortar, mas ela não quis. Podíamos ter sido tão felizes se não fosse por você.

— Você devia ter apoiado ela, não virado as costas.

— Apoiar uma gravidez indesejada? Jamais. Se dependesse de mim, você nunca teria existido.

Nada que ele me disser agora, será capaz de me afetar, porque nada é mais doloroso do que ter descoberto que minha mãe foi abusada. Eu percebia algo triste no olhar dela, só que nunca poderia adivinhar que se tratava de algo tão sombrio. Nenhuma mulher merece passar por este tipo de violência, nem mesmo a pior delas. Um homem não se torna mais homem quando usa de força para tê-las. Posso sentir a dor dela por ter sido violentada e carregar o fruto de um estupro na barriga durante nove meses. É isto que sou. Ela me ama muito, e sua maior prova disto foi não ter desistido de mim. Meu amor pela minha mãe, que já era imenso, tornou-se ainda maior. Como desejo poder abraçá-la e lhe agradecer por tudo que fez por mim!

Antony devia ter lhe dado todo o apoio possível, porque não foi culpa dela ter sido estuprada na noite de seu casamento. Ele agiu como o pior dos homens. É isto que ele é. É um covarde e insensível. Só consigo pensar no quanto minha mãe sofreu. Agora compreendo por que ela nunca o deixou. Se presenciou ele matando o meu pai, que também foi um covarde por ter feito o que fez com uma mulher, também teve medo de ele fazer o mesmo comigo. É por este motivo que nunca me deixava sozinha na presença dele e estava sempre ao meu lado.

— A polícia nunca soube desse crime? — Até onde me recordo, ele não tem nenhuma passagem pela polícia.

— Eu me livrei do corpo naquela noite. Esse segredo teria morrido comigo se eu não tivesse acabado de lhe contar, mas como sei que não sairá deste lugar com vida, estou tranquilo. Agora, que sabe da verdade, não preciso mais mentir. Não quero o dinheiro do seu marido, quero atraí-lo até mim e poder matar ele e o irmão para vingar a morte do meu amigo. Bóris já me deixou muito dinheiro para viver bem pelo resto da minha vida.

— E a minha mãe? Onde ela está?

— Por volta de dois meses, ela fugiu de mim com sua irmã. Pensei que estava com você, mas vejo que não. Ela não me importa, e Evelyn também não. Apesar de ser minha filha, ainda é mulher, e não serve para nada.

— Machista!

Anthony não passa de um cretino machista e destruidor de nossa família. Agora consigo entender o porquê de nunca ter me amado e ter sempre me menosprezado. Ele me vê como um fardo, um problema do qual jamais conseguiu se livrar. Eu já o odiava antes, mas nem ódio consigo mais sentir, pois merda e ele são, para mim, as mesmas coisas. Seu olhar diabólico também não me assusta mais. Tudo que eu mais desejo neste momento é o ver sofrer e pagar por todo mal que cometeu.

Tomada pelo choro, não consigo raciocinar bem. Só penso em todas as dores que minha mãe suportou sozinha, sem o apoio da pessoa que mais precisava: o homem que acreditei que fosse meu pai.

— Agora, que já sabe de tudo, pode parar de me olhar com esta expressão de nojo. Não sou seu pai. E depois de ter revelado a verdade, sinto a necessidade de realizar todos os meus desejos com você. — Prende meus cabelos entre seus dedos, fazendo-me sentir asco. — Eu sempre a desejei, Genevieve. Em todas as vezes que me chamava de pai, só aumentava ainda mais o meu tesão por você. Quero beijar seus lábios e penetrar em sua bocetinha. Aposto que é rosada.

Neste instante, não conseguindo mais segurar a vontade de vomitar, despejo todo o meu vômito sobre seus sapatos. Depois, abaixo-me para conseguir respirar e ouço ele murmurar. Mas não lhe dou ouvidos, pois não estou me sentindo bem.

— Sua cadela suja! Olhe o que você fez, maldita! — Afasta-se bruscamente de mim.

Pelo menos estou mais distante deste maldito homem.

Uma pontada em meu estômago me toma e eu sinto um desconforto horrível em minha região pélvica, como se facas estivessem entrando no local afetado pela fisgada quente e ácida. Por um momento, minha visão fica turva e eu vejo apenas sombras à minha volta. Assustada, procuro pela cama para poder me sentar.

— Pare de fingir! Você não está passando mal. — Agressivamente, puxa-me na sua direção. Os nossos corpos ficam colados e eu posso sentir sua ereção contra a minha pele.

Como vou escapar de seus braços?

Busco ar para meus pulmões e, com dificuldade, pronuncio palavras duras:

— Não ouse tocar em mim, seu infeliz!

— Ninguém vai me impedir de possuir seu corpinho delicioso. Posso não ter sido o primeiro, mas serei o último. — O homem asqueroso me joga sobre a cama e seu corpo pesado logo cai por cima do meu.

Grito alto para que ele saia de cima de mim, e também na esperança de que alguém me salve. Mesmo sabendo que não é meu pai biológico, o desgraçado está me tomando à força e nunca me respeitou como filha, nem como mulher. Seu hálito quente queima em minha face.

Tento me soltar dele, porém, sua força bruta me faz ficar praticamente imóvel. Com uma única mão, o infeliz me segura e prende minhas mãos juntas. Os seus olhos me devoram e eu sinto que não vou mais suportar. As minhas pernas já estão fracas, assim como todo o meu corpo. Temo desmaiar e ficar fora de mim.

— Por favor...

— Eu sempre te desejei. Fique quietinha! Assim, terminaremos mais rápido. Não posso mais controlar os meus desejos. — Suas mãos asquerosas tocam em meus seios por cima do tecido da minha blusa.

Ele é covarde e não se importa com minhas súplicas para que não me machuque.

Quando sinto que não posso mais suportá-lo e tomada pela esperança de poder sair daqui com vida, consigo acertar um chute em suas partes sensíveis. O desgraçado se vira para o lado, saindo de cima de mim, e pragueja palavras, lançando-me maldições. Pelo menos, assim, consegui ganhar mais tempo.

Ainda imóvel sobre a cama, tenho a leve impressão de que ouvi barulhos de tiros. Talvez eu esteja delirando, visto que não há como ninguém ter chegado aqui. Estamos isolados no meio do nada, portanto ninguém me ouviu gritar. E as pessoas que estão aqui, jamais me ajudariam, já que até a puta da Talia torce pela minha morte. Falando nela, a loira abre a porta e corre ligeiramente na direção de Anthony. A bandida está pálida, nervosa, e nos olha com indiferença, soberba. Enfim, comunica aflita:

— Anthony! Eles estão aqui! Os Smirnov nos encontraram. Vieram por ela e vão nos matar.

O desgraçado se levanta da cama com as mãos no lugar onde lhe acertei o chute. Que bom que está dolorido! A minha vontade mesmo é de capá-lo, porque este é o castigo que todo homem asqueroso e estuprador merece ter.

— Ninguém vai nos matar. As coisas podem ter saído um pouco do planejado, mas você está com ela. Se por acaso eu morrer, já sabe o que fazer: exploda este lugar! — Entrega-lhe um controle, confiando nossos destinos em suas mãos. — Fique com esta arma e não a deixe escapar! — Eles se beijam na boca. — Depois termino com você, boneca. — Mesmo dolorido, seu olhar está cheio de malícia para mim.

O cretino fechou a porta, mas não sei se a trancou. Creio que não.

O meu coração se enche de alegria por saber que meu marido está aqui. Agora é uma questão de tempo até ele me resgatar e todos aqui morrerem. No entanto, preciso tirar o controle das mãos da louca, ou tudo estará perdido.

— Agora restamos apenas eu e você. Como todos nós vamos morrer, irei acabar com sua vida mais rápido. Não precisa me agradecer. Para ver como sou gentil, pode escolher o lugar onde quer que o tiro lhe acerte. — Está totalmente fora de si.

Ao verificar se a arma está carregada e percebendo que está cheia de balas, lança seu olhar diabólico em minha direção. Estou sentada sobre a cama, sentindo uma enorme dor em minha barriga. Desta vez, está mais intensa do que estava há alguns instantes. Não estou bem. Logo sinto algo quente descer pela minha vagina e caio de joelhos no chão. Grito e choro. Esta dor no ventre é a pior que já senti em toda a minha vida.

— O que está acontecendo? — Ela perguntou, aproximando-se. — Se estiver tramando alguma coisa, vou te matar agora mesmo, vadia.

— Acho que estou... Estou...

Ela me empurra contra o chão e eu junto minhas pernas uma na outra, contorcendo-me de dor e gemendo infinitas vezes em segundos.

— Você está sangrando! Que droga é esta?! Porra! Está grávida! — afirmou. — Caralho! É mais valiosa do que eu poderia imaginar. E ainda estava escondendo bem a gestação. Agora sei que minha vida estará salva.

— Ajude-me! Eu prometo que ninguém vai tocar em um fio de cabelo seu e não irei permitir que te façam mal. Ai, meu Deus! — Eu vou morrer com esta dor. Tenho certeza absoluta de que estou tendo um aborto, perdendo o meu bebê.

Tomada pelo choro e pela dor, só consigo pensar neste filho, no pequeno feto que está em minha barriga. Agora tenho a confirmação de que estou grávida. Se eu não tivesse fugido para tentar reencontrar minha mãe, meu bebê estaria seguro. Culpo-me pela minha atitude errada. Sem imaginar os riscos, fechei os olhos para o perigo.

— Cale a boca, piranha! — Chuta minhas costas.

A vadia ainda tenta acertar um chute em minha barriga, mas eu evito, a todo custo, que ela consiga. Pelo meu filho, crio forças para segurar em suas pernas e lhe derrubar. No processo, Talia acaba soltando a arma e ficando rapidamente por cima de mim. Suas mãos tentam me enforcar, e por mais que eu puxe seus cabelos, ela não para de me sufocar.

— Você me roubou tudo que eu mais desejava nessa vida. O Bóris me salvou da morte para que eu pudesse acabar com você e sua amiga Malia. Com ela, não consegui fazer nada, mas não me importo. Só de acabar com sua vida, irei deixá-la triste. E isto já me deixa feliz. — Há tanto ódio sem fundamento em seus olhos.

Mesmo que eu não tivesse entrado naquela sala quando a vagabunda estava em um momento íntimo com Nikolai, ele jamais teria tomado essa prostituta como esposa. A mulher nutre um ódio por mim que também foi alimentado por Bóris. Ele a salvou da morte naquele dia para que ela pudesse me machucar.

Estou com dificuldade para respirar, mas penso rápido antes que Talia acabe me matando. Eu a deixo pensar que estou desfalecendo. Até vejo o sorriso maléfico em seus lábios, por pensar que estou morrendo.

Aproveito o momento de seu afrouxe no aperto, para socar sua face. Ela leva as mãos até seu nariz e eu a empurro de cima de mim. A vadia cai no chão e eu me coloco de pé com dificuldade, encarando seus olhos, e chuto sua cintura.

— Isto é por ter me chamado de vadia e tentando matar a mim e ao meu bebê, sua puta! — Acerto mais um chute em suas costas.

Ela fica caída no chão, gemendo de dor.

Em seguida, saio do quarto, caminhando com muita dificuldade, em busca da saída. Seguro-me nas paredes para poder sentir mais firmeza nas pernas. Finalmente, encontro as escadas. São muitos degraus para descer.

Os barulhos de tiros estão muito altos, chegando a serem ensurdecedores. Como estamos em uma área de mata, os homens não temem que a polícia possa aparecer. Do alto da escada, consigo ver alguns soldados de Anthony fortemente armados.

Os tiros ficam cada vez mais perto e alguns homens são atingidos e mortos na mesma hora. Quase grito. Cerca de cinco soldados da equipe do meu esposo entram no ambiente. Eu os reconheço pelo brasão nos coletes: uma águia com uma cobra em volta.

Assim que Dominic aparece, eu grito por ele.

— Dominic! — Tenho sua atenção.

— Genevieve! — Nota o sangue em minha calça. — Fique tranquila! Está tudo sob controle.

Onde está Nikolai? Será que aconteceu algo com meu marido? Meu coração se aperta por não lhe ver. Contudo, antes que eu entre em pânico no nível máximo, vejo-o entrar na sala, todo majestoso, com manchas de sangue sobre seu colete. Obviamente, travou uma luta árdua com alguém. Posso apostar que foi com o desgraçado do Anthony.

Sorrio quando seu olhar cruza com o meu e posso ver um grande alívio em seus olhos. Mas a preocupação logo toma a conta de sua face. Ele também percebeu o sangue no meio das minhas pernas. Então, coloca seu fuzil nas costas e sobe apressadamente as escadas para me resgatar.

— Você está bem? E todo este sangue?

— Acho que estou tendo um aborto. Preciso de um hospital.

Minhas mãos geladas tocam nas suas, que estão quentes, e eu abraço seu corpo aquecido.

— Eu prometo que nunca mais vou fazer algo parecido. Senti muito sua falta — confessei.

— Eu também. Não posso mais viver sem você, minha menina. — Toma-me em seus braços e desce os degraus comigo.

Dominic se aproxima preocupado, mas nada mais me importa, porque estou ao lado do homem que mais me amou neste mundo e me protegeu. O calor do seu abraço alivia toda minha tensão.

— Eu prometo que ninguém nunca mais vai te machucar. — Beija minha testa com carinho. — Fique tranquila! Vamos agora mesmo a um hospital.

— Vocês não vão a lugar nenhum. — A voz de Talia no alto da escada ganha toda a nossa atenção. Ela está com o controle dos explosivos em mãos e sem arma. — Todos vão virar cinzas. Como o local está cheio de explosivos, iremos morrer.

— Largue este controle, mulher! — Dominic ordenou.

— Vocês não têm mais o domínio da situação. Todos morreremos.

Fecho os olhos, nervosa, e me agarro ao Nikolai fortemente.

Temo não sairmos daqui.

Decido sussurrar no ouvido do meu marido, pois esta pode ser a minha última chance de me declarar.

— Eu te amo! — confessei, apaixonada.

Em seguida, ouço um barulho alto. Não sei dizer se foi a explosão ou algum tiro. A única coisa que sei é que tudo fica escuro para mim. Pelo menos morrerei nos braços do homem que amo.

Capítulo 28

Nikolai

Dizem que homens não choram, nem demônios assombrados e frios como eu. Mas esta é uma mentira. Chorar não significa a nossa fraqueza, e as lágrimas vêm quando o coração não suporta mais a dor.

Eu perdi a menina da minha vida, a mulher que escolhi como esposa por nutrir sentimentos por ela desde o primeiro instante que a vi. Para mim, é como se mais nada fizesse sentido. Eu não sei o que será da minha vida sem a minha Gen, sem o seu sorriso e seus olhos grandes me desafiando com toda sua ousadia e rebeldia. Eu me deixei ser enfeitiçado pelo seu olhar puro e inocente, e me viciei no seu sabor de menina-mulher. A única coisa que me fazia sentir vontade de voltar para casa e encarar todas as minhas lutas, era somente o desejo de poder contemplar seu belo sorriso.

Eu pensava que o casamento seria uma prisão que, desde o meu nascimento como subchefe da máfia, estava condenado. A única vantagem para nós, homens, é que podemos escolher com que passaremos o resto de nossas vidas. E não tenho dúvida de que minha escolha foi a melhor. Porém, Deus acabou de me castigar por todos os crimes que já cometi nesta vida. A dor que causei nas outras pessoas, estou sentindo neste momento. Não concordo com a maneira como ele me puniu, entretanto não posso fazer nada para lhe convencer a mudar de ideia.

Nunca fui merecedor do amor dela. Minha esposa era uma pessoa boa, gentil e maravilhosa. Eu não era digno sequer da sua presença.

Meu Deus! Fiquei tão desnorteado que nem me lembrei de providenciar um sepultamento digno para a minha menina. Não entrei em contato com ninguém da minha família após aquela tragédia. Deve ter sobrado alguns restos mortais dela, apesar da proporção daquela explosão. Daqui a pouco, vou voltar e providenciarei isto. Eles devem estar esperando por isto.

Hoje, já faz três ou quatro dias que aquele absurdo aconteceu. Nem sei mais. Saí desatinado, fui para nossa casa e fiquei sozinho no meu escritório, chorando e bebendo. Não atendi ao telefone, nem a porta. Ainda bem que os meus irmãos respeitaram o meu momento.

Agora, depois de dirigir por horas, sem rumo, desnorteado, saio da pista e dirijo por mais alguns minutos até chegar a uma área de barrancos. A noite já começou a cair. Sento-me no capô do carro, mantendo minha arma em mãos, carregada. Já matei tantos vermes com essa pistola, que a chamo de "juiz", pois é através dela que decido o futuro dos inimigos. Nunca matei uma alma inocente, porque todas as minhas vítimas eram infelizes, bandidos e homens que já haviam violentado mulheres e crianças. Um dos nossos princípios é jamais abusar de uma mulher ou lhe levantar a mão. Isso não nos faria mais homens. As damas da máfia Smirnov são respeitadas.

Eu fecho os meus olhos e, a todo instante, sua imagem me vem à mente. Nunca imaginei que iria ficar tão dependente de uma mulher, como fiquei dela. Genevieve foi a luz dos meus dias escuros, a alegria em meio à tristeza, a minha esperança de dias melhores em momentos difíceis e a menina com quem me casei. Apesar do pouco tempo de casamento, eu a amei intensamente. Na cama éramos como labaredas ardentes de fogo. Ela, com seu jeitinho inocente, permitiu-se experimentar coisas novas comigo. Quando soube da sua virgindade, fiquei louco e a desejei mais ainda. Eu a queria de qualquer maneira. Com essa informação, acelerei ainda mais o nosso casamento, pois a queria todos os dias em minha cama.

Como eu gostaria de lhe pedir perdão por todos os meus erros! A minha esposa nunca disse que me amava, e não sei dizer se este sentimento chegou a crescer dentro dela. No entanto, pela maneira que ela me olhava, sei que já não havia mais ódio em seu coração. Era questão de dias para assumir o que sentia por mim. Mas o destino não quis que ficássemos juntos.

O vento frio bate em meu rosto, mas eu poderia passar a noite inteira aqui.

Luzes que clareiam perto de mim, chamam a minha atenção. São faróis de carros. Com minha arma carregada, encaro os dois veículos que param próximos ao meu. A noite já está escura, com apenas a lua a iluminando, juntamente com algumas estrelas. Ela amava olhar para o céu todas as noites, da varanda do nosso quarto.

— Irmão! — Ouço a voz de Dominic.

Ele se aproxima de mim, preocupado. Obviamente, encontraram-me pelo rastreador que esqueci que tem no meu carro. Usamos um em todos os veículos para o caso de algum de nós ser sequestrado e precise ser resgatado. É para emergências.

— Eu quero ficar sozinho — falei de forma dura.

Ele conhece parte da dor que sinto, pois quase perdeu sua esposa por culpa de nosso tio e dos seus planos sórdidos. Deveria saber melhor do que qualquer outra pessoa que há momentos em que desejamos ficar sozinhos.

— Deixem-me em paz! Não quero ver ninguém.

— Calma, irmão! Eu trouxe notícias boas.

Nada mais pode ser bom para mim. Com minha esposa morta, nada mais me importa.

— Preciso dar um jeito de providenciar um sepultamento decente para a minha menina. Ela merece pelo o menos isto. Vou atrás dos seus restos mortais.

— Irmão, ouça-me, por favor!

— Encontraram os responsáveis? Porque se sim, eu mesmo irei arrancar os corações de todos os envolvidos.

De algo, eu tenho certeza: todos os culpados pela morte dela vão me pagar caro. Fazê-los sofrerem será meu único conforto. Todos vão lamentar até o último suspiro de vida.

— Nikolai, a sua esposa não está morta. Nós conseguimos o resultado da autópsia do que restou da tragédia. O único vestígio que pertencia a ela era apenas um casaco. Além disso, há uma imagem dos fundos de um prédio ao lado que não foi perdida com a explosão, que mostra Genevieve saindo com um homem que foi identificado como o pai dela. E foi possível também ver a imagem do rosto de uma mulher loira no volante do carro. Mulher que foi identificada como Talia, uma ex-funcionária da boate.

— Então, minha mulher está viva? — A alegria que sinto é tão imensa que não cabe em mim. Eu poderia soltar fogos de artifícios e gritar o quanto esta notícia me deixou feliz.

Todavia, preocupo-me por saber que seu pai está com ela. Ambos não têm uma boa relação, e ela nunca me falou dele; citou apenas a mãe e a irmã. Há cerca de dois meses estou procurando por elas, pois pretendia fazer uma surpresa Genevieve. Eu queria vê-la feliz. Porém, o paradeiro delas é desconhecido no momento.

— Eu vou matar estes infelizes!

— Há algo mais que você precisa saber. A mãe e a irmã dela foram localizadas e já estão protegidas, seguras. Elas já estão sabendo de toda a situação também, porque eu as contei. Mas sua sogra me revelou algo que me deixou preocupado: Genevieve acredita que o homem que a criou, é seu pai, só que ele não é. A mulher está muito nervosa e preocupada com a filha.

— Como o pai dela conseguiu dinheiro para montar um sequestro desse porte?

— Descobrimos que nosso tio deixou algumas propriedades no nome de Anthony Akkani, e uma delas fica há poucas horas da cidade. Acreditamos que ele possa estar lá com sua esposa, então montamos um exército para irmos até o local. Só estamos esperando pelas suas ordens, porque você vai comandar esta missão.

Meu sangue ferve em minhas veias e eu só consigo pensar em como irei matar o desgraçado que quer fazer mal à Genevieve. Ele vai implorar para que eu o mate. O infeliz que não ouse tocar um dedo na minha menina! Ninguém a machuca e sai impune.

— Meu colete e meu fuzil...? — questionei.

— Estão no carro. Vamos agora nos encontrar com os soldados! Não mediremos esforços para resgatar sua mulher.

— Irmão, o que encontraram no celular que ela estava usando?

— Nossos hackers conseguiram restaurar algumas mensagens perdidas que só nos confirmaram tudo que já havíamos descoberto.

Eu daria a minha vida para salvar as da minha esposa e filho. Tenho certeza de que será um menino, meu herdeiro, o fruto do meu amor com a minha menina. Algo me diz que teremos muitos filhos. E nada, muito menos um merda de um comerciante de drogas, vai roubar a minha felicidade.

Visto o meu colete e verifico se meu fuzil está carregado. O meu sangue ferve novamente. O infeliz do Anthony vai se arrepender de ter deixado seu país para vir atrás da minha mulher.

Dominic me conta sobre algumas propriedades que pertenciam ao nosso tio, e que estão nas mãos desse homem agora. Ele também me fala que minha sogra e cunhada estão sob proteção da máfia Smirnov, e que Iuri cuidou pessoalmente desse assunto. Há cerca de alguns meses, eu lhe pedi para investigar mais sobre a história de Genevieve, pois como ele queria se mostrar útil, eu lhe confiei a vida pessoal dela. Meu irmão me trouxe informações de que Bárbara e Evelyn fugiram da Jamaica, então apostei todas as minhas fichas de que elas estariam na Rússia. Felizmente, elas foram encontradas sem nenhum dano.

Minha menina reencontrará sua família novamente. Esta foi uma promessa que fiz para mim mesmo. Mas antes irei destruir a vida do desgraçado que ousou chamá-la de filha.

Iuri me conta sobre o passado e algumas coisas são desenterradas. A dúvida sobre aquele homem ser o pai biológico da minha mulher já pintava em minha cabeça, quando eu a ouvia proclamar várias vezes o amor somente pela mãe. Seus traços podem, sim, lembrar os de Anthony, como os olhos verdes e a pele clara; e esse fato poderia ter me convencido de que ela era filha dele. Mas, mesmo assim, decidi investigar. Antes do nosso casamento acontecer, viajei durante uma semana para a Jamaica, a fim de colher informações. Apesar de não ter encontrado nada relevante, agora posso ter a certeza de que o desgraçado não é pai de sangue dela. Temo que possa tentar lhe fazer algum mal.

Nós nos encontramos com os soldados que nos acompanharão até um ponto estratégico e recebemos a confirmação de que minha esposa está naquela região; precisamente, sendo mantida em cativeiro. Um dos nossos soldados conseguiu se infiltrar entre os homens que trabalhavam para Bóris e descobriu que eles estavam em uma grande missão. Aquele desgraçado, mesmo morto, através de seus apoios, causou algum dano à nossa família. Ele foi um Smirnov que não honrou seu brasão e nem podia ser considerado um membro da casa. Mas se aliou às pessoas erradas, porque um mero traficante de drogas não irá conseguir vingar sua morte. Se essa era a intenção do verme, deve estar se corroendo debaixo da cova e no inferno, onde está condenado a viver eternamente.

Nós o atacaremos como em Troia. Um dos nossos homens abrirá o portão, e depois que já tivermos matado os poucos mais de cinquenta soldados que estão cuidando da segurança do local, segundo a informação que recebemos através do nosso soldado infiltrado, será a vez de matar Anthony e a vadia loira que está o ajudando. Esta é a mesma puta que lancei à morte e foi salva pelo nosso tio; a que entrou na casa de luxo com a ajuda de Leila, uma mulher que a comandou por anos. Eu soube que ela nunca gostou de Genevieve e que chegava a abusar do seu poder com ela. Após ter sido transferida para outra localidade, foi demitida após todos esses assuntos virem até mim. Descobri também que para se vingar, colocou a vadia loira disfarçada naquele banheiro para machucar a minha esposa, só que já foi morta nesta manhã. Agora será a vez de mais dois vermes.

Os carros param a uns quinhentos metros quando era criança. Portanto, o mapa do local está na minha cabeça. O nosso tio nos trouxe aqui para um treinamento, junto com nosso pai. Nesse dia, uma arma que deveria estar com balas de borracha, estava com balas de verdade. Assim, um de nossos soldados morreu ao se voluntariar para treinar com Dominic. Antes da luta, eles decidiram trocar as armas. O que deixou Bóris nervoso. O seu plano de destruir a vida do meu irmão não saiu como o combinado. Nós descobrimos que mais armas haviam sido modificadas e nunca acharam o culpado, porém hoje sabemos quem foi o único responsável.

— Tudo pronto para a nossa entrada, senhor. O portão já está destravado e alguns homens estão dormindo.

— Ótimo! Morrerão sonhando.

Cristóvão assume o batalhão da frente, com todos os soldados fortemente armados e equipados. Já Dominic se prepara para ir logo atrás com o segundo batalhão. Iuri só entrará com o último quando tudo estiver sob controle. Nós temos uma lei de que se algo nos acontecer, a obrigação é garantir o futuro do herdeiro e zelar por ele, que, no caso, agora é o filho do meu irmão.

Todos aguardam as minhas ordens para invadir o local. Uma batalha sangrenta está prestes a começar e eu estou com a sensação de que algo terrível vai acontecer com minha menina.

Capítulo 29

Nikolai

— Vamos entrar! — ordenei.

O primeiro batalhão com cerca de cinquenta homens é o primeiro a entrar. Enquanto isto, observo toda a movimentação ao longe, de cima do capô do carro, segurando meus binóculos de última geração que me permitem ver o primeiro passo da nossa missão. O meu coração nunca bateu tão forte em toda a minha vida como agora. A força do meu amor é o que me move para ir em busca da vitória.

As armas são silenciosas para não chamarem muita atenção de quem está dentro da mansão, então não ouvirão os homens morrerem fora da casa.

As informações passadas a mim pelo microfone são conforme eu já esperava: setenta soldados inimigos foram abatidos, e nenhum dos nossos. Agora falta pouco para chegarmos até minha esposa. O segundo batalhão já se prepara para entrar enquanto o primeiro já invade a mansão, matando todos que encontram pela frente.

— Quero ir com você. — Iuri me pediu. — Eu sei que isto é contra as leis, mas posso ser mais útil. A missão está sendo um sucesso, então sei que não será preciso que meu batalhão entre. Deixe-me ir junto!

— Faça o que desejar!

Ele carrega sua arma e eu mando uma mensagem para todos em suas escutas.

— Deixem o Anthony para mim! Ninguém toca no infeliz! — ressaltei mais uma vez.

Em seguida, entro na propriedade, que está cercada de atiradores meus por todas as partes. Nenhuma alma poderá sair daqui sem ser vista. É questão de minutos até que o infeliz seja morto por mim.

Há muitos vermes mortos pelo gramado, deixando seus odores no ar. Se ainda resta mais alguns dentro da mansão, também serão mortos.

Dominic se aproxima e adverte o fato de Iuri estar comigo.

— Volte para fora, irmão! Conhece nossas regras.

— Nada irá acontecer conosco — afirmou, confiante demais para um iniciante.

— Senhor, não há nenhum sinal do Anthony. Talvez ele não esteja na propriedade. — Cristóvão informou.

— Ou talvez não tenha se dado conta de que estamos aqui. Irei emitir meu sinal. — Saco minha arma para o alto e atiro cinco vezes seguidas para chamar sua atenção. — Agora é questão de minutos até que ele dê as caras.

— O primeiro andar não foi revistado, pois nossos homens só foram até a sala e voltaram aos seus postos. Pelos cálculos, ainda restam vinte soldados inimigos.

— Com certeza os frouxos correram. — Iuri ri, debochado. — Porra! — exclamou irritado, levando uma mão ao seu ombro esquerdo. — Tiros! — gritou.

Uma barreira de homens se forma à nossa volta e vários tiros são disparados de uma janela do primeiro andar. Eu miro para o local, acerto uma bala no meio da testa do atirador de merda e volto minha atenção ao meu irmão, que foi atingido no ombro. Pela expressão tranquila em sua face, parece não ter sido nada grave.

— Iuri! — Dominic gritou, preocupado.

— Eu estou bem. Foi um tiro de raspão. Só está ardendo.

— Senhor, acho que há mais homens do que nos foi informado.

Uns vinte soldados saem atirando de dentro da mansão.

— Homens, lutem! — gritei.

Os disparos se tornam altos, já que nem todos estão com silenciadores nas armas. Neste momento, minha visão busca pelo desgraçado do Anthony, que é o último a se revelar. O maldito parece mandar bem com armas; está com duas em mãos, assim como eu.

O olhar do covarde está mantido sobre o meu ao mesmo tempo em que ele fala algo no comunicador. Todos já estão avisados: eu o matarei.

— Nikolai Smirnov, finalmente pude conhecer meu genro. Acredito que meu convite tenha se extraviado. — Ri perversamente. — Ou, talvez, você não queria a minha ilustre presença. O pai da noiva deveria ser o convidado de honra.

— Um verme como você jamais seria digno de levar minha esposa ao altar. Já sabemos que não é o pai biológico dela.

Ele se mostra surpreso e seu semblante fica sério.

— Não foi isso que a vadiazinha me disse agora a pouco na cama, quando eu a possuía.

Miro a arma em sua direção e posiciono meu dedo no gatilho.

— Sugiro que lutemos como homens, sem armas.

Todos que estavam trabalhando para este desgraçado, já estão mortos. Pelo menos os que ousaram vir para o lado de fora.

Meu irmão toma a minha frente, parecendo não apreciar a ideia.

— Cuide de Iuri! De mim, cuido eu. Eu vou matar este desgraçado com minhas próprias mãos. — Largo minhas armas no chão.

Ele também faz o mesmo e os nossos soldados formam um cerco à nossa volta. Todos estão com as armas apontadas para o infeliz.

— Você não imagina como foi delicioso tocar na sua esposa. Sabe? Eu sempre alimentei um desejo ardente por aquela menina, desde quando ela era uma mocinha.

— Você vai implorar para ter uma morte rápida.

— Vamos fazer assim: se você vencer, poderá me torturar até cansar; mas se eu vencer, quero comer sua esposa mais uma vez.

A maneira desrespeitosa que ele fala de Genevieve me deixa puto, porém contenho minha fúria para lhe matar.

— Sabe? A putinha rebolou gostoso para mim. Foi uma noite inesquecível.

— Inesquecível será sua morte, maldito! — Diminuo a distância entre nós e acerto uma série de socos na sua face e em sua barriga.

Anthony é um fraco, um covarde mole que, assim como Bóris, só tem valentia contra aqueles que são considerados mais fracos e inferiores ao seu tamanho. Ele leva sua mão ao nariz, que está sangrando. Pelo seu grito de dor, acho que consegui quebrá-lo.

Fico por trás do desgraçado e o prendo com uma chave de braço em volta do seu pescoço. Eu poderia quebrá-lo agora mesmo, mas isso seria muito pouco para ele. Então, resolvo deixá-lo com dificuldade para respirar, e isto me diverte. O verme ainda tenta lutar para se soltar, só que quanto mais se esforça, mais frágil e fraco fica.

— Isto é por ter ousado olhar para a minha mulher — falei enfurecido.

Depois de sentir que ele está prestes a desmaiar, já sem ar, deixo-o cair no chão, agoniado e sufocado. É um fraco que não tem forças para lutar com um homem do seu tamanho. A vontade que sinto é de cortar suas bolas e lhe deixar sofrendo por dias, preso em um lugar onde será torturado diariamente.

Quando ele me disse que tocou na minha esposa, meu coração se apertou com a possibilidade de isso ser verdade. Se este desgraçado ousou encostar na minha mulher, eu buscarei sua alma nas profundezas.

Chuto o cretino nas costas, na cabeça e em todas as partes do seu corpo. Ele é muito fraco, pois com o primeiro golpe que sofreu, já estava se rastejando como uma cobra no chão. O infeliz levanta as mãos, pedindo para que eu pare, e eu me agacho no chão, próximo a ele. Olhando em seus olhos, digo:

— Eu poderia torturá-lo por dias, no entanto não desejo olhar para sua cara de verme, nunca mais.

— Pelo menos tive o prazer de tomar a sua mulher em meus braços.

Tomado pelo ódio, soco sua face inúmeras vezes até perder as contas. O seu rosto está totalmente desfigurado, irreconhecível, e minha mão inchada pelos golpes dados. O meu sangue ferve mais nas minhas veias, levando-me a perder totalmente o controle sobre minhas emoções. Eu arrancaria sua pele se Dominic não estivesse me tirando do chão. O cretino já está totalmente desmaiado, sem reação. Se estiver morto, foi tarde.

Meu irmão me entrega a minha arma e eu miro bem na cabeça de Anthony, onde acerto o primeiro tiro. Depois disparo em seu peito até descarregar o cartucho. Por fim, recarrego-o novamente. Eu atiraria mais nele se salvar minha esposa não fosse mais importante. Estou satisfeito por ter acabado com sua vida.

— Fiquem atentos! Pode ser que ainda haja mais soldados dentro da casa. Eu entrarei na frente com dez homens. — E assim acontece. Eu vou logo atrás.

Meus olhos percorrem todo o ambiente até parar sobre minha esposa, que está no alto da escada. Está muito debilitada, com os cabelos bagunçados como se tivessem sido puxados violentamente. Fico incrédulo ao notar todo o sangue na região de suas pernas. A minha menina está sofrendo um aborto e meu coração congela com a cena. Meu mundo desabou por eu vê-la tão machucada. Está vermelha de tanto chorar e há hematomas por todo o seu corpo. Por um momento, penso que o que Anthony disse, pode ser verdade, e que quando ela tentou resistir, foi machucada. Posso sentir sua dor. Se eu pudesse transferir tudo para mim, faria isso, porque minha menina é preciosa demais para ser violentada. Nenhuma mulher merece passar por isto e nossa máfia não tolera este tipo de comportamento. Não se machuca uma dama nem com uma pétala de rosa.

Corro em sua direção para lhe amparar e a seguro com delicadeza para não a machucar mais.

— Você está bem? E todo este sangue?

— Acho que estou tendo um aborto. Preciso de um hospital. — Ela já percebeu sua gravidez.

Suas mãos geladas tocam as minhas, que estão quentes, e ela abraça o meu corpo aquecido.

— Eu prometo que nunca mais vou fazer algo parecido. Senti muito sua falta — confessou emotiva, fazendo meu coração palpitar.

— Eu também. Não posso mais viver sem você, minha menina. — Tomo ela em meus braços e desço as escadas, segurando-a firmemente.

Agora ela está segura e nada vai lhe acontecer; nem ao bebê.

— Eu prometo que ninguém nunca mais vai machucar você. — Beijo sua testa com carinho. — Fique tranquila! Vamos agora mesmo a um hospital.

O som da minha voz a deixa mais confiante, e isto está escrito em seu olhar. A minha esposa está muito ferida, então preciso levá-la ao hospital o mais depressa possível.

— Vocês não vão a lugar nenhum. — A voz da loira no alto da escada ganha toda a nossa atenção.

É a puta que me servia na casa de luxo antes de Genevieve entrar na minha vida e comandar o meu coração de uma maneira arrebatadora. Está com um controle em mãos, o qual presumo que seja de explosivos.

— Todos vamos virar cinzas. Como o local está cheio de explosivos, iremos morrer.

Minha esposa treme em meus braços.

Já que a situação é delicada, não posso atirar contra a mulher. Além disto, estou segurando Genevieve. E se os soldados apontarem as armas na direção da vadia loira, ela será mais rápida em apertar aquele botão, levando todo mundo a morrer rapidamente.

— Largue esse controle, mulher! — Dominic ordenou.

— Vocês não têm mais o domínio da situação. Todos vamos morrer.

Gen fecha os olhos, nervosa, e me agarra com muita força. Está bastante fragilizada.

Suas palavras me deixam em um estado de puro êxtase, mesmo em meio a todo o caos.

— Eu te amo! — sussurrou, apaixonada.

Todo o meu ser vibra com esta frase. Ela disse que me ama. Se morrermos agora, pelo menos morrerei sabendo dos seus sentimentos por mim. O seu amor só me faz querer lutar ainda mais pelas nossas vidas.

Em um movimento rápido e inesperado, meu irmão Iuri acerta um tiro na face da vagabunda, que cai rolando escada a baixo. Antes, soltou o controle de explosivos no chão. O qual nossos soldados correm para pegar.

Podemos, enfim, respirar aliviados.

— Estou com a mira muito boa. — Iuri disse satisfeito.

Ele foi gigante nesta missão, e eu lhe devo toda minha gratidão.

— Irmão, nós ficaremos aqui para limpar a bagunça. Leve sua esposa para o hospital! Já está tudo organizado para que vocês possam ser atendidos o mais depressa possível.

Caminho rapidamente até o carro, pois preciso salvar a vida dos amores da minha vida e lhes garantir que o pior não aconteça. Olhando para o céu com nuvens carregadas de chuva, grito com o motorista, porque o tempo é nosso maior inimigo.

Capítulo 30

Nikolai

A minha esposa desmaiou em meus braços após Iuri atirar na vadia loira que ameaçava nossas vidas. Meus irmãos ficaram no chalé para limpar a sujeira daqueles vermes e eu coloquei Genevieve no banco de trás do carro. Sua cabeça repousa sobre minhas pernas e eu seguro em suas mãos, distribuindo beijos pela sua face. Como seus cabelos estão bagunçados e há marcas roxas em seus braços, acredito que ela tenha travado uma luta corporal contra aquela puta. Se meu irmão não tivesse a matado, eu a teria torturado até implorar pela morte, assim como fiz com Anthony. Ódio me consome. Se os dois já não estivessem mortos, eu ainda estaria os torturando. Se eu pudesse buscar a alma deles no inferno, iria, só para ter o prazer de matá-los novamente.

O motorista dirige o mais rápido que pode pelas estradas cheias de buracos. E neste instante, uma chuva começa a cair, piorando ainda mais a situação. Por sorte, não ficamos presos em nenhum ponto de alagamento e conseguimos retornar para a pista. Agora será questão de minutos até chegarmos ao hospital.

A minha mulher está passando por um aborto realmente, o sangue entre suas pernas já começa a cheirar mal, e ela está com dificuldade para respirar. Posso senti-la forçando para buscar o ar. Vê-la neste estado parte o meu coração. Não posso permitir que sua condição piore e a leve a uma possível morte. Se Genevieve morrer, meu mundo acabará junto com seu último suspiro de vida.

— Senhor, estamos a cinco minutos do hospital. Entraremos pelo setor privado, onde ninguém nos verá. As imagens serão excluídas da câmera e há roupas dentro do porta-malas para que o senhor possa se trocar.

Uma maca nos espera no estacionamento fechado, juntamente com uma equipe de médicos competentes. Eles a levam rapidamente para o atendimento. Enquanto isto, eu troco de roupa no carro mesmo, o mais rápido que posso, e pego o elevador para me juntar aos profissionais.

Quando estou prestes a entrar na sala de Atendimento de Emergências, uma enfermeira aparece em meu caminho.

— Sinto muito senhor Smirnov, mas o senhor não pode entrar. Espere aqui fora!

— Se algo acontecer com minha mulher, todos da equipe serão responsáveis. Eu os matarei se...

Ouço a voz dos meus pais, que chegaram aflitos.

A enfermeira, que já estava quase chorando diante de mim, retira-se, e minha mãe me abraça, assim como meu pai. Com abraços fortes, eles me passam apoio.

— Querido, vai ficar tudo bem. — Minha mãe disse confiante.

— Filho, não se preocupe! Tenho certeza que sua esposa está em boas mãos.

— Obrigada pelo apoio de vocês! Isto é muito importante para mim.

Por último, minha irmã Kira me abraça também, passando-me uma mensagem positiva. Ela e nossa mãe ficam juntas na sala de espera enquanto meu pai e eu nos afastamos mais para conversarmos sobre todo o ocorrido.

— Bóris também estava por trás de tudo isso. Ele tinha se aliado ao pai de criação da minha esposa.

— Pensei que fosse o pai biológico dela.

— Não. Esta é uma longa história. O que quero dizer é que meu tio pode estar envolvido em mais atrocidades que ainda não conhecemos.

— O meu irmão era um monstro e nós levamos tempo demais para perceber quem realmente ele era. Pelo menos já está morto e não poderá mais fazer mal a ninguém.

— Pai, eu sinto muito por tudo.

— Eu fui cego por não ter percebido há mais tempo quem era o meu irmão. Ele tentou matar toda a nossa família, e mesmo depois de morto, ainda conseguiu nos prejudicar. Filho, a sua esposa e o seu filho vão ficar bem. Tenho fé! — Abraça-me mais uma vez.

Dominic me liga após ter resolvido tudo no chalé.

— Como está sua esposa? Malia está aflita, querendo notícias.

— Ainda não tenho notícias. Não me deixaram entrar junto com ela na sala.

— Estou indo para casa acalmar minha mulher, que está preocupada. Iuri vai trazer a mãe dela para cá.

— Obrigado, irmão!

— Quero que se cuide e nos mande novidades!

Encerro a ligação e volto à sala de espera, onde passo a parte mais difícil da minha vida. Não ter o controle do que está acontecendo e não saber como minha esposa e filho estão é uma tortura sem fim para mim. Impaciente e inquieto, apenas firmo minhas mãos uma na outra sobre minhas pernas. Estou sentado em uma poltrona.

Após mais de duas horas de espera, peço para o meu pai levar minha mãe e irmã para casa. Os nossos soldados estão fazendo nossa segurança aos arredores do hospital.

Quando fecho os olhos, a imagem dela sobre a escada sangrando me vem à mente. Pela primeira vez em toda a minha vida, peço a ajuda do senhor do céu e da terra. Nunca fui um homem de muita fé antes, mas neste momento consigo entrar em diálogo com o todo poderoso. Por fim, sinto que estou sendo ouvido, e uma sensação incrível de calmaria se instala em meu peito e em todo o meu ser. Em breve terei minha família junto a mim. Eu sei. Este sentimento é tão forte, que poderia ouvir sua voz chamando por mim.

Ouço Iuri, que me desperta de um momento de paz e me traz de volta à realidade delicada pela qual estou passando. Se os médicos não aparecerem nos próximos minutos, irei derrubar aquela porta.

— Irmão, eu trouxe a mãe da Genevieve.

Encaro os olhos azuis de Iuri. Ele não é um homem que gosta dos assuntos de máfia, mas ultimamente vem demonstrando muito interesse neles. A mulher que está ao seu lado parece muito com minha esposa. As duas possuem os mesmos traços, a mesma boca e formato dos olhos. Obviamente, Genevieve herdou os traços do pai, por possuir a pele branca e as írises verdes; diferentemente de sua mãe, que é morena.

Ela está acanhada, abatida e com os olhos vermelhos de tanto chorar.

— A mãe da Gen já sabe de tudo. Tivemos uma conversa antes de virmos para cá. A senhora Akanni está muito preocupada.

— Ainda não tive notícias, senhora — avisei.

— Você é o marido da minha filha?

— Sim. Sou Nikolai Smirnov.

— Bárbara Akkani.

— Irei resolver uns assuntos que ainda estão em aberto e te manterei informado se necessário. Desejo melhoras para sua esposa. Vai dar tudo certo, então não se preocupe! Meu sobrinho será forte e corajoso como o pai; e, claro, como o tio também. — Iuri é totalmente o oposto de mim e Dom. Seus traços e olhos azuis são como os da nossa mãe. Fora a aparência, é diferente também no bom humor.

Agradeço-o por tudo que está fazendo por mim:

— Obrigado por tudo, irmão!

— Os Smirnov sempre estão apoiando uns aos outros. Faríamos qualquer coisa pela segurança da família.

— Qualquer coisa!

— Agora, preciso resolver uns assuntos com mais urgência. — Sorri engenhosamente e nos deixa. Posso imaginar quais são estes assuntos. Já está mais do que na hora de ele decidir sua vida.

A senhora Akkani ainda está muito aflita.

— Senhora Akkani, lamento estar lhe conhecendo nesta situação. Por favor, sente-se!

Ela assente e se senta na poltrona.

— A minha filha não merecia ter passado por algo assim; muito menos agora, que está grávida. Seu irmão me contou.

— A Genevieve é uma mulher forte e teimosa. Vai lutar pelo nosso filho.

— Você a ama muito. Isto está escrito em seu olhar.

A equipe médica começa a sair da sala e o doutor responsável pelo caso se apresenta como Male Kullen.

— Doutor, como está minha esposa?

— Ela passou pela situação muito delicada de um início de aborto espontâneo, em que ocorreu sangramento. Acredito que isso pode ter sido causado por uma forte emoção que ela não estava preparada para suportar. Houve uma hemorragia que conseguimos conter, e as próximas horas serão cruciais para sabermos se o feto irá sobreviver. Utilizamos de todos os nossos recursos para salvar a vida dele. Felizmente, a mãe está fora de perigo e se encontra em observação.

— Posso vê-la?

— Sugiro que não, senhor Smirnov. A sua presença, como a de qualquer outro membro da família, pode deixá-la alterada. Não podemos arriscar.

— Doutor, eu sou a mãe dela. Minha filha está realmente fora de perigo?

— Sim, senhora. A sua filha não corre nenhum risco de vida; diferentemente do feto que está em seu ventre. Esta situação é muito delicada, mas acreditamos que, com repouso, ela poderá conseguir prosseguir com a gravidez. Mas, ainda assim, será uma gestação bastante delicada. — Retira-se após explicar toda a situação.

Agora o meu filho está lutando pela vida e Genevieve está bem. Não posso esperar para lhe ver. O mais difícil será passar todo o restante da noite longe dela.

Passo as notícias à minha irmã, que irá contar tudo ao resto da família.

A senhora Akanni também irá passar a noite no hospital comigo e não sairemos daqui por nada neste mundo. E assim como ela, não consigo dormir. Posso perceber que Bárbara é uma mulher muito simples e gentil. Ainda me conta um pouco sobre a infância da minha menina, fazendo-me perceber que Gen não mudou praticamente nada e continua sendo a mesma criança gentil, educada e amorosa. Agora entendo o porquê de ela amar tanto sua mãe: as duas são melhores amigas. A senhora também me conta como foi difícil permitir que sua filha viesse para a Rússia. Não parece abalada pela morte do marido. Pelo contrário: sente-se livre, porque aquele desgraçado não fará mais nenhum mal às duas.

O tempo é meu maior inimigo e as horas parecem ter se tornado uma eternidade de longos séculos.

Minha sogra pega um café para mim e para ela. Apesar de não ter me alimentado bem hoje, a fome não me causa nenhum incômodo, pois fui treinado para suportar mais de uma semana sobrevivendo apenas com pão e água. Portanto, um dia não é nada para mim. O meu treinamento foi bastante rígido e me tornou um homem determinado, imbatível.

Nas primeiras horas da manhã, uma enfermeira nos traz mais notícias sobre o estado clínico de Genevieve e nosso filho. Esse bebê já é um guerreiro e eu tenho a plena certeza de que ele virá ao mundo. Caso contrário, temo a infelicidade que isso nos traria; principalmente à minha Gen, por ser mais sensível e amorosa.

— Ela sempre falava sobre seu desejo de ter filhos e uma família grande. Tenho certeza que minha filha lutará junto com o bebê para que ele sobreviva.

— Senhora Akanni, fale-me mais sobre Genevieve!

— Por favor, pode me chamar de Bárbara. Você é o marido da minha princesa. Sou da família.

— Como preferir.

A companhia que fizemos um ao outro nos ajudou a suportar a noite e toda a demora para podermos visitar a Gen.

Por volta das duas horas da tarde, o médico libera a nossa visita. Eu e minha sogra combinamos que eu entrarei primeiro na sala para preparar o um encontro das duas, já que minha menina não pode passar por mais emoções. Nós decidimos também que, a depender do seu estado emocional, esse encontro poderá ficar para outra ocasião. Sei que elas necessitam uma da outra, e agora mais do que nunca, no entanto foi Bárbara quem sugeriu esta opção. Combinamos de esperar um tempo maior. Ela e o bebê estarem realmente fora de perigo, porque certamente a emoção será muito grande. Mesmo sabendo que rever a mãe e a irmã é algo que ela mais quer na vida. Não vamos correr riscos desnecessários. Concordamos que será tudo por um bem maior. Cuidarei de ambas até chegar a hora certa.

Abro a porta do quarto e a fecho com cuidado para não acordar Genevieve, que está dormindo. Sem fazer barulho, puxo uma cadeira para me sentar ao seu lado e beijo sua testa e lábios com carinho. A sua pele está bem menos pálida e sua boca até já tem uma coloração intensa. É tão bela! Está adormecida como uma princesa de contos de fadas. Quem me dera se meu beijo pudesse resolver todos os nossos problemas e dificuldades. Mas a vida real não é assim.

Seguro em sua mão, beijando-a várias vezes, e absorvo seu cheiro em minhas narinas. Sou totalmente dependente do seu perfume suave de flores.

Na minha mente, lembranças da menina alegre cantando pela casa de luxo, invadem a minha mente. Em certo dia, eu estava cansado e enfadado por estar cheio de trabalho e problemas para resolver. Foi quando a vi limpando o piso do salão principal, junto com sua melhor amiga que iria se tornar a esposa do meu irmão. Malia era a mais concentrada e não chamava minha atenção; era mais focada, séria e não parecia estar em um bom dia. Já Genevieve cantava a música que ouvia através de seus fones de ouvidos como forma de tentar alegrar a amiga. O que não demonstrava funcionar, devido à irritação dela. Porém, elas começaram a rir depois que Gen tentou dançar sobre um *pole dance* e escorregou na primeira tentativa, caindo no chão. A doce menina se tornou minha obsessão naquele momento.

Cabisbaixo e segurando sua mão, começo a pronunciar palavras sinceras. Necessito fazê-la saber de todo amor que carrego em meu coração, mesmo que não me ouça.

— Quando você despertar e o nosso filho nascer saudável e forte como um touro, irei levá-los para conhecer o mundo: Paris, Suíça, Brasil, Canadá e tantos outros lugares que você deseje ir. Eu descobri sua paixão por geografia, cidades e países. Realizarei todos os seus sonhos e desejos, mesmo que tudo isso me leve à falência. — Rio baixinho. — Para mim, o dinheiro não significa nada se for comparado a você, bebê. O que mais quero é poder te amar todos os dias da minha vida, beijar seus lábios e contemplar, acariciar, cada pedacinho da sua pele. Porque você é minha. Somente minha. Sim, eu sei que sou obsessivo. Mas é de um jeito bom. Eu jamais seria capaz de te machucar, e você sabe disto, princesa. — Silencio a minha voz. Quem me dera poder fazer o mesmo com meus medos e receios. — Eu nunca senti tanto pavor como quando pensei que tinha perdido a mulher da minha vida. Eu sei que nunca te disse que te amo, mas eu te amo muito, e quando você sussurrou em meu ouvido o seu amor, eu me senti o homem mais sortudo do mundo e agradeci muito por tê-la somente para mim. Sei que não sou digno do seu amor, mas se suas palavras tiverem sido sinceras, e não por estar delirando de febre, juro que serei digno dele. Você é a luz da minha vida e a esperança para os meus dias futuros. Não imagino mais a minha vida sem você.

— Eu também não. — Sua voz é como canção para os meus ouvidos.

Ela está desperta, com as írises brilhando e com um lindo sorriso na face, olhando-me de um jeito tão meigo. Sinto todo o seu amor através de seus olhos. Nós passamos por dias difíceis que foram necessários para nos trazer até onde estamos agora.

— Gen, você está bem, princesa? — perguntei, preocupado.

— Sim. Eu estou bem e disposta a lutar pela vida do nosso bebê, pois já não vivo mais sem vocês dois.

Beijo sua mão e acaricio seu rosto, feliz por ouvi-la dizer tais palavras. Sinto-me como um menino apaixonado na descoberta do seu primeiro amor. Na verdade, é isto que ela para mim. Nunca amei uma mulher como a amo, porque sempre senti apenas desejos carnais.

— Lutaremos juntos até o fim.

— Para sempre juntos, até o fim.

As próximas semanas serão difíceis, mas com a força do nosso amor, superaremos qualquer dificuldade. A partir do momento que ela me olhou nos olhos e depositou sua segurança em minhas mãos, fiz um juramento para mim mesmo em meu interior: irei amá-la para sempre.

Capítulo 31

Genevieve

Desperto em um quarto de hospital mais uma vez, sentindo minhas costas um pouco dolorida, onde aquela vagabunda acertou vários chutes. Mas ignoro toda a dor ao ouvir a voz do meu marido e suas palavras românticas que me deixam emotiva. Porém, procuro controlar minhas emoções por conta do bebê, pois pude ouvir toda a equipe médica falando que ele está lutando para sobreviver. Ainda há uma chance, ainda há esperança.

Após todo o nosso momento carinhoso e apaixonado, o médico vem conversar conosco e nos explicar como pode ser a minha gravidez se eu decidir continuar com ela. Ele me alerta sobre todos os riscos de um parto complicado, mais hemorragias e até mesmo um aborto grave.

Por um momento, sinto algo muito triste em meu interior. Fechando os meus olhos, lembro-me da minha mãe, que não desistiu de mim mesmo depois do estupro e do Anthony ter virado as costas para ela. Mesmo com toda a pressão, escolheu a mim e nunca se arrependeu disso. Eu farei o mesmo pelo meu bebê, e já está decidido.

Nikolai me olha preocupado. Ele conversa comigo e diz que o mais importante é a minha segurança. Também compreende minha escolha e a respeita.

— Há uma mínima chance de nada disto acontecer, no entanto ela é bem remota e quase inexistente. Os riscos de uma gravidez complicada são mais altos. Cabe a você, que é a mãe, escolher. — O doutor nos explicou tudo com muita paciência.

Meu marido segura em minha mão. Ao seu lado, sinto-me protegida e mais forte para lutar.

— Irei até o fim com essa gravidez, Doutor. Mesmo sabendo de todos os riscos. Tenho fé que nada de ruim vai acontecer.

— Você precisará de muito repouso e de uma alimentação rica.

Estou disposta a lutar para ter o meu bebê nos meus braços em breve.

Ainda estou assustada com tudo que aconteceu, e quando o médico deixa o quarto, posso voltar a conversar com Nikolai. Parece que ele está me escondendo algo, e isso me preocupa. Mesmo sem ter lhe perguntado nada, tenho certeza que ele foi o responsável pela morte de Anthony. Quando me lembro de tudo que este homem tentou fazer contra mim, inclusive me violentar, sinto-me mal. Se não fosse pelo meu marido, eu estaria morta agora.

Conto tudo para ele e vejo uma grande fúria em seus olhos. É fofo vê-lo tentando buscar controle para não me preocupar.

— Você o matou?

— Sim. Com minhas próprias mãos. Eu o fiz lamentar por ter ousado te sequestrar. O infeliz me disse que tocou em você, e isso me deixou maluco. Mas não irei te contar o que fiz com ele, e espero que me entenda.

— Não desejo saber. E quanto à Talia? Quem a matou?

— Iuri. Ele foi muito corajoso.

— Quero agradecê-lo depois. Ele está aí fora?

— Não. O meu irmão estava estranho e disse que tinha assuntos para resolver. Parecia apressado.

Dou de ombros, temendo quais assuntos são esses. Espero que Marina esteja bem e que não seja nada relacionado a ela.

— Eu jamais poderia imaginar que Anthony tinha se unido ao Bóris para tentar destruir nossa família — comentei.

— Eles tiveram o final que mereciam. Agora, não se preocupe com mais nada! Quero que se mantenha tranquila e relaxada.

— Não posso ficar relaxada, sabendo que minha mãe e irmãzinha estão sozinhas em algum lugar do mundo. — Sua expressão muda, mas ele logo tenta disfarçá-la. — Eu sei que você não gosta que eu fale dela, pois diz que minha família agora é a sua, mas precisa entender o meu lado.

— Eu estava errado. Nunca devia ter lhe dito nada do tipo. Peço perdão. E também lhe asseguro que sua mãe e irmã estarão conosco o quanto antes. Esta é uma promessa, princesa. — Realmente, ele está falando sério. Prometeu para mim que encontrará as duas. Nada poderia me deixar mais feliz do que as ver e as abraçar novamente. Como sinto falta delas!

Agora, que Anthony não vive mais, nada ficará entre nós, e meu marido está disposto a fazer de tudo por mim, como realmente me disse. Tenho certeza que ele cumprirá sua promessa. Em seus olhos negros, posso ver o amor.

Eu recebi alta do hospital uma semana depois. Precisei ficar lá durante todo esse tempo para realizar exames e ser monitorada de perto. Segundo os médicos, meu quadro clínico está estável, e se tudo prosseguir como eles recomendaram, as próximas semanas serão tranquilas. Devo cumprir uma dieta saudável e descansar mesmo quando estiver relaxada. O difícil está sendo me livrar da superproteção por parte do meu marido, que não tem me deixado sequer ir ao banheiro sozinha para fazer xixi. Tem dias que bato a porta na sua cara para poder lhe mostrar que estou bem.

Voltar para casa foi maravilhoso. Na primeira semana, recebi a visita de toda a minha família: meus sogros, minha cunhada, a Malia e seu marido. Apenas Iuri não apareceu. Quando voltei para casa, Marina já não estava mais aqui, então soube que ele veio buscá-la. Uma empregada me contou que ela não queria ir, porém meu cunhado a levou nos braços. Ainda o descreveu como homem das cavernas. Conhecendo bem esta família, posso ter a certeza de que agora ela será sua esposa, mesmo contra sua vontade.

Os próximos dias foram tranquilos e cheios de romance no ar entre mim e Nikolai, contudo estamos proibidos de fazer sexo pelo menos nos três primeiros meses da gestação. E apesar de ele estar subindo pelas paredes, em nenhum momento me pressionou. Quando nossos beijos e o clima esquenta, ele toma uma chuveirada de água fria, divertindo-me com suas caras e bocas.

Tenho vivido os últimos dias em completa alegria. Estou relaxada, calma e pronta para superar todas as dificuldades que ainda estão por vir, além de muito otimista, acreditando que tudo ocorrerá bem no decorrer da minha gravidez. Os três primeiros meses são fundamentais para o desenvolvimento do feto, então confesso que estou com alguns receios. Em uma conversa com minha médica, pude tirar todas as minhas dúvidas e acalmar um pouco mais o meu coração. Enfim, poderei dormir noites tranquilas.

Os dias passam em um piscar de olhos e a minha ansiedade diminui significativamente.

A doutora me recomendou realizar atividades que me deixe feliz, como pintar quadros ao ar livre. Isto ajuda a aliviar minha tensão. Outra atividade que comecei a praticar, foi a jardinagem. Aprendi a manusear a terra com minha mão, e minhas flores estão ficando lindas. Algumas foram compradas por Nikolai, como os girassóis. Tudo começou com algumas mudas plantadas no jardim, mas agora possuo uma grande estufa, a qual estou deixando da maneira que gosto. Há orquídeas, azaleias, begônias, margaridas e rosas vermelhas, que são as minhas preferidas. Gosto de sentir o perfume suave delas, que me passam uma sensação de paz.

Em todas as manhãs, venho buscar flores para colocar em um vaso no meu quarto. É maravilhoso contemplar estas perfeições divinas. Fecho os olhos após conseguir fazer um lindo buquê.

— Encontrei você. — A voz do meu marido ressoou atrás de mim. — Quase não te encontrei em meio às flores. Se sua beleza não fosse tão radiante, teria sido uma luta árdua te achar.

— Não seja bobo! — Rio. — Aconteceu algo?

— Não. Apenas vim buscá-la para irmos ao médico. Hoje à tarde será sua consulta. Finalmente poderemos descobrir o sexo do nosso bebê. — Mostra-se ansioso.

— E não era você mesmo que até ontem à noite garantia que estou esperando um menino?

— Eu tenho certeza, apenas desejo convencê-la disto de uma vez por todas — disse engenhosamente.

Eu troco de roupa e nós vamos juntos para a consulta. As últimas semanas foram as mais longas da minha vida.

Já no consultório, a médica prepara tudo para iniciar a ultrassonografia. Estou um pouco ansiosa. Quando o líquido gelado toca em minha pequena barriga, sinto cócegas.

— Prontos para ouvir o coração do bebê?

— Sim — respondemos ao mesmo tempo.

Nikolai segura a minha mão a todo instante e permanece ao meu lado, em expectativa. Somos o casal mais ansioso de todos os tempos. Ele, para quem não desejava ser pai, está se saindo um muito atencioso, mesmo antes da criança nascer.

As batidas do coração do bebê são como canções para os meus ouvidos, levando a emoção a tomar conta de mim. Meu filho está crescendo dentro da minha barriga e lutando pela sua vida. Eu estou muito emocionada, e olha que nem sou de chorar muito. Meus hormônios estão descontrolados.

— É a coisa mais emocionante que já ouvi — declarei.

— Prontos para descobrirem o sexo?

— Sim, Doutora! — respondi.

— Meus parabéns! Vocês serão pais de um menino.

A face do meu marido está carregada de orgulho e a alegria toma conta de nós. Seremos pais de um príncipe. Mais um homem para a família Smirnov. Conhecendo bem o meu sogro, ele soltará fogos e fará uma grande festa.

— Agora vamos conversar sobre sua gestação, que era considerada de risco...

— Perdão, Doutora, por interrompê-la! Mas a senhora disse "era"? No passado? Não é mais? O que houve?

— Com o repouso necessário, que acabei de comprovar que foi cumprido com sucesso, assim como a boa alimentação, a senhora conseguiu garantir a segurança do seu filho. Aconselho que continue realizando tudo até o final.

Eu não podia ter recebido notícia melhor.

Para comemorarmos essa novidade incrível que acabou tirando um peso gigantesco das nossas costas, nós brindamos na mansão dos pais de Nikolai. É claro que não vou ingerir bebida alcoólica. Para isto, brindo com suco.

Está tudo perfeito. A família está feliz e unida. Só Iuri não está aqui, pois desde que sequestrou Marina, não deu notícias.

Observo todos, inclusive Malia com seu bebê e Dominic. A mãe dela também está presente, assim como Cristóvão, que por sua fidelidade e dedicação à máfia já faz parte de nossas vidas como um membro da família. Posso notar o quão em paz estamos depois de todas as atribulações passadas. Sinto-me completa e realizada ao lado deles.

Nikolai se aproxima de mim, abraçando-me por trás, e eu sorrio ao ser beijada no pescoço, sentindo arrepios com seu toque. A sua masculinidade me deixa de pernas para o ar. Como sinto falta dos seus toques mais intensos e de todos os seus vinte e cinco centímetros de puro prazer! Não vejo a hora de podermos retornar à nossa rotina agitada de marido e mulher. Como ele tem estado muito atento a tudo que diz respeito a mim e à minha segurança, por causa de seus temores, optou por não corrermos nenhum risco.

Quem diria que, um dia, o mafioso cruel iria se render a mim, uma menina desafiadora que estava disposta a fazer de tudo para fugir do nosso casamento? E o menos provável: eu me rendi ao seu amor.

A nossa vida está perfeita, mas ainda me falta algo: a presença daquela que me deu a vida. Não tem um só dia que eu não pense nela e na minha irmãzinha. Às vezes, me pego chorando, recordando-me das duas. O que me traz conforto é poder fazer jardinagem, pois isto me lembra da minha mãe e de seu carinho.

— Querida! Mais uma vez te encontrei nessa estufa.

— Ninguém mandou me presentear com uma tão grande e cheia de flores. Eu poderia passar o dia inteiro aqui se, a todo instante, não tivesse que ir ao banheiro. O seu filho me deixa com vontade de fazer xixi a cada cinco minutos.

— Irei providenciar a construção de um banheiro aqui.

— Está me mimando muito. Depois não reclame!

— Você é a luz da minha vida. Tudo o que faço por você é apenas o que todo marido deveria fazer pela esposa. — Olha-me intensamente, deixando-me um pouco constrangida.

Algumas coisas nunca mudarão. Ele sempre me deixa sem jeito.

— Por que me olha sempre assim, com tanta intensidade?

— Não me canso de apreciar sua beleza. Você é tão delicada quanto as pétalas destas flores.

Acabo rindo da sua expressão. Nikolai não conhece as flores pelo nome, então caracteriza todas por igual, por mais que eu já tenha lhe explicado sobre o assunto inúmeras vezes.

— Vejo que você ainda não aprendeu o nome delas.

— Você é a única flor do meu jardim. As demais não me importam.

— Muito romântico! Mas não diga isto perto das flores, porque elas ficarão sentidas com você. Minha mãe me dizia que elas são como a gente: gostam de carinho e precisam de...

— Precisam de muita atenção e cuidados para florescer. — A voz atrás de mim me deixa paralisada por alguns segundos. Não pode ser quem estou pensando.

Meu esposo sorri e acena. Será que, realmente, ouvi a voz da minha mãe? O meu coração bate acelerado e lágrimas se formam em meus olhos. Logo ouço passos vindo na minha direção.

Tomada pela emoção e ainda sem olhar para trás, engulo o meu choro, podendo sentir seu perfume em meio às flores. Sinto uma leveza na alma ao me virar e ver seu sorriso amoroso. Apenas com seu olhar, ela toca o meu coração. Agradeço a Deus em pensamento por estar diante da minha rainha.

As minhas mãos estão trêmulas de felicidade e eu caminho depressa até ela, chamando-a pelo título mais importante que Deus já deu a uma mulher:

— Mamãe!

— Princesa!

Enfim, posso sentir seu amor através de seu abraço após anos separada dela, sem poder dizer pessoalmente que a amo. Tudo isso por causa do infeliz do Anthony. Agora compreendo os motivos pelos quais ela nunca o deixou: só estava garantindo minha segurança e tentando evitar que ele pudesse me tocar. Serei eternamente grata pelo seu esforço e sacrifício de me proteger. Meu mundo finalmente está completo.

— Como senti sua falta! — Minha voz embargada pelo choro da alegria me fez falar com a língua enrolada.

— Eu também, minha vida. Minha princesa! Minha garotinha linda! Meu tesouro! Eu te amo!

— Eu também te amo! — Abro os olhos.

Evelyn corre para o nosso abraço e nossa mãe nos mantém em seus braços.

— Senti sua falta, irmã — confessou carinhosamente.

— Eu também. Como você cresceu e está linda! — apontei emocionada.

— Você não cresceu, mas está linda — brincou, fazendo-me rir.

Desejo nunca mais sair do abraço delas e tê-las junto de mim para o resto da minha vida.

Acabei de receber a melhor notícia de todas: Nikolai afirmou que elas irão morar conosco, já que a nossa casa é enorme. Estou muito agradecida por ele ter me trazido as duas.

— Obrigada, meu amor! — Abraço-o.

— Eu deveria tê-las trazido antes. Peço perdão por isto. Princesa, combinamos de esperar um tempo maior até você estar totalmente recuperada. Não quisemos correr riscos desnecessários.

— Não há o que perdoar. O importante é que elas estão aqui.

Levará muitos dias para colocarmos todos os assuntos em dia.

É fantástico ter toda a minha família junto a mim. Para tudo ficar ainda melhor, só falta o nascimento do meu príncipe.

Meu mundo ficou azul exatamente no dia oito de outubro. O meu menino veio ao mundo através de um parto normal supertranquilo para alegrar ainda mais a nossa família.

Michael Smirnov é o primeiro de muitos filhos que pretendo ter. Com esta convicção e a certeza de uma vida linda, encerro minha história. Em meu diário escrevo em linhas, cheia de amor, que para sempre serei a menina do mafioso.

Epílogo

Nikolai

Se alguém me dissesse antes que eu estaria casado, amando uma mulher intensamente e sendo um pai presente, teria duvidado na hora e chamado a pessoa de maluca. E creio que fiz isso quando meu pai afirmou o meu dever de me casar para dar continuidade à nossa descendência. Eu estava disposto a pular fora dessa responsabilidade e abrir mão de tudo isso, por considerar, na época, um casamento como algo fora de contexto para os meus padrões de vida. Não queria me prender a uma mulher pelo resto dos meus dias, pois preferia viver regado a sexo com muitas mulheres. Mas isso era até conhecer a menina baixinha com menos de um metro e meio, olhos claros, personalidade forte e corpo de deusa. Fiquei obcecado por cada pedacinho dela.

Quase cinco anos depois do nascimento do nosso primeiro filho, Michael, posso dizer que nossa rotina mudou. Mas nada nos atrapalha como casal. Os nossos filhos vieram para acrescentar em nossas vidas e, todos os dias, eu agradeço por tê-los aqui. O meu sucessor é forte, valente e muito inteligente para sua idade; será o meu orgulho na máfia daqui há alguns anos. Ele e seu primo Viktor serão dois grandes aliados. A nossa dinastia está garantida e será forte, corajosa. Já a minha filha Khalissa sempre será a minha princesinha inocente e meiga para sempre. A garota é a cópia fiel de sua mãe. Elas são muito idênticas, e a beleza nata é a principal característica delas.

Posso ouvir o barulho deles correndo. Hoje vim para casa mais cedo, para poder passar mais tempo com minha família.

— *Papá*! Mika assustando Khalissa! — Minha pequena disse.

Meu menino de quase cinco anos vem correndo com uma cobra de borracha em mãos. Eu já lhe adverti que não pode pregar peças em sua irmã, mas ele continua fazendo isto. O sorriso sapeca do garoto desaparece ao me ver e eu estendo a mão em sua direção. Por fim, entrega-me o objeto.

Eu fico de joelhos diante da minha princesinha.

— Não, papai! Medo!

— Veja só, filha! É de borracha. Não precisa temer. Nunca deixe que nenhum dos seus medos tome conta do seu ser! Você é uma Smirnov e sempre terá o seu pai para te proteger e te livrar de todo mal.

Minha pequena não compreende muito bem o que falei, porém sorri de maneira sapeca e me abraça. Neste abraço me sinto realizado. Assim também é em todas as vezes que ela, com sua doçura de criança, vê a mim como seu maior protetor.

Khalissa sai correndo e a babá vai logo atrás.

Agora terei uma conversa com Michael. Abaixo-me, ficando da sua altura. O meu primogênito me faz lembrar o meu irmão, que era audacioso. Agora irei lhe dizer a mesma coisa que meu pai disse para ele um dia.

— Filho, por que estava assustando sua irmã?

— É divertido, papai. E eu sou um Smirnov. Todos devem me temer.

— Nós guardamos a nossa valentia apenas para os inimigos, jamais para alguém da família. Não faça algo parecido, nunca mais! Caso contrário, será castigado.

— Eu prometo que não assustarei mais a minha irmãzinha.

— Ótimo! Agora, vá brincar! Se a sua mãe te ver, vai te colocar de castigo.

Ele arregala os olhos claros que herdou de Genevieve. Por sinal, são os mais lindos que já vi em toda a minha vida. Em seguida, sorri de modo travesso e sai correndo.

Pelo perfume presente no ambiente, sei que minha menina está atrás de mim.

Viro-me e fito sua bela face. Ela me olha séria, durona e brava.

— Então, você estava passando a mão na cabeça das crianças mais uma vez?

— Não, querida — respondi, defendendo-me.

— Precisa ser mais rígido com eles. São crianças, mas precisam aprender o que é certo e errado.

— Nossos filhos são Smirnov.

— E também são Sylla Akanni. Não criarei filhos rebeldes. Eu os amo muito, mas devemos educá-los para serem cidadãos justos. Para isto, não podemos dar tudo que eles querem. Você não entende isto porque veio de família rica.

— Compreendo sim, e faremos como você quiser. Agora, venha comigo para o nosso quarto! Passei o dia inteiro pensando na sua bocetinha apertada e em mim enfiando meu pau nela durante a noite inteira. — Prendo-a no meu abraço e beijo sua orelha.

Sentindo-a tremer, sussurro coisas pervertidas em seu ouvido e a vejo ficar vermelha.

— Quero lamber sua bocetinha até ela gozar em minha boca.

— Nikolai, seu depravado! Será que só consegue pensar nisso?

— Com uma mulher tão apetitosa, deliciosa e gostosa como você, em que mais eu poderia pensar?

— Poderia começar pensando no fato de que não moramos sozinhos. Se alguém nos flagrasse, eu morreria de vergonha e, depois, mataria você.

— Pode me matar, princesa, mas de prazer, rebolando em meu pau. Sua gulosa gostosa! — Dou um tapa em seu bumbum grande, deixando-a com as bochechas coradas.

Com a gravidez, ela só ficou mais deliciosa. Seus seios fartos e a bunda grande são o meu maior delírio. Preciso desta mulher tanto como necessito de ar para respirar.

Seguro-a em meus braços, levando-a a tomar um susto inicialmente.

— Coloque-me no chão, seu maluco!

— Sou maluco por você, minha menina. Agora, pare de fazer charme e me dê logo esta boceta gostosa! — Subo as escadas com ela em meus braços.

Após entrar em nosso quarto, coloco-a no chão e tranco a porta. Seus olhos verdes e seu lindo sorriso de menina que não muda nunca, deixam-me cheio de tesão.

Eu afrouxo o laço da minha gravata e a gostosa senta na cama. Ao cruzar as pernas, deixa-me ainda mais louco.

— O que irá fazer comigo, senhor Smirnov? — Faz um biquinho com os lábios. Um que me deixa louco para rasgar sua roupa e meter duramente na sua boceta.

— Irei fazê-la gozar a noite inteira, até que desmaie em meus braços.

Ajoelho-me diante dela, retiro seus sapatos e, depois, faço o mesmo com a meia-calça que cobria suas pernas. Em sequência, levo sua calcinha minúscula de renda ao meu nariz, pois seu cheiro me dá muito tesão. Posso ver sua boceta lisinha e depilada no zero para mim. Quero afundar minha língua nela.

Ordeno que ela retire o vestido por cima, e assim faz, deixando seus seios expostos. Eles são maravilhosos. Ainda a faço abrir as pernas ao máximo, para eu ter uma visão privilegiada.

Deslizo a ponta da minha língua pelo seu clitóris em movimentos circulares, já lhe arrancando gemidos abafados. Gen começa a se contorcer sobre a cama. Gosto de deixá-la implorando enquanto provo seu sabor único. Não há outro melhor. Com os dedos, massageio seu canal; já minha boca gulosa deseja engolir cada parte da sua bocetinha gostosa. A minha mulher é deliciosa e somente minha.

— Por favor, continue! Quero que me faça gozar com a língua!

Intensifico meus movimentos até senti-la chegar ao clímax. Seus gemidos são músicas para os meus ouvidos. Ela fecha os olhos e morde os lábios.

Livro-me de minhas roupas, sentindo-me pronto para tomar o que é meu. Eu a faço ficar de quatro e distribuo tapas pela sua bunda, que fica vermelha. A safada gosta disto. Depois, meto meu pau na sua entrada, vendo-a tremer por sentir meu contato mais intenso. A minha esposa é tão insaciável quanto eu, e juntos somos ótimos.

A cada dia que passa, eu a amo mais e sou mais grato por tê-la em minha vida. O nosso casamento pode não ter começado da maneira correta, porém isso não nos impediu de sermos felizes. Estando ao seu lado, tenho a certeza de que ela foi minha melhor decisão, porque nossa família é a coisa mais importante para mim neste mundo. Devo toda minha felicidade à minha doce Genevieve, que sempre será a minha menina... A menina do mafioso.

Genevieve

Não temos controle sobre nossas vidas. Em um dia, eu estava na Jamaica; e no outro, na Rússia, onde tive o meu destino mudado para sempre. Um mafioso cruel e sanguinário entrou em meu caminho, fazendo-me pensar que minha vida tinha chegado ao fim. Porém, eu estava errada, porque tudo começou a mudar a partir desse instante. O que considerei como algo ruim na época, acabou se tornando a melhor opção de todas. Se aquele encontro não tivesse acontecido, eu não teria conhecido o amor da minha vida, o pai dos meus filhos, o homem que me ensinou a amar. Não tivemos um começo fácil, porém isso não nos impediu de sermos felizes. Ao longo dos cinco anos de união, tenho acompanhado sua evolução como marido exemplar e pai presente. Ele nunca está ausente, e sempre que as crianças precisam dele, vejo-o largar tudo para fazer as vontades delas. Eu o amo por tudo o que faz pela nossa família. Nosso amor atravessará o tempo e para sempre estaremos juntos. Sou a menina do mafioso.

Agradecimentos

Muito obrigada a você, leitor, por este contato, pela leitura, pela avaliação. Gostaria de saber o que você achou do livro.

Meu ig: @autora_mariaamandadantas

Obrigada a toda equipe da ler editorial.

www.lereditorial.com

@lereditorial